이중 계약

이중 계약

초판 1쇄 인쇄일 2023년 01월 20일
초판 1쇄 발행일 2023년 01월 27일

지은이 정혁종
펴낸이 양옥매
마케팅 송용호
교정교열 인'사이시옷

펴낸곳 위시앤
출판등록 제2012-000376
주소 서울특별시 마포구 방울내로 79 이노빌딩 302호
대표전화 02.372.1537   **팩스** 02.372.1538
ⓒ 2023. 정혁종 all rights reserved.
이메일 booknamu2007@naver.com
홈페이지 www.booknamu.com
ISBN 979-11-966956-4-4 (03810)

♦ 한 집에 이사 온 청춘 남녀의 엇갈린 사랑 ♦

이중 계약

정혁종 지음

위시앤

목차

이중 계약

2월, 둘째 주 일요일.

진달래 투룸 주택 작은 용달차가 와서 멈추더니 이십 대 후반의 건장한 사내가 내렸다. 그는 용달차 기사와 인부와 함께 이삿짐을 들고 지고 엘리베이터로 가서 3층, 301호로 들어갔다. 이제 막 이사를 오는 것이다.

짐은 그리 많지 않았다. 책상, 책장, 컴퓨터, 세탁기 그리고 책이 담긴 박스 여러 개가 전부다. 계약 당시 301호에는 침대, 전자레인지, 냉장고와 간단한 주방기구들이 있었는데, 집주인은 필요하면 그대로 써도 좋다고 했다.

18평형 투룸 주택. 원룸보다 훨씬 넓어 자취생들이 선호하는 방이다. 7층 건물이라 엘리베이터가 있는 게 무엇보다 마음에 들었다.

오전 10시경, 이삿짐을 모두 내려서 여기저기에 대충 늘어놓고 남자는 큰방 침대에 벌렁 누웠다. 아직 날씨가 춥기에 전기장판을 켜고 누워있으니 금세 잠이 솔솔 오기 시작하였다.

그 남자가 그렇게 잠에 막 빠져드는데, 또 다른 여자가 콜밴을 타고 오더니 역시 기사와 인부와 함께 짐을 지고 들고선 301호로 들어섰다.

"어머나! 아직 이사를 안 갔네."

여자는 집안을 살피듯 안방으로 향했다. 젊은 남자가 침대에서 자고 있었다.

"여보세요? 왜 아직 이사를 안 갔어요?"

남자는 낯선 소리에 벌떡 일어났다. 바로 코앞에 이국적인 외모의 예쁜 아가씨가 서있었다.

"방금 이사 왔는데요."

"뭐라구요? 내가 이사 오기로 되어 있었는데요."

"아니에요. 내가 오기로 되어있어요. 계약서도 여기 있구요."

"분명히 진달래 주택 301호인데."

"아이참, 계약서 꺼내 보세요. 잘못 왔어요. 내가 오기로 되어있어요."

둘의 대화가 길어지자 콜밴 기사가 "짐을 어떻게 할까요?"라고 묻는다. 아가씨는 "여기가 맞으니까, 짐은 저쪽 편에 그냥 놔주세요." 하고는 콜밴 비용을 계산했다.

남자는 가방을 뒤적여서 계약서를 꺼냈고, 여자도 계약서를 꺼냈다.

임차인 : 이복남 010-0000-0000

임차인 : 김말희 010-0000-0000

남자와 여자의 계약서는 임차인만 다를 뿐, 임대인과 임대료 등 계약날짜까지 똑같았다.

"어라, 이거 프린트된 것인데…… 방이 나갔는지도 모르고 먼저 파일에 덮어쓰기 한 모양이네. 하이구, 이런 이중계약이 되었네."

남자가 먼저 안타까운 말을 하고 여자도 "그래요? 이를 어쩌나." 하면서 발을 동동 구른다.

임대 기간은 3월부터 12월까지 10개월 매월 40만 원씩 선불로 400만 원을 주었으니 둘이서 800만 원을 준 셈이다. 원래 2월 중순 이사라 정확히는 10개월하고 보름인데 보름치는 계산하지 않고 10개월 임대료만 선불로 달라고 했다는데 이 내용도 둘 다 똑같았다. 참으로 희한한 일이 벌어지고야 말았다.

"일단 부동산에 가봅시다."

"그래요. 우리 둘 중에 하나는 집을 나가야 하니까. 어서 가보자구요."

이렇게 해서 둘은 삼백여 미터 정도를 걸어서, 계약했다는 아리랑부동산 중개업소를 찾았다. 남자가 문을 열어보았으나 열리지 않는다.

"아이고, 문 잠겼네."

"영업 안하나 보네요. 이 밑에 커다란 자물쇠가 걸려있어. 아이참."

"어어~, 그래요?"

남자가 문 아래를 보니 정말로 어른 주먹만 한 자물쇠가 달려있다. 창문 틈으로 안을 보니 사무집기가 어지러이 있었다. 사람 출입도 없이 방치되어있었던 것이 분명하였다.

"일이 꼬이네. 여기 부동산 문 닫았네요."

"저기 부동산에 가서 물어봐요."

"그럽시다."

둘은 황급히 몇 걸음 옮겨서 풍년부동산으로 갔다. 그곳엔 육십대 초반쯤으로 보이는 할아버지가 돋보기를 쓰고 신문을 보고 있다가 이 두 남녀를 맞이했다.

둘은 공손히 인사를 하고는 대략 자초지종을 설명했다. 이중계약이 되었으니 이를 어떻게 하느냐고 하소연식으로 말을 한 것이다.

"아하, 그거 참, 낭패네. 그 사람들 떴다방처럼 운영하는 모양인데. 어디 가서 찾을 수 있나 모르겠네요."

"떴다방이라니요?"

"아, 그거 뉴스도 안 보나요? 영업이 될 만한 데에 업자들이 메뚜기처럼 날아와서 몇 건 해먹고는 그냥 가버리는 게지요. 우리처럼 한 자리에 뿌리내리고 영업하는 게 아닙니다. 거기 계약서 말미에 보면 전화번호가 있을 거요. 한번 연락이나 해보시구려."

"아이구~ 그런 사람이 있군요."

여자가 재빨리 전화해보았으나 없는 전화라는 멘트만 나오는데 옆에서도 다 들렸다.

"어머나. 이 사람 사기꾼인 모양이네. 경찰서 가서 신고하고, 고소를 해서 돈을 찾아야겠네요. 손해배상도 청구해야지. 나쁜 사람이네."

"그럼, 지금 경찰서를 가야 하나요? 경찰서 가면 금방 찾을 수 있을까요?"

두 남녀가 안절부절못하는데 그 부동산 할아버지는 그냥 쳐다보기만 했다.

"그런 사람들 그리 쉽게 찾을 것 같지는 않소. 어디 계약서나 봅니다."

여자는 구세주를 만난 양 재빨리 계약서를 할아버지에게 주었다. 할아버지는 돋보기를 쓰고 이리저리 살펴보고는 다시 돌려준다.

"여기 임대인 박 아무개는 건물주가 아니요. 건물주는 내가 알기론 마씨요. 마씨는 지금 외국에 나가있을 겁니다. 태국 위쪽 어딘가 겨울나기에 좋다고 한겨울에 거기 가서 서너 달씩 있다가 온다는 얘기를 들었어요. 여기 마씨 연락처도 없구만. 그리고 경찰서에 가봐야 별 도움 안 될 겁니다. 사람을 찾아야 고소를 하든지 말든지 하는데 당장 중요 범법자도 아니고 사람 찾기가 어렵지요. 사람을 찾아서 고소를 한다고 해도 재판받고 판결나는데 부지하세월(不知何歲月)이라. 까딱하다가 일 년도 더 걸립니다."

"아이고야. 당해도 왕창 당했네. 그 사람이 고의로 이중계약을 했는데도 그리 어렵단 겁니까?"

"아, 그건 댁들 생각이지. 그 사람이 나타나서 착각해서 이중계약이 되었다면 어쩔 거요? 아무튼 그러는 사이에 거기에서 다만 몇 달이라도 살았다면 월세는 내야하니까, 이래저래 따져보면 이득이 되는 게 별로 없소. 거기 방이 두 개니까 둘이 잘 타협해서 그럭저럭 사는 게 최상이요."

"뭐라구요? 생면부지의 남자와 같은 집에서 살다니요?"

여자가 비명을 지르다시피 항의했다.

"아이구 귀따거워라. 알아서들 하고 어서 나가세요. 나까지 정신 사납네. 어서 나가요."

참다못해 할아버지가 나가라고 하니 둘은 할 수 없이 밖으로 나왔다. 아직 2월 중순이라 찬바람이 불어와서 귀를 때렸다.

"아이구야, 춥다 추워."

"아 정말 재수가 없으려니까. 이를 어쩌나."

두 남녀는 아무 해결책 없이 집으로 돌아와야 했다. 남자는 먼저 이사 왔기에 큰방에 들어가서 침대에 벌렁 누워버렸다.

"아니, 이봐요. 혼자서 누워버리면 어떻게 해요. 해결을 해야지."

"무슨 해결이요? 아까 복덕방 할아버지가 별다른 해결책 없다고 했잖아요. 내가 먼저 이사 왔으니, 내가 선점한 것이고 우선권이 있습니다."

"아이구, 기가 막혀서. 대단히 유식한 척하네."

마지못해 남자가 일어나서 침대에 걸터앉고 여자는 방문 앞에 서 있게 되었다.

"할아버지 말대로 방이 두 개니까 둘이서 살만 합니다. 불편해서 그렇지."

"하이구, 말도 안 되는 소리 그만하고 우리 둘 중 하나는 나가야 합니다."

"아니, 지금 사백만 원이나 선불로 방세를 주었는데, 그 돈을 물어줄 거요? 물어주면 내가 나갑니다."

"그 돈을 왜 내가 물어주나요? 말 같은 소릴 하세요."

"그럼, 누가 나가나요? 내가 먼저 왔으니, 댁께서 나가야지요. 바닷가에 사는 소라게라고 아나요? 빈껍데기에 먼저 들어가는 게가 자기 집이 됩니다. 두 번째 게는 못 들어가요. 여긴 내가 먼저 왔으니, 내가 먼저 살 권리가 있는 거요."

"진짜 대화가 안 통하네. 말이 되는 것으로 비유를 해야지. 나도 사백만 원을 냈는데 내 몫은 어떻게 되나요?"

여자의 음성이 점점 날카롭게 올라갔다. 훤칠한 키에 이목구비가 서구적인 여자가 대들 기세로 나오니, 남자는 머쓱해져서 더 이상 대답을 하지 않고 잠시 앉아있었다. 이러는 사이에도 시간은 계속 흘러가서 12시가 조금 넘었다.

남자는 아무 말 없이 일어나더니 흉내만 낸 작은 주방에 가서 덜그럭거리는 소리를 내더니 냄비에다 라면을 끓이려고 하였다.

"뭐하세요?"

"라면 끓이려구요."

"몇 개요?"

"한 개요."

"혼자만 먹게요?"

"그럼, 나 혼자 먹을 것만 끓이지요."

남자가 다소 퉁명스럽게 대답했다.

"인정머리 없기는……. 난 입 달린 사람 아닌가요?"

"그렇긴 한데 내가 왜 댁이 먹을 라면까지 끓여야합니까? 먹고 싶으면 끓여 먹으면 되지."

여자는 주방으로 오면서 "라면, 더 있나요?"하고 묻고 남자는 "몇 개 있슈."하고 대답했다. 여자는 남자에게 라면 하나를 달라고 하더니 주방으로 가서 이제 막 끓이려던 냄비에 물을 더 넣어 라면 두 개를 넣고 끓였다.

"김치 있어요?"

"없어요. 냉장고도 전원 꺼놓아서 아까 켜 놓았어요. 지금 먹을 것이라고는 라면뿐이오."

"알았어요."

사람이 정이 드는 경우는 크게 두 가지가 있다고 한다. 함께 어렵고 힘든 역경을 견딜 때 정이 들고, 무엇인가 같이 먹을 때 정이 든다고 한다. 그래서 수많은 사람들이 데이트할 때 맛집을 찾게 되는 것이다. 아무튼, 여자는 라면을 끓여서 두 그릇에 담고 식탁에 올려 놓았다. 작은 식탁은 양쪽에 한 사람씩 앉을 수 있도록 의자도 두 개 뿐이다. 김치도 없고 맹물뿐이다.

여자가 나서서 라면을 끓여오니, 남자는 미안하기도 하고 고맙기도 해서 "잘 먹겠습니다."라고 말한 후 식탁에 앉아서 조용히 라면을 먹기 시작했다. 여자도 조심스럽게 라면을 먹었다.

"이왕 이렇게 된 거, 사는 데까지 버텨봅시다."

먼저 라면을 먹은 남자가 말을 걸었다.

"아이참, 생전 처음 보는 사람과 살게 되다니. 이게 무슨 난리야."

"난리는 난리 맞는데요. 닥친 일인데 어쩝니까? 현 시점에서 해결을 해야지. 각자 노터치하고 피차간에 예의를 지키면 살 수도 있습니다. 내가 남자라고 나쁜 사람 아닙니다. 댁에게 해코지할 일은 없을 테니 안심하고 지내봅시다."

"하이 참. 정말 이상하게 꼬이네. 당장 어디로 나갈 수도 없고."

"당장 나갈 수는 있지요. 모텔 같은 데. 좁아터진 방도 하룻밤에 5만 원씩은 주어야 합니다. 하루에 오만 원이면 한 달이면 백오십만 원이죠. 아니면 다른 데 원룸을 얻어서 나갈 수도 있구요. 둘 다 가 윗돈이 많이 들어가니까 여기서 버텨보자구요."

남자가 은근히 회유조로 부연 설명을 하니 여자도 어쩔 수 없이 입술만 꾹 다물었다 놓았다.

이때쯤 해서 방이 더워지기 시작했다. 아까 남자가 오자마자 난방 전원을 켜놓았기에 따뜻해지기 시작했는데, 라면을 끓이느라 가스 불도 켜놓았기에 온도가 올라간 것이다. 둘은 거의 동시에 두꺼운 겨울 점퍼를 벗었는데, 여자는 니트 웃옷을 입었고, 남자 역시 스웨터 비슷한 옷을 입었다. 서로를 흘깃 보니 둘 다 몸매가 예사롭지 않았다. 특히 여자는 글래머 스타처럼 가슴 볼륨이 드러나 있었다. 얼굴도 미남 미녀였다. 여자는 약간 서구적인 이미지였고, 남자는 동양적인 이미지인데 눈이 다소 크고 살짝 쌍꺼풀이 있었다.

"이왕 이렇게 되었으니 통성명이나 하고 지내봅시다. 거기 이름은 김말희, 맞지요?"

"아이참, 어떻게 내 이름을 알았어요?"

"아까, 그 계약서에 있었잖아요."

"아이, 그렇네. 거긴요?"

"난 이복남이라고 합니다."

"복남이요? 쫌 촌스러운 이름이네요."

"그렇지요. 어렸을 때 놀림도 받았지요. 촌스러운 이름 때문에."

"호호호. 그렇겠네요. 동요도 있잖아요. 복남이네 어린아이 감기 걸렸네, 라구요."

"맞아요. 이름 때문에 은근히 스트레스를 받고 있는데 중3 때 내가 기타를 배우게 되었거든요. 그때 팝송 '쟈니 기타'라는 곡이 너무 마음에 들어서 그때부터 닉네임을 쟈니로 하고 그때부터 지금까지 쓰고 있어요. 친구들도 이름 안 부르고 쟈니라 부릅니다. 제 이름 부를 일도 없겠지만 부르게 되면 쟈니로 불러주세요."

"호호호. 정말 재밌는 분이네. 그럼 기타도 잘 치세요?"

"쪼금. 프로급은 안 되어도 준프로급. 그것도 안 되나? 아무튼 내가 좋아하는 곡은 칩니다."

"어머나, 부러워라. 나도 기타 배워보려다가 손가락 아파서 그만두었는데. 의지가 대단하군요."

"뭐 꼭 그렇지만은 않습니다."

"사실, 나도 이름 때문에 어려서부터 스트레스 많이 받았지요. 제 위로 언니가 둘인데 아버지가 딸을 그만 낳으라면서 끝말 자에 즐길 '희(嬉)'자를 썼는데 '희'자가 계집녀 변이 들어가거든요. 그러니까 세 번째 딸로 그만이라는 뜻이죠."

"그래서 다음은 남동생을 낳았나요?"

"네. 제 아래로 남동생이 있어요. 아무튼 말희가 너무 마음에 안 들고 애들이 말 같은 년이라고 놀리기도 했어요. 초등학교 5학년 때 무슨 만화영화 여주인공 이름이 아이샤였는데, 그 이름이 너무 마음에 들어서 저도 닉네임을 아이샤로 했어요."

"하, 참. 둘 다 이름 때문에 사연이 생겼네요."

말문을 연 두 남녀는 어차피 이렇게 되었으니 사는 데까지 살아보다가 함께 살기 어려우면 아무 때나 떠나기로 약속했다.

아이샤는 인근에 있는 샤니 종합병원 간호사이고, 쟈니는 나연대

학교 조교로 있었는데 지금은 2월이라 방학 중이고 3월부터 시간 강
사로 나간다고 했다.

투룸의 살림은 각자 하기로 했다. TV는 쟈니 것만 있어서 거실에
놓고, 생필품 및 휴대품은 각자 챙기기로 하였다. 주방 살림은 여기
있던 것들을 그대로 쓰되, 냉장고는 둘이 공용으로 쓴다. 그런데 둘
은 엘사의 모델과 색깔이 똑같은 소형 세탁기를 갖고 있었다. 아이
샤는 세탁기는 공용으로 쓸 수 없으니 다용도실에 놓고 각기 자기
세탁물만 세탁하자고 했고, 쟈니도 동의했다. 잠시 후에 알게 되었
지만 세탁기뿐만 아니라 승용차도 똑같았다. 둘이 가지고 있는 승용
차는 국민차라는 은색 다반떼였다.

아이샤는 대부분의 식사를 병원에서 하기 때문에 주방에서 음식
만들 일은 거의 없었다. 쟈니는 집에 있거나 지금처럼 방학 중에는
집에서 대충 밥이나 라면 정도를 끓여먹었다.

문제는 방이었다. 더블 침대가 있는 큰방 하나와 싱글 침대가 있
는 작은방 하나가 있는데 누가 큰방을 쓰느냐는 것이다. 쟈니는 먼
저 와서 선점했으니 자기가 큰방을 쓰려 했다. 아이샤는 불공평하
다면서 가위바위보를 해서 이기는 사람이 먼저 큰방을 쓰되 한 달만
쓰고 다음 달은 작은방을 쓰자고 제의했다.

쟈니가 듣고 보니 크게 손해될 것은 없었기에 가위바위보를 했는
데, 운 좋게 아이샤가 이겼다. 쟈니는 떨떠름했지만 큰방에 있던 이

샷짐을 작은방으로 옮기는 수밖에 없었다.

 쟈니는 작은방에다 다시 짐을 정리했다. 컴퓨터 책상에 대형 모니터를 설치하여 데스크 탑을 연결하고 그 옆으로 노트북을 올려놓았다. 책장에는 박스에서 꺼낸 책들을 가지런히 정리하고, 옷가지들은 대충 여기저기 걸어놓았다.
 아이샤도 화장품을 정리하고 옷을 정리하는 등 한동안 분주히 움직였다.

 쟈니는 정리를 마치고, 낮잠에 빠져들었다. 한참을 자고 일어났더니 저녁때가 되었는지 아니면, 점심을 라면으로 먹어서 그런지 출출하니 시장기가 돌았다. 갓 이사한 집에 먹을 것이라곤 라면밖에 없었다. 햇반과 부식품 등을 사와야 했는데 이 근처에는 큰 마트가 없기에 낼이나 모레에 마트에 가기로 하고 근처 식당에 가서 저녁을 먹기로 했다.

 쟈니가 문을 열고 나와 보니, 아이샤는 인기척이 없다. 서로 간에 사생활은 노터치하기로 했기에 쟈니는 걸어서 오다가다 본 '시골밥상'이라는 식당으로 들어갔다. 그러니까 여기가 집에서 제일 가까운 식당이다.
 주인은 오십 대 중반으로 보이는 어르신 부부다. 메뉴는 일반적으로 흔히 파는 김치찌개, 된장찌개 등과 삼겹살 구이 등 몇 가지 메뉴가 있었다. 쟈니는 김치찌개를 주문하고 스마트폰을 꺼내 유튜브를 시청하였다.

　그렇게 삼사 분 지났을 때였다. 누군가 들어오는 것 같더니만 곧바로 쟈니 옆에 와서는 "어머나, 여기에 있었네요." 아는 체를 하는 게 아닌가.

　쟈니는 급히 정색하고 올려다보니 아이샤다.

　"어어~ 여긴 웬일이세요?"

　"호호호. 나도 배가 고파서 왔지요. 난 조금 일찍 나와서 미용실에 가서 머리 다듬고 브릿지도 했어요. 점심으로 라면을 먹어서 그런지 배가 고프네요."

　"호오. 그렇군요. 한결 더 이뻐 보입니다. 그런데 평상시도 늘 그렇게 단발머리를 하는 모양이네요."

　"네. 긴 머리는 불편해요. 나도 남자들처럼 짧게 깎고 다녔으면 좋겠어요."

　"하하하. 지금이 더 잘 어울립니다."

　이때 주인 할머니가 와서 뭘 주문하겠느냐고 아이샤에게 물었다.

　"이왕 이렇게 된 거 합석하시지요. 난 김치찌개 시켰는데."

　"할머니, 저도 김치찌개로 해서 2인분으로 주세요."

　"하아 참, 정말로 영광입니다. 이런 미녀와 저녁식사를 함께하다니 식사비는 제가 내겠습니다. 소주도 한잔 하실까요?"

　"호호호. 감사합니다."

이렇게 해서 아까 낮에 서먹서먹했던 분위기도 다소 누그러지고, 그들은 소주를 한두 잔씩 마시면서 저녁식사를 하였다. 둘은 지금 와서 서로를 뜯어보니, 요즘 보기 드문 준수한 외모라 내심 크게 기뻐했다.

"3월부터 시간강사로 나가신다면서 무슨 과목인가요?"

아이샤가 쟈니에게 물었다.

"지질학과입니다."

"지질학과요? 땅에 관한 과목이네요."

"그렇지요. 토양, 암석 이런 거지요. 화산, 지진도 연구하구요. 혹시 고등학교 때 지구과학이라고 배우셨나요?"

"아뇨. 우리 학교에선 지구과학 샘이 없었어요. 물리, 생물, 화학 이런 과목만 있었지요."

"그렇지요. 학교마다 다릅니다. 혹시 땅에 관해서 관심이 있으신가요?"

"호호호. 아니요. 땅에 대한 관심은 없고 땅값에는 관심이 있어요."

"땅값이라, 하하하. 다들 그런 모양입니다. 지질학과라면 무슨 외계인들이나 연구하는 줄 알아요. 당장 지진이 일어날지도 모르는데."

"그럴 거예요. 그런데 백두산 화산이 진짜로 터질까요? 언론에선 호들갑을 떨던데요."

"제 생각에는 화산이 그렇게 쉽게 터지진 않습니다. 근처에서 지진이 조금 일어났다고 해서 화산이 터지지 않아요. 지진보다 엄청나게 많은 힘을 받아야 화산이 터지거든요."

"그런데 저번에 TV를 보니까, 당장 몇 년 이내에 터질 것 같던데요."

"원래 언론들은 과대포장하기 일쑤요. 침소봉대합니다. 얘들은 산에 가서 지렁이를 보았다면, 발표 때에는 커다란 구렁이를 보았다고 할 놈들입니다. 그럴 정도로 허풍이 쎄죠. 그래야 시청자들이나 독자들이 관심을 가질 테니까요."

"호호호. 그러네요. 비유를 아주 적절히 잘하시네요. 그런 식으로 설명하면 학생들이 아주 좋아할 것 같아요."

"하하하. 감사합니다. 오늘따라 말문이 막 터져 나오네요."

이렇게 해서 대화의 실마리가 시작되었는데 둘은 의외로 오랜 친구처럼 다정하게 말을 주고받았다.

여자는 충북의 ㅁㅁ도시에서 부모님이 마트를 운영하고, 자기는 셋째 딸에 남동생이 한 명 있다고 했다.

남자는 충남의 시골 안들면에서 부모님이 농사를 지으며 남동생이 한 명 있다고 하였다. 농사짓기가 싫어 학자로 인생을 살아보려고 하는데 여의치 않다고 했다. 시간강사 전임강사 부교수를 거쳐 정교수가 되려면 적어도 십 년 이상 걸려야 하는데, 부모님의 반대가 심하다고 하였다.

외형으로 볼 때 둘은 정말로 잘 어울리는 커플이었으나, 지금은 자석의 같은 극성끼리 만난 것처럼 서로를 밀치는 기세가 엿보였다. 그러니 누군가는 데이트 신청을 해 볼만도 한데, 아무도 애프터 신청을 하지 않았다. 아이샤는 지금 막 의사와 교제를 시작하려고 하고, 쟈니는 사귀고 있는 후배가 있었기 때문이다.

아무튼, 이들은 저녁을 먹고 투룸으로 돌아와서 각자의 생활을 해야 했고, 불편하고 껄끄러운 동거가 시작되었다.

사랑엔 약자

아이샤는 대학교 간호학과를 졸업한 후, 규모가 작은 병원에서 2년 간 근무하다가 여기 샤니 종합병원으로 이직을 하여 이제 2년차다.

이해 1월 2일에 여러 의사와 간호사들이 부임과 이임을 하였는데, 그중에 내과 의사에 신영준이라는 킹카 의사가 부임했다. 이 의사는 삼십 대 초반인데 아직 미혼이었기에 여러 사람, 특히 넘사벽으로 볼 수 있는 간호사들의 시선을 한 몸에 받았다. 스타처럼 관심을 받게 된 신영준은 성격도 원만해서 곧바로 최고의 인기를 누리고 있었다

이때에 신영준을 점 찍어두고 어떻게든 대시해보려는 간호사가 한 명 있었는데, 이 간호사가 바로 아이샤다. 아이샤는 168cm의 키에 약간 글래머 스타일의 몸매와 길게 뻗은 각선미가 빼어났다.

하지만 간호사와 의사의 사적인 만남. 즉, 데이트는 거의 불가능

했다. 왜냐하면 눈에는 보이지 않는 신분의 벽이 있었기 때문이다. 마치 조선시대 양반과 상민 같은 관계라고나 할까.

하지만 아이샤는 포기하지 않았다. 이제나저제나 기회가 오기만을 기다리고 또 기다렸다. 그렇게 아무런 소득 없이 1월이 가고 2월이 왔다.

아이샤는 중학교 때 정말로 엉뚱하고 기발한 인생계획을 세웠다. 아이샤는 이상하게 의료에 관심이 많아서 누가 아프다고 하면 어떻게 치료를 해야 하나 관심을 가졌다. 무슨 음식은 어디에 좋고, 어디에 나쁘고, 무슨 약초나 차는 어디에 좋다는 등 저절로 그런 쪽에 관심이 가서 민간요법에 대하여 많은 것들을 알게 되었다. 배가 아프면 어머니가 바늘로 손가락을 따서 피를 내는 것을 보곤 나름대로 인터넷을 보면서 연구를 하였다. 이제는 시대가 발달하여 그런 바늘이 아니라 일명 따주기 침(사혈침)을 사서 비상용으로 가지고 다녔다. 당연히 소풍 갈 때나 수학여행을 갈 때도 이 사혈침을 가지고 다녔다. 그러니까 같이 따라온 보건 선생님은 사혈침이 없는데, 아이샤는 가지고 다녔던 것이다. 수학여행을 가면 여학생들이 하지 말라는 짓을 꼭 하게 된다. 바로 선생님 몰래 음주나 흡연을 하는 것이다. 흡연은 들키지만 않으면 문제가 없는데 술을 마실 줄 모르는 애들이 술을 마시고 나면 배탈이 나는 수가 더러 있었다. 이럴 때 애들은 무조건 아이샤를 불렀다.

아이샤는 그런 애들에게 따주기 침으로 손가락을 찔러서 피를 내고 배를 문지르고 나름대로 가지고 다니는 약도 몇 알을 주면서 애들을 치료하였다. 그렇다보니 몇몇 애들은 아이샤에게 '닥터'라는 별칭을 또 붙였다.

선생님들이나 어른들, 부모님도 아이샤가 나중에 의과대학교에 진학하여 의사가 되었으면 좋겠다고 이구동성으로 말하곤 했다.

하지만 아이샤는 커가면서 그게 불가능하다는 것을 깨닫게 된다. 의과대에 가려면 공부를 무지하게 잘해야 하는데, 아이샤의 성적은 상위권이긴 하나 의과대에 들어갈 만한 상위 1~2%에는 들지 못했다. 두 번째 이유는 의과대에 진학하여 적어도 6년간의 학비가 수억 대로 들어간다고 하여 기겁을 하고 말았다.

아이샤의 집은 충북 어느 도시에서 중간 규모의 마트를 운영하고 있었는데, 그저 먹고 살기에 벅찼다. 아이샤까지 딸 셋에 남동생이 한 명 있었으니 부모님은 애들 양육비와 교육비에 허리 펼 날 없이 일해야 했다. 마트도 대기업의 대형마트와 경쟁을 하게 되어 수익은 점차 줄어들고 애들 교육비와 양육비는 기하급수적으로 늘어나게 된 것이다. 핸드폰만 해도 자식들 몫 네 대에 어른 둘, 총 여섯 대를 가지고 있으니 이것만 해도 한 사람은 먹여 살릴 만했다. 아무튼 아이샤의 부모님은 자식들 키우기에 여념이 없었다. 그저 대학교나 졸업시키고 제 밥벌이하다가 시집을 가면 최고라고 생각하게 되었다.

상황이 이렇다보니 아이샤는 기발하고 엉뚱한 생각을 하게 되었다. 의사와 결혼을 하겠다는 것이다. 중학교 3학년 때 했던 생각으로 그때만 해도 그저 동화책에 나오듯 왕자님과 결혼한다는 식으로 막연했다. 하지만 고등학생이 되면서 이를 구체화시키기 시작했다. 의사와 결혼을 하려면 의사와 접근이 쉬운 간호사가 되어야 하고, 간호사가 되려면 대학의 간호학과에 진학하면 되었다. 물론 의사와 결혼하기 위한 최선의 방법은 여의사가 되어야 하고 의과대에 진학해야 하지만 아이샤에겐 어려운 일이었다. 그래서 간호사가 되어야겠다고 계획을 세운 것이다.

간호학과 진학도 쉬운 것이 아니었다. 졸업하자마자 취업이 잘된다니까 전국적으로 경쟁률이 높아서 성적도 상위권을 유지해야 했다. 하지만 아이샤는 다행스럽게도 부모님에게 물려받은 명석한 머리와 체력으로 무사히 간호학과에 진학했고, 졸업 후에는 작은 규모의 병원에 있다가 여기 샤니 종합병원에는 작년 1월부터 근무하기 시작하였다. 그리고 일 년이 지나고 금년 1월에 드디어 마음에 드는 총각 의사가 나타난 것이다.

하지만 의사와의 접촉은 쉽지 않았다. 업무로는 접촉할 수 있었으나 사사로운 접촉은 어려웠다. 더구나 같은 과도 아니어서 복도에서 만나면 목례하는 정도가 다였다.

그렇게 한 달이 지나고 2월이 되었다. 오매불망 기다리던 기회가 드디어 찾아왔다.

♡ 2월 10일, 점심시간.

　구내식당에서 의사와 간호사가 오는 순서대로 식탁에 앉아서 점심을 먹게 되었는데, 아이샤 바로 앞에 신영준 의사가 앉았다. 둘은 목례를 하고는 각자 점심을 먹는데, 먼저 밥을 다 먹은 신영준 의사가 말을 걸어왔다.

　"김 선생, 혹시 시간 좀 있나요?"

　"예에? 시간요? 무슨 시간요?"

　아이샤는 얼어붙은 얼굴로 반문을 하였으나 머릿속은 오만가지 생각이 즉흥적으로 떠올랐다. 간호사와 의사들은 모두 이름표를 달고 있었다. 아이샤의 본명은 '김말희'였기에 신영준 의사는 '김 선생'으로 불렀다. 간호사들은 의사를 교수님, 또는 원장님 등으로 불렀다.

　"그냥 내가 좀 바빠서 그러는데, 시간이 있다면 쪼끔만 일을 부탁하려고 그래요."

　"아, 네. 제가 할 수 있는 일이라면 도와드려야지요."

　"어렵지 않은 일입니다. 내가 해도 되는데 지금 무지하게 바쁜 일이 겹치고 또 겹쳐서 눈코 뜰 사이가 없네요."

　"바쁘신 교수님들 많아요. 무슨 일인데요?"

　"학회에 발표할 PPT를 조금 봐주면 됩니다. 지금 한 시간 분량 40여 슬라이드를 다 만들었는데, 이게 그냥 내용만 갖다 놓아서 글자 크기나 화면 전환, 애니메이션 등이 전혀 안 돼 있어요. 이걸 내용에

맞게 적당한 글자 크기, 화면 전환, 애니메이션 등만 설정하시면 됩니다. 아마 시간으로 볼 때 빠르면 한 시간, 늦어도 두 시간이면 가능할 것입니다. 가능하신가요?"

"아하, PPT요. 그거 제가 준전문가입니다. 학교 때도 많이 만들었습니다. 자료 주시면 오늘 퇴근 후에 집에 가서 정리해서 내일 드리겠습니다."

"하이구, 감사합니다."

신영준은 호주머니에서 USB를 꺼내어 아이샤에게 건네주었다.

"거기 USB 안에 내 휴대폰 번호가 있으니, 문자나 카톡으로 연락 주면 됩니다."

"그렇게 하겠습니다."

"아 참, 낱글자 따발총은 안 됩니다."

"호호호. 알겠습니다. 내일 아침까지 해드리겠습니다."

"내일은 토요일이니까, 월요일에 주세요."

"그러네요. 월요일에 드릴게요."

아이샤는 속으로 뛸 듯이 기뻤다. '이렇게 해서 인연이 되는구나' 라는 생각이 들었다.

퇴근 후, 집으로 돌아온 아이샤는 제일 먼저 USB를 연결하여 PPT를 열어보았다. 신 교수가 말한 대로 내용만 있고 다른 것들은 아무 효과를 주지 않았다. 내용은 의료에 관한 것으로 알만한 것도 있고, 다소 생소한 내용도 있었다.

아이샤는 능숙한 솜씨로 여러 효과를 주고 실행을 시키면서 몇 번의 수정 끝에 아주 멋들어진 PPT를 만들었다.

다음날은 토요일이고 그 다음 날은 일요일인데, 이날 아이샤는 투룸으로 이사를 했다가 이중계약이 된 것을 알고는 어쩔 수 없이 생면부지의 남자와 살게 되었다.

월요일 아침.
아이샤는 USB를 편지봉투에 넣고 봉한 후 겉에 '신 교수님'이라고 썼다. 그리곤 간호사실에 있는 수간호사에게 맡겼다. 출근하면 간호사는 눈코 뜰 사이 없이 바쁘게 움직여야 했다. 의사도 마찬가지로 오전 10시에서 11시까지는 매우 바쁜 시간이다. 아이샤는 USB에 있던 신 교수의 개인 휴대폰에 문자를 보냈다.
「USB 수간호사에게 맡겼습니다.」
수간호사에게 맡긴 USB는 9시가 조금 넘어서 신 교수가 찾아갔고 "수고했습니다. 감사합니다."라고 아이샤에게 문자를 보냈다.

화요일 점심 무렵, 신 교수에게 문자가 왔다.
「덕분에 학회 발표, 잘했습니다. 답례로 오늘 저녁식사를 함께하고 싶습니다. 의향이 있으면 7시경 두리 경양식집으로 나오세요. 여기에서 버스로 세 정거장 떨어져 있습니다. 번호는 010-000-0000입니다. 가불가 문자 주세요.」

아이샤는 뛸 듯이 기뻐했다. 자기가 만든 PPT로 발표도 잘하고 답례로 저녁식사를 사겠다니, 이 얼마나 행운 같은 기회인가. 모든 것이 계획대로 진행되는 듯했다. 아이샤는 즉시, 가겠다는 답문자를 보냈다.

아이샤는 기쁜 마음으로 두리 경양식집에 갔는데, 신 교수가 벌써 와서 기다리고 있었다.

"어머나. 몰라볼 뻔했어요."

"아니 왜요?"

"하얀 가운만 입고 계셨는데, 정장차림이라 전혀 딴 사람 같아요. 멋지네요. 모델 같으세요."

"하하하. 감사합니다. 김 선생도 마찬가지네요. 꼭 여대생 같아요. 단발머리가 아주 경쾌해 보입니다."

"호호호. 고맙습니다. 그리고 앞으로는 김 선생이라고 부르지 말고 아이샤로 불러주세요. 이름이 촌스러워서 사석에선 다들 아이샤라 부릅니다. 간호사들 사이에서도요."

"하하하. 그런가요? 그럼 저도 제임스라 불러주세요."

"호호호. 007 제임스 본드의 제임스네요. 멋있어요. 교수님께 딱 어울립니다."

둘은 이렇게 격의 없이 대화를 나누면서 와인을 곁들인 식사를 했다.

"제가 사실 많이 바쁜 사람입니다. 학회 발표도 해야지, 논문 준비도 해야지, 요즘 의사들은 심신이 고달파요. 예전에는 의사자격증 하나 가지고 평생 우려먹었는데, 요즘 의사들은 그렇게 했다가는 자연 도태됩니다. 끊임없이 연구하고 논문 발표해야 합니다. 그래서 늘 아는 지인이 있으면 워드나 PPT를 부탁하곤 했는데, 여기로 와서 김 선생을 알게 되어 큰 행운을 만난 것 같습니다. 혹시 앞으로도 시간이 있으시면 저를 좀 도와주실 수 있겠는지요?"

"도와드려야지요. 요즘 의사들은 연구를 많이 해야 되나 봐요. 환자들도 그래요. 어느 병원에 어느 의사가 어디 가서 새로운 의술을 배워왔다고 그러면서 찾아다니잖아요."

"그렇지요. 이 바닥도 예전과는 달리 생존경쟁이 치열합니다. 아차, 하는 순간에 뒤로 밀리지요. 안일하게 병원 운영하다가 쫄딱 망한 의사들도 더러 있습니다."

"저도 그런 이야기 들었어요. 이제 병원 의사도 망하는 시대가 왔다구요."

"맞습니다. 아무튼 시간이 될 때 저를 도와주시면 감사하겠습니다."

둘은 이런 이야기와 함께 시답지 않은 이야기를 조금 더 하고 자리에서 일어섰다. 모든 연락은 카톡으로 하기로 했다.

아이샤는 정말로 기뻤다. 신 교수를 위해서 평생 옆에서 일을 도와주어야겠다고 마음먹었다.

"드디어, 내 꿈이 실현되는구나."

아이샤는 이렇게 장밋빛 환상에 사로잡히고 말았다.

이날이 2월 14일, 화요일이다.

♡ 2월 16일, 목요일. 밤 11시경.

아이샤가 잠들려는데 화장실에서 쟈니가 "꾸엑! 꾸엑!" 소리가 나면서 신음소리가 들려왔다. 아이샤는 직업이 간호사인지라 벌떡 일어나서 화장실 앞으로 갔다.

"쟈니씨, 왜 그래요?"

"아이고, 나 죽겠어요. 뱃속이 다 뒤집혔네요."

쟈니는 이 말 한마디와 함께 또 토하고 신음소리를 냈다. 아이샤는 화장실 문을 열고 들어가 보니 쟈니가 변기 앞에 쭈그리고 앉아 괴로워서 죽을상을 하고 있었다. 아이샤는 어려서부터 병 치료에 관심이 많았던 터에 지금은 간호사가 아닌가. 우선 아이샤는 쟈니의 등을 두드리면서 토하도록 했다. 잠시 후 조금 진정이 되자 쟈니는 얼굴과 손을 씻고는 거실 소파에 털썩 주저앉았다.

"아니 뭘 먹었기에 다 토하나요? 응급실에 가야할 것 같은데."

"몰라요. 먹다 남은 고등어 통조림을 저녁으로 먹었는데 그게 탈이 난 모양이네요."

"고등어 통조림요? 그거 한 번만 먹어야 하는데 며칠 된 것 먹은 모양이네요."

"네. 통조림이 많아서 엊그제 먹던 것을 남겼다가 오늘 저녁에 몇 토막 먹었는데, 아이구, 배야. 어디 근처 병원에 가야하나."

응급실이 있는 가장 가까운 병원은 아이샤가 근무하는 샤니 종합병원이다.

"병원 가기 전에 내가 먼저 응급조치해볼 테니 안 되면 그때 가보죠."

"그럴까요. 아이구, 감사합니다."

아이샤는 곧바로 사혈침을 가지고 와서 바닥에 신문을 깔아놓고는 쟈니의 손가락을 침으로 찌르기 시작하였다. 어느 손가락에서는 피가 분수처럼 뿜어나오기도 하고 어느 손가락은 약간의 피만 나왔다.

"에그머니나. 혈이 막혔네. 이제 괜찮을 거예요. 지금 손이 아주 찬데 조금 있으면 따뜻해질 겁니다."

"예, 예. 고마워요, 아이샤."

"이제 여기 소파에 누워보세요. 배를 마사지해야 뭉쳐있던 창자가 빨리 풀립니다."

쟈니는 시키는 대로 소파에 누웠다.

아이샤는 쟈니의 배를 두 손으로 힘껏 누르면서 밀어 내리기도 하고 둥글게 마사지도 하였다. 그런데 겨울이라 조금 두꺼운 니트를 입어서 제대로 마사지가 안 되는지 옷을 훌렁 들어 올려서 맨살 위에서 마사지를 계속했다.

"아이고, 배가 완전 얼음이네. 얼음."

아이샤는 혼잣말을 하면서 마사지를 이어갔다. 마치 어머니가 아이에게 하는 손길과 똑같았다. 쟈니는 "어어~" 놀라면서도 아이샤의 부드러운 손길을 느꼈다. 부드럽기만 한 것이 아니라 아이샤의 손이 불처럼 뜨겁게 뜨거웠다.

지금 쟈니의 배가 혈액순환이 안 되어서 얼음같이 차가웠기 때문에 그렇게 느낀 것이다

한동안 쟈니의 배를 마사지하던 아이샤는 방에 들어가더니 구급함을 꺼내왔다. 그리곤 약을 꺼내 쟈니에게 먹이고는 주사기까지 꺼내는 게 아닌가.

"여기 엉덩이 주사 맞아요."

"예에? 주사도요?"

"주사를 맞아야지 아니면 응급실에 실려 갈지도 몰라요."

"아이고야. 그런데 주사는 어떻게 가지고 있나요?"

"그건 안 물어봐도 돼요. 원래 이런 주사는 개인이 소지하면 안 되는데 간호사라 응급으로 몇 개 가지고 있어요. 맞을래요? 안 맞을래요?"

"맞겠습니다. 너어스, 간호사가 아니라 닥터네요. 닥터 아이샤."

"학교 다닐 때 친구들이 그렇게 불렀는데 여기서도 듣네. 호호호."

쟈니는 엉덩이 주사를 맞고는 스르르 잠이 오려고 했고, 그런 모습을 본 아이샤는 쟈니를 일으켜서 방에 들어가서 따뜻하게 자라고 했다.

그날 밤, 쟈니는 배탈이 나았다.

다음날 아침.

쟈니는 아이샤에게 고맙다고 인사를 하려는데 벌써 출근하고 없었다. 시간이 9시가 넘었으니 당연히 출근하고 없는 것이다.

♡ 2월 17일, 금요일.

제임스에게 카톡이 왔다. 저녁 7시에 어디 어디에 있는 오사카 일식집으로 나오라는 내용이고 아이샤도 'ok'문자를 보냈다.

고급 일식집인 오사카는 분위기가 완전히 일본풍이었다. 제임스는 이런 일식집에선 따뜻한 사케(청주, 정종)가 최고라면서 히레사케를 두 잔을 시켰다. 잔 크기가 소주잔이 아니라 물컵 정도의 사기잔(히레 사케잔)이 나왔다. 이런 데를 처음 와보는 아이샤는 어리둥절하기도 하고 조심스럽기만 했다. '의사들은 이런 고급 음식점에 다니는구나.' 아이샤는 이런 생각이 들면서 따끈한 사케를 홀짝거렸다. 술을 따끈하게 데워서 마셔보는 것도 처음이다. 이내 뱃속이 따뜻하면서 금세 취기가 오르고 기분이 좋아졌다.

제임스는 이번에는 영문 워드를 쳐달라고 했다. A4용지 열 장정도 분량인데, 여기저기 복사한 내용 중에 형광펜으로 표시된 내용만 워드를 쳐주면 최종 편집을 자기가 한다고 했다.

"이거, 손 빠르면 서너 시간이면 될 겁니다. 주말을 뺏는 거 같아서 미안해요. 월요일 아침까지 원본과 워드 파일을 USB에 담아 주시면 됩니다."

"네. 그때까지 해드리겠습니다."

제임스는 진심으로 감사해면서 고급 일본요리와 함께 사케를 마셨고, 아이샤는 점점 가까워지는 제임스와의 관계에 크게 만족했다.

집에 돌아온 아이샤는 워드 작업을 토요일, 일요일에 걸쳐서 완료할 생각이었다. 그런데 어찌된 일인지 일이 손에 잡히지 않았다. 세탁도 하고, 낮잠을 자기도 하여 일요일 점심때까지 반 정도 밖에 워드를 치지 못했다. 양이 아주 많으면 처음부터 달려들어서 워드 작업을 했을 터인데 시간을 조금씩 미루다 보니 이렇게 된 것이다. 영문이기 때문에 지루하기도 했다. 일요일엔 쟈니가 근처 산에 간다고 하더니 저녁때까지 들어오질 않았다. 친구들과 저녁을 먹고 올 셈인 모양이라고 생각하면서 아이샤는 워드 작업을 계속했다.

그렇게 저녁 9시경까지 워드 작업의 2/3가량 했는데, 느닷없이 노트북이 먹통이 되고 말았다.

"아이고, 이거 큰일 났네. 이제까지 워드 친 거 다 날아갔네. 이를 어쩌나. 노트북이 먹통이 되어버렸어."

아이샤는 안타까워서 발을 동동 구르고 손을 마구 비비고 별짓을 다 했으나, 노트북은 이상한 영문 글자만 쭈욱 나열되고는 부팅조차 되질 않았다. 이럴 때 컴퓨터에 잘 아는 쟈니가 있으면 좋으련만 아직까지도 들어오질 않았다. 노트북을 식탁에 놓고 작업을 하던 아이샤는 쟈니를 기다리다가 식탁에 엎드려서 잠이 들고 말았다.

9시 40분경. 쟈니가 산에 갔다가 들어와 보니, 아이샤가 식탁에 엎드려서 자고 있길래, 조용히 방에 들어가 데스크 탑 PC를 켜고는 게임 삼매경에 빠졌다.

10시경. 아이샤는 퍼뜩 놀래면서 잠에서 깨었다. 쟈니가 왔나, 하고 현관 쪽을 바라보니 아무렇게나 벗어놓은 등산화가 보였다. 아이샤는 반가운 마음에 껑충걸음으로 쟈니의 방문 앞에 섰다.

"쟈니 씨, 자요?"

"……."

"쟈니 씨, 쟈니 씨?"

아이샤는 방문을 노크하며 쟈니를 불렀다. 쟈니가 휘둥그레 뜬 눈으로 문을 열었다.

"왜요? 무슨 일 났나요?"

"아니요. 제 노트북 좀 봐주세요. 먹통이 되었네요. 지금 당장 워드를 쳐야 하는데, 워드 치다가 먹통이 되었어요. 이제까지 작업한 거 다 날아갔어요. 컴퓨터 잘 아신다니까, 좀 봐주세요."

아이샤는 가라앉은 목소리로 말했다.

쟈니는 말대답을 하지 않고 식탁에 놓여있는 노트북을 이리저리 살폈다. 껐다가 다시 켜보기도 했다. 여러 방법으로 노트북을 깨어보려고 했으나 먹통이 된 노트북은 요지부동이었다.

옆에는 복사된 영문 원고가 펼쳐져 있었다.

"이거 완전히 나갔네. 윈도우가 깨졌어."

"그럼 어떻게 해요? 방법이 없을까요?"

"이거 바이러스 먹었네요. 트로이 목마 바이러스라고."

"예에? 그게 무슨 바이러스인가요?"

"그게 그러니까 컴퓨터 바이러스가 진즉에 이 노트북에 감염되어 있다가 어느 시점에서 컴퓨터를 먹통 되게 합니다."

"어머머, 그런 바이러스도 있나요? 어떻게 고칠 수는 없을까요? 지금 이틀간 작업한 워드 파일이 있는데."

"할 수 없지요. 포맷하고 윈도우 다시 설치해서 처음부터 다시 작업하는 수밖에요. 내일 컴퓨터 샵에 가서 하면 됩니다. 아니면 AS업자를 집으로 불러서 고칠 수도 있는데, 출장비를 줘야 하니까 꽤 돈이 들어갈 겁니다."

"아이고머니나. 이거 큰일이네. 내일 아침까지 파일 주어야 하는데."

아이샤는 정말로 큰일이라면서 얼굴빛까지 달라졌다.

"누구껀데 그렇게 낙심을 하나요?"

"아는 의사요."

"오호. 교제하시는가 보군요."

"아뇨. 아직 교제는 아니고 바쁘다고 해서 도와드리는 겁니다. 내일 오후에 학회에 발표한다는데, 아이참, 정말 큰일이네."

"그냥 있는 대로 말해요. 작업 중 노트북이 바이러스에 감염되어서 먹통이 되었다구. 그러면 알아서 하겠지요. 이 없으면 잇몸이라고 했잖아요."

"안 돼요. 어떻게든 워드파일 주어야 해요."

"바이러스 예방 프로그램을 깔아놓고 쓰면 이렇게까지는 안 되는데. 안타깝네요."

"쟈니 씨는 고칠 수 없나요?"

"난 이 지경까지 된 적이 한 번도 없어요. 이론상으로는 두세 가지 방법이 있는데 되려나 모르겠네요."

"뭔데요? 아무거나 해보세요."

"하 참. 정말로 난감하네. 바이러스를 치료하고 복구하는 프로그램이 있는데 이런 프로그램을 구해서 복구해보는 겁니다. 복구 프로그램도 여러 가지가 있어서 몇 번 시도해봐야 됩니다. 그게 안 되면 하드에 있는 자료를 다른 데로 옮겨놓고 포맷을 하고 윈도우와 워드 프로그램을 다시 설치하는 겁니다."

"아무튼, 뭐가 돼도 좋으니 한 번 시도해 봐요. 이 밤중에 AS기사를 부를 수도 없잖아요."

"그게 참. 100% 된다는 보장이 없다니까요. 나도 이런 경우는 처음이라서 그런 방법이 있다는 거지요."

"그래도 나보다는 낫잖아요. 아무거나 한번 해보세요. 밑져야 본전인데."

"이거 정말 자칫하다가 송장치우고 살인이 나는 격입니다. 그리고 시간도 꽤 걸립니다. 내 컴퓨터로 인터넷에서 복구 프로그램을 다운받아서 그걸 이 노트북에 실행시켜서 치료하고 복구해야 하는데 만만치 않아요. 지금 부팅 영역이 개박살이 났거든요."

"아이구, 엄마야. 이를 어떻게 하나. 밤중에 서비스해주는 업체는 없을까요?"

"없습니다. 병원은 응급실이 있지만 컴퓨터 업체는 응급실이 없어요."

아이샤는 애가 타서 미칠 지경이었다. 내일 아침에 파일을 주면 신 교수가 편집하고 여러 부를 프린트해서 오후 학회에 발표한다고 했는데, 진짜 큰일이 난 것이다. 내일 오전에 시간만 있다면 워드 작업을 할 수 있을 텐데 그것도 불가하다. 시간도 없거니와 작업할 컴퓨터도 없다. 만약, 쟈니의 컴퓨터를 이용한다 해도 몇 시간에 다 작업할 수도 없는 노릇이다.

마침내, 아이샤는 쟈니에게 매달려 봐야겠다고 생각했다.

"쟈니 씨, 아무리 생각해도 딱 떨어지는 방법이 없어요. 저 노트북에 있는 한글 파일 하나만이라도 복구해야 하는데, 또 다른 방법이 없을까요?"

"그게 그겁니다. 파일 하나를 복구하나 열 개, 백 개를 복구하나 그게 그거요."

"아이고, 나 좀 살려줘요. 이거 정말 파일 살려야 해요."

아이샤는 마침내 울음소리를 내면서 애원했다.

"정, 그렇다면 내가 한번 시도를 해보는데 한 시간은 족히 걸립니다. 운이 좋으면 삼사십 분에도 가능하지만 한 시간이나 두 시간이 걸릴지도 몰라요."

"지금 시간이 문제가 아니어요. 파일만 살린다면 밤을 새워서라도 작업을 해서 내일 USB를 갖다 줘야 해요."

아이샤가 이렇게 매달리니 쟈니는 마음이 조금 돌아섰다.

"그럼, 내가 복구했다 치고 아이샤는 나에게 뭘 해줄 꺼요?"

"당연히 수고비죠. 따블로 드려야지요."

"난 업자가 아니라 돈 받고는 안 합니다."

"그럼 뭐요? 다 들어드리겠어요."

이때 충청도 시골 촌뜨기 순진남인 쟈니는 엉뚱한 생각이 들었다.

"작업 시간 한 시간으로 잡고 그에 걸맞게 아이샤도 나에게 응분의 시간을 주어야 합니다."

"그럼 한 시간 동안 뭘 하나요?"

"그 정도는 아니고 일 분만 봉사하세요."

"일 분요? 그래요. 일 분 동안 물구나무서기라도 하겠어요."

"하하하. 그런 것은 아니고 일 분 동안 나에게 뽀뽀를 해야 합니다."

"뭐라구요? 말도 안 되는 소리하지 마세요. 우리 사이가 뭐라고 큰일 날 소리하네요. 내참 기가 막혀서. 말이 되는 소리를 해야지요."

"알았습니다. 그럼 난 들어가서 게임 좀 더 하다가 자렵니다."

쟈니가 벌떡 일어나서 제 방으로 들어가려고 두어 걸음 옮기자, 아이샤는 깜짝 놀라면서 급히 쟈니의 앞을 가로막고 섰다.

"나 좀 살려줘요. 그대로 들어가면 난 어떻게 해요. 다른 건 어때요, 요리 같은 거."

"아 참. 요리도 추가요. 지금 11시가 넘어서는데 라면도 끓여줘야 합니다. 싫다면 할 수 없지요."

아이샤는 진퇴양난에 빠져서 눈물까지 글썽였다. 쟈니에게 이런 장난기가 원래 있었는지 없었는지 알 수 없는데, 그는 지금 민용을 부리고 있다. 왜냐하면 아이샤가 친하게 지낸다는 의사에게 질투심이 생겼기 때문이다. 그렇다고 당장 아이샤와 교제를 할 수도 없는 처지였다.

"입만 살짝 맞추면 되나요?"

"그럼 무슨 맛입니까? 정식으로 껴안고 입술을 맞추어야 합니다. 그것도 30초씩 두 번이요. 시작할 때 계약으로 30초간, 끝났을 때는 정산으로 30초간. 정식으로 달콤하게 뽀뽀를 해주지 않으면 아무것도 안 하겠어요."

"아니 뽀뽀가 무슨 음식이에요? 맛 타령하게."

"하하하. 술맛이죠. 술맛 몰라요? 입술 맛."

"옴마나. 나 원 참, 기가 막혀서. 충청도 양반들이 의뭉스럽다더니 쟈니 같은 사람 때문에 그런 소리가 나온 모양이네요."

"거기까진 모르겠습니다."

아이샤는 이제 더 이상 타협할 방법이 없었기에 잠시 망설였다.

"만약, 못 고치면요?"

"못 고쳐도 할 수 없지요. 내가 그만큼 시간 투자를 했으니까요."

"아이참, 방법이 없네, 없어. 좋아요. 내가 일생일대의 모험을 하는 셈 치고 뽀뽀를 해주겠어요."

"오호, 감사합니다."

아이샤는 지체하지 않고 벌떡 일어섰고 동시에 쟈니도 일어섰다. 그리곤 쟈니를 양손으로 끌어안고 입을 꼭 다문 채 입을 맞추었다.

쟈니는 먼저 황당한 제안을 했지만 이런 미녀와 입맞춤을 하게 되니 가슴이 막 뛰었다. 그리곤 이제까지 맡아보지 못했던 여자 내음과 화장품 내음이 코 안으로 스며들어 호흡이 가빠지기 시작했다. 무엇보다도 아이샤의 멜론 같은 탱글탱글한 가슴이 맞닿으면서 이상야릇한 기분이 들기 시작했다.

시간이 십 초인지 이십 초인지 좌우지간 얼마간 흘렀는지 아이샤는 입술을 떼었다.

"됐지요? 어서 고쳐요."

이젠 명령조다.

"아이구, 정신이 얼떨떨하네."

"엉뚱한 핑계 대지 말고 어서 고치라니까요. 그런데 여자랑 처음 키스해보나요? 그렇게 숨이 가빠지게."

"처음은 아니죠. 두 번째지요."

"다행이네요. 그럼 첫 여자는 누구예요?"

"우리 엄마요."

"뭐라구요? 기가 막혀서 말이 안 나오네. 호호호."

아이샤는 정말로 우스운지 손으로 입을 가리고 큰소리로 웃었다.

둘은 선남선녀요, 미남미녀, 킹카이었는데도 불구하고 이제서야 첫 키스를 하게 되었다.

　잠시 숨을 돌린 쟈니는 자기의 노트북 컴퓨터를 가져와서 이런저런 작업을 하기 시작했다. 그런데 옆에서 아이샤가 이를 지켜보고 있으니 자꾸 신경이 쓰인다. 여자 내음이 온몸을 자극하고 있기 때문에 정신이 혼란스러웠다.

　"옆에서 시험 감독관처럼 지켜보고 있으니 머리가 잘 안돌아가네요. 저기 소파에 앉아서 텔레비전 아무거나 보고 있어요."

　"호호호. 그런가요? 어떻게 하나 잘 지켜보면서 배워두려고 했더니만, 방해가 된다니 물러갑니다."

　쟈니는 이것저것 별짓을 다 해가면서 노트북을 살려놓았다. 시간은 사십여 분 정도가 걸렸다.

　"아이구, 기사회생했네. 아까 워드 작업하던 파일이름이 뭔가요?"

　"어머나. 복구되었어요? 진짜 고수네요. 파일이름은 영문으로 'sin'이예요."

　아이샤는 벌떡 일어나서 쟈니 옆에 섰다.

　"알았어요."

　그런데 쟈니가 'sin'파일을 찾아보니 입력이 얼마 되지 않았는데 다행이도 오토세이브 확장자 파일을 찾아보니, 아이샤가 입력했다는 내용이 있었다.

　"진짜 다행이네요. 자동 저장된 파일에 입력했던 내용이 살아있습니다."

"고마워요, 고마워."

쟈니는 즉시 오토 세이브 된 파일을 불러다가 확장자를 'hwp'로 바꾸었다.

"이제 다 되었습니다. 이 파일에 이어서 작업하면 됩니다."

"아이고, 고마워요."

아이샤는 쟈니가 일어서자마자 아까보다 더 힘껏 껴안으면서 입맞춤을 했다. 하지만 입을 다문 채여서 쟈니는 키스의 깊은 맛은 음미하지 못하였다.

아이샤는 곧바로 워드 작업을 시작했으나 라면을 끓여준다고 했던 생각이 떠올라 냄비에 물을 붓고 가스레인지에 올려놓고는 다시 워드작업을 하기 시작했다.

잠시 후, 둘은 깊은 밤에 라면을 먹었다. 아이샤는 다시 워드 작업을 하고, 쟈니는 방으로 돌아와서 게임을 하려고 했으나 마음이 싱숭생숭하여 그냥 침대에 벌렁 누워버렸다.

이런 바보, 멍텅구리, 등신, 해삼, 말미잘 같은 쟈니는 정말로 양반집의 후손답게 가정교육을 철저히 받은 현대판 양반 선비였다. 다른 남자 같았으면 벌써 일을 저질렀을 것이었다. 아이샤도 첫날부터 경계를 하고 문을 단단히 걸어 잠그고 머리맡에는 과도를 한 자루 놓고 잤다. 만약의 경우를 대비하여 호신(護身)품이 있어야 했기 때문이다. 하지만 하루 이틀 지나면서 쟈니가 요즘 보기드문 조선시대 선비 같은 사람이라는 것을 알게 되어 이제는 잘 때 문도 잠그질 않고 자게 되었다. 준비한 과도는 자기 얼굴을 찌를 뻔했다. 잠버릇이 좀 험한 편인 아이샤가 자다가 과도를 건드려 얼굴에 스치는 바람에 깜짝 놀라서 과도를 치우게 되었는데, 그 후로는 머리맡에 과도를 놓지 않았다.

아이샤는 밤 1시가 조금 넘어서 워드 작업을 완료하고 잠자리에 들었다. 먼저 잠을 청한 쟈니도 낮에 등산해서 피곤한 탓으로 잠시 뒤척이다가 곧 잠에 들었다.

다음날, 아침 7시 40분경. 쟈니의 휴대폰으로 전화가 왔다. 아이샤였다.

"쟈니 씨, 일어났어요?"

"네. 또 무슨 일 일어났나요?"

"한 번만 더 도와주세요."

"뭘요? 나 더 자야 하는데."

"딱 한 번만 더요. 어제 작업한 파일이 든 USB와 복사물이 든 서류 봉투를 내방에 두고 그냥 출근했어요. 차 있으니까 그것 좀 갖다 주세요."

"참말로 딱도 하십니다. 전쟁 중에 총 없이 전쟁터에 나간 격이네요. 속된 말로 장가가는 놈이 부랄 떼고 간다더니. 그렇게 애걸복걸하면서 워드 작업을 하더니 그냥 갔단 말이오? 기가 막히네. 내 원 참!"

"아이참, 미안해요. 진짜 딱 한 번만 더 도와주세요. 이따 저녁때

퇴근해서 뽀뽀해줄게요. 저녁 요리도 해 줄게요. 삼겹살에 소주 한 잔 어때요?"

다급해진 아이샤는 먼저 제안을 했다. 그런데 또 쟈니의 장난기가 발동했다.

"거기에다 플러스 알파가 더 있어요. 뽀뽀, 삼겹살에다 알파가 더 있다구요."

이에 아이샤는 그게 뭔지도 모르고 워낙 다급했기에 "알았어요. 그게 뭔데요?"라고 답변하고 말았다.

"알파는 가슴을 한 번 만져보는 겁니다."

"뭐라구요? 이러면 치한 아닌가요? 해도 해도 너무하시네. 다음엔 옷을 홀딱 벗으라고 할 기세네요."

"나 치한 아니구요. 너무 비약하지 마세요. 모든 결정은 아이샤가 하니까 마음대로 하세요. 난 어제 등산해서 넘 피곤합니다. 잠을 더 자야 합니다."

"아이고야. 쟈니 씨, 쟈니 씨. 한번만 봐주세요. 다른 것은 없어요?"

"내가 지금 부족한 게 없습니다. 있긴 있죠. 공부를 더 해야지요. 근데 나 대신에 공부해줄 수 있나요? 없지요? 없어요."

"아이고 엄마야. 나 좀 도와줘요. 뽀뽀를 2분간 해드릴게요."

"남아일언 중천금이라는데 말 되돌리지 않을 거요. 알아서 판단하시구요. 일단 전화 끊고 마음 변하면 1분 내로 전화하세요. 아니면 전화기 꺼놓고 잘 겁니다."

"좋아요. 그럼 딱 일분 동안 가슴만 만지는 거죠? 애프터 없지요?"

"아, 글쎄, 남아일언 중천금이라고 했잖아요."

"좋아요. 승인하겠습니다. 어서 빨리 USB 들어있는 서류봉투 가져오세요."

"방문 잠그지 않았나요?"

"안 잠겼어요. 어서 빨리요."

"알았어요."

쟈니는 말 몇 마디에 에너지를 충전 받아서 튀어 오르듯 일어나서 옷을 입고 아이샤 방에 들어갔다. 화장대 앞에 서류봉투가 있었고 안에는 복사물과 USB가 들어있었다. 쟈니는 그것을 들고 뛰어 내려와 대한민국 국민차라는 다반떼 승용차에 올라 액셀러레이터를 마구 밟아 샤니 종합병원 정문에 도착했다.

아이샤는 발을 동동거리면서 쟈니를 기다렸고, 쟈니는 차창 문을 열고는 서류봉투를 건넸다.

"고마워요, 쟈니 씨."

"괜찮아요."

이렇게 인사를 나눈 후 쟈니는 집으로 돌아왔다.

아이샤가 서류봉투를 들고 엘리베이터 앞에 서있었는데, 문이 열리면서 신 교수가 나오는 게 아닌가. 절묘한 타이밍이었다.

"교수님, 여기 워드 작업한 USB예요."

"오, 그래요. 감사합니다."

신 교수는 정중하게 답례를 하고는 서류봉투를 받아갔다.

그날 퇴근 무렵에 신 교수에게서 카톡이 왔다. 오후에 학회에 참석해 발표를 했는데 아주 잘했다면서 내일 저녁 6시 30분에 ○○○ 거리의 ○○퓨전 음식점으로 나와 달라고 했다. 아이샤는 이 모든 것이 어시스트한 쟈니 덕분이란 생각이 들었다.

그날 저녁.

쟈니는 아이샤가 정말로 삼겹살 구이를 할까, 반신반의하면서 기다렸다.

"쟈니 씨, 많이 기다렸지요. 내가 맛있는 요리 해줄게요. 아니, 요리는 아니고 등심 구워먹어요. 삼겹살보다 훨씬 맛있어요. 소주랑 맥주도 사 왔어요."

"정말이요? 야아~ 오늘 횡재했네요."

둘은 정말로 좋아서 시시덕거리면서 불판을 준비하고 등심을 굽기 시작했다.

"쟈니 씨 덕분에 USB 잘 전달했고, 교수님도 학회 발표를 잘했다고 합니다. 그래서 내가 한턱 쏩니다."

"하아, 다행입니다. 어젯밤에는 정말 난감하더니만 하늘이 무너져도 솟아날 구멍이 있다는 옛말이 맞습니다."

"호호호. 그런 셈이네요. 지나고 보니."

쟈니는 생각지도 않게 고기로 포식을 하게 되었다. 아이샤는 불판에 등심을 올려놓고 상추와 깻잎을 씻어오는 등 분주히 움직였다.

둘이서 이렇게 마주 보고 식사를 하게 된 것이 오늘로 세 번째다. 이사 첫날에 라면을 끓여 먹고, 어젯밤에도 라면을 먹고 이번엔 고기를 구워 먹는 것이다. 그렇게 둘은 오랜 친구처럼 고기를 굽고 술을 마셨다. 아이샤는 후식이라면서 딸기까지 내왔고, 쟈니는 생각지도 않았던 후한 대접에 몸 둘 바를 모를 지경이었다.

식사를 마치고 아이샤는 설거지하러 싱크대 앞으로 갔다. 쟈니는 소파 의자에 앉아 TV를 켜고는 채널을 이리저리 돌리다가 외계인이 나오는 SF영화를 시청하기 시작했다.

"쟈니 씨, 오래 기다렸지요?"

아이샤가 설거지를 끝내고 다가왔다.

"이거, 너무 과한 대접을 받네요."

"그럴만한 이유가 있으니까 후한 대접을 한 거랍니다. 그리고 하나가 또 남았잖아요. 진짜 메인 메뉴. 호호호."

"아? 예. 하하하. 맞아요."

"이번에 입맞춤이 아니라 달콤한 키스를 해줄게요."

"아이구, 감사합니다. 벌써 가슴이 설렙니다."

아이샤는 술기운이 올라서 약간의 만용을 부리고 있었다. 쟈니에겐 고마울 뿐이다. 소파 옆에 앉은 아이샤는 몸을 옆으로 돌려 쟈니를 껴안더니 입을 맞추고는 가만히 있는 것이 아니라 혀로 쟈니의 입술을 자극하니 쟈니도 기다렸다는 듯이 입을 열고 둘은 설왕설래의 키스를 나누기 시작했다. 정말로 달콤하고 짜릿짜릿한 느낌이 입 안에서 온몸으로 퍼져나갔다. 쟈니는 아이샤의 웃옷 속으로 손을 넣었다. 아이샤는 몸을 움찔했으나 입을 떼지도 않고 쟈니가 하는 대로 내버려 두었다. 약속은 약속인 것이다. 아이샤는 브래지어를 벗고 있었기에 곧바로 손에 탱탱하면서도 뭉클한 감촉이 느껴지면서 말할 수 없이 황홀했다. 시간이 얼마나 흘렀나, 안 흘렀나 둘은 환상 속을 헤매는 듯했다.

"자아~ 이젠 그만."

아이샤가 입을 떼면서 쟈니를 살짝 밀쳐내니 옷 속에 있던 쟈니의 손도 빼낼 수밖에 없었다.

"좋아요?"

"아~, 너무 좋아요. 덕분에 여자 맛을 조금 알았어요. 너무 황홀합니다."

"호호호. 어서 빨리 여친 만들어서 같이 놀아요. 난 더 이상 안 됩니다."

"하아~. 그게 참, 쉽지 않네요."

둘은 맥주를 마시면서 한참을 시시덕대다가 각자의 방으로 들어갔다.

♡ 2월 21일, 화요일.

점심때쯤 신 교수에게 카톡이 왔다. 어제 일로 답례를 하겠다는 것이다.

"해물 좋아하시나요?"

"아무거나 잘 먹어요."

"그럼 오늘 저녁 7시. ○○○로타리에 있는 3층 강산 퓨전 레스토랑으로 나오세요."

아이샤는 저녁 7시에 강산 레스토랑으로 나갔다. 맛집으로 유명세를 탔는지, 사람들로 북적거렸다. 신 교수와 아이샤는 자리를 배정받고 앉았으나 분위기가 산만했다.

"하이고야, 여기 맛집이라고 해서 찾아왔더니만 완전 시장 분위기네요."

"그러게요. 그래도 왔으니 맛을 보고 가야겠지요."

신 교수가 푸념을 하고 아이샤도 맞장구를 쳤다. 둘은 갖가지 해물이 든 해물탕을 시켜서 먹는데 소란스러운 분위기 이외에도 냄새가 물씬 나서 옷에도 밸 지경이었다.

신 교수는 진짜로 잘못 왔다면서 역시 데이트는 경양식집이나 일식집이 최고라고 하였다. 아이샤는 레스토랑이나 한식집은 칸막이가 거의 없이 개방되어 있어서 오붓한 대화가 어렵다고 하였다.

"오늘은 대충 먹고 나가야겠어요. 이번 주 금요일 시간 있으신가요?"

신 교수는 아이샤를 정중히 대우했다. 의사가 간호사를 대할 때 하대를 하거나 아니면, 군대에서 졸병 다루듯 막 대하기도 하는데 신 교수는 최상의 매너를 가지고 있었다.

'잘 사는 집안에서 가정교육을 제대로 배운 남자야.'

아이샤는 그렇게 생각하였다.

"시간은 많아요. 퇴근 후에 별일 없으면 그냥 집에 들어갑니다."

"오호, 잘 되었네요. 그럼 교외로 한번 나가볼까요? 여기서 차를 타고 삼십여 분만 가면 파주나 일산 쪽에 맛집도 많고 산책할 만한 곳도 여러 군데입니다. 내 차 타면 이십여 분만에도 갈 수 있어요."

"그래요? 그런 데가 있나요? 전 그쪽으로 한 번도 가보지 않아서 잘 모릅니다. 갔다가 너무 늦지만 않으면 가보고 싶어요."

"그럼, 금요일 퇴근하자마자 병원에서 서쪽으로 세 블록 정도 가면 훈풍서점이라고 있어요. 아주 크진 않지만 길가에 있으니 쉽게 찾을 거예요. 거기서 기다리고 있으면 내가 차를 가지고 가지요. 오후 6시면 충분할 겁니다. 그러면 파주 쪽에 가서 저녁 먹고 조금 쉬다가 와도 밤 10시면 올 수 있을 겁니다. 괜찮겠어요?"

"네. 그 시간이라면 괜찮아요."

이렇게 해서 둘은 대화를 조금 더 하다가 각자 헤어졌다. 신 교수는 술 때문에 택시 타고 왔다고 했고 아이샤 역시 택시를 타고 왔다.

아이샤는 이렇게 신 교수와 이어지는 것이 한편으로는 쟈니 덕분이라고 생각했다.

♡ 2월 24일, 금요일.

아이샤는 퇴근 후, 약간의 얼굴 단장을 하고는 부지런히 걸어서 세 블록 떨어져 있는 훈풍서점 앞에 도착했다. 곧바로 까만 외제 승용차가 앞에 와서 멈추더니 신 교수가 손짓을 하면서 타라고 했다.

"차가 무지 좋아 보이네요."

"그렇게 보이세요? 예리한 눈입니다. 하하하. 이게 독일에서 명성이 있는 아우디입니다. 독일 차 빅3 하면 벤츠, 아우디, BMW 이렇게 세 브랜드인데 BMW는 화재가 자주 나서 요즘 개똥 취급받고 있지요."

"독일 하면 속도 제한이 없다는 아우토반 고속도로가 있는데 아닌가요?"

"맞아요. 차에 대해서 관심이 많으신가 보죠?"

"그 정도는 아니고 아우토반이 하도 유명해서 알고 있을 뿐입니다. 전 세계에 속도 제한 없는 고속도로는 아우토반 한 군데뿐이라고 들었어요."

"그래요. 이 차 가지고 거길 한 번 드라이브 해봐야 하는데 우리나라에선 제 속도 낼 수가 없네요."

"최고 속도가 얼마나 나오는데요?"

"말로는 240까지 나온다는데 내가 180까지는 밟아 봤지요. 옆에서 100, 120으로 가는 차들이 그냥 휙휙 지나칩니다. 진짜 짜릿짜릿한 기분이지요."

"아이고, 그러다가 탈나면 어쩌려구요. 차 가격도 굉장할 것 같아요."

"그렇죠. 이런 차가 지금 1억 삼사천 정도 갈 겁니다. 사려면 세금에다 부대비용까지 추가로 몇 천 더 들어갑니다."

"와아~. 진짜 대단한 차네요. 아무튼 영광입니다. 전 이런 차를 보기도 처음이고, 타보기도 처음이네요."

"차 있죠?"

"네. 국민차 다반떼요. 전 그 차도 세게 밟아보지 못했어요. 무서워서."

"하하하. 여자 분들이 보통 다 그래요. 사실 그렇게 타는 게 정상인데 남자들이 만용을 부리는 거지요."

"그런가 봐요. 남자들 만나면 차 얘기하는 경우가 많아요."

"그렇지요. 남자들에게 차는 제2의 신분이나 마찬가지입니다. 아무개가 무슨 차를 타더라, 아무개는 외제차 무슨 차를 타더라, 하면서 차가 신분이 되어버렸어요."

"맞아요. 그러니 남자들이 기를 쓰고 고급차를 가지려고 하는 것 같아요."

아이샤는 어디로 가는지도 모르고 동승하여 신 교수가 운전하는 대로 가야했다.

이윽고, 어느 도시에 들어왔는데 파주라고 했고, 도심지인가 어느 번화가에서 차가 멈췄다.

"다 왔어요. 아이샤. 여기서 내려서 잠시 기다려요. 내가 주차하고 올 테니까."

"네."

아이샤는 어느 건물 앞에 내렸는데 상가와 음식점들이 즐비하고 건너편에는 고급스러워 보이는 모텔들이 네온사인을 밝히고 있었다.

곧바로 신 교수가 나타나서 바로 앞의 건물 3층에 있는 송죽 일식집으로 올라갔다. 들어가 보니 여긴 음식점 분위기는 전혀 없고 언론에서나 본 듯한 룸살롱 같은 술집 분위기였다. 왜냐하면, 홀 테이블은 하나도 없고 복도를 중심으로 룸이 양쪽으로 쭈욱 연결되어 있었기 때문이다. 조명도 흐릿하고 약간 핑크빛 조명이 나는 게 곰보도 보조개로 보일 정도였다.

둘은 여직원의 안내에 따라 룸으로 안내되었다. 신 교수는 메뉴판을 아이샤에게 보이면서 뭘 먹겠냐고 물었는데 언뜻 보니 음식값이 장난이 아니다. 최소 칠팔만 원에서부터 십오륙만 원, 이십만 원이나 되는 데다 술값은 별도였다.

아이샤는 이런 곳은 처음이고 메뉴도 잘 모른다고 하니까, 신 교수가 자기 멋대로 십오만 원짜리 세트 메뉴와 전에 마셨던 사케도 주문했다.

"아이샤, 정말 고마워요. 덕분에 발표도 잘하고 내가 한 단계 업그레이드되었습니다."

"다행이네요. 사실 영문 원고라 읽기가 좀 어려웠어요. 그래서 밤 늦게 작업을 했답니다."

"그러셨어요? 아 진짜, 신세를 많이 졌네요. 오늘 단단히 한턱내겠습니다."

"아이참, 그래도 너무 부담이 되는 것 같아요. 그냥 커피 한잔 마셔도 되는데 이렇게 멀리까지 와서 고급 요리를 맛보다니 제가 부담됩니다."

"아니죠. 하늘에서 강림하신 선녀와 함께하는 것만으로도 그에 걸맞은 천상의 음식을 대접해야 합니다."

"호호호. 정말 너무 오버하시네요."

"아닙니다. 제 눈에는 지금 선녀로 보입니다."

노련한 신 교수의 말솜씨에 아이샤는 지금 90도 각도에 30도쯤 넘어가 있었다. 그러는 사이에 사케와 간단한 안주가 들어왔다. 여긴 따끈한 사케가 모양도 예쁜 주전자에 담아왔는데 술잔은 소주잔만한 사기잔이다. 지난번에도 마셔본 따끈한 사케는 마시자마자 금세 취기가 오르지만 깰 때에도 숙취가 거의 없었기에 아이샤는 신 교수와 함께 사케 한 잔을 마셨다.

그리곤 또 몇 마디 대화를 하면서 또 한 잔을 마셨다. 아이샤는 먼저 취기가 올랐으나 애써 얌전히 있어야 했다.

곧바로 메인 메뉴인 스시와 날치 알, 철갑상어 알, 이름 모를 회 등이 고급 접시에 담아져 나왔다. 둘은 시장하던 참에 식사 겸 안주 삼아서 사케를 또 마셨다.

이번엔 아이샤가 한 잔 마시고 신 교수는 두세 잔쯤 마신 모양이었다. 아이샤는 행복한 기분이 들면서 마음이 공중에 뜬 기분이었다.

"아이샤가 도와주니 모든 게 다 순조로워."

"감사합니다, 신 교수님."

"아 참. 이참에 호칭을 좀 바꾸자구. 이렇게 데이트 나왔는데 교수님, 교수님 하는 게 좀 부담스럽고 어색하네."

"그럼 뭐라고 부를까요? 선배님? 아니면 오빠?"

"그것도 마음에 안 들어. 다들 오빠, 오빠 하는데 유취(乳臭) 나잖아."

유취는 젖 냄새 난다는 뜻이다.

"호호호. 그러세요. 다들 그런 식으로 부르던데…… 결혼하고 나서도 신랑더러 오빠라고 부르거든요."

"아 글쎄, 그게 난 마음에 안 들어. 난 지난번에 말한 대로 닉네임 제임스라고 불러."

"제임스요? 좋아요. 저도 아이샤로 부르잖아요."

"그리고 난 이제부터 하대하겠어. 아이샤는 적당히 존대를 하고 말이야. 나이를 보아서라도 그게 어울려."

신 교수는 아까부터 아이샤에게 하대를 하고 있었는데 다시 확인시키는 셈이었다.

"좋아요. 그럼 이제부터 제임스라고 부르겠어요."

"좋아, 좋아. 근데 말이야, 내가 아이샤를 처음 보았을 때 이런 생각이 들더라구."

"무슨 생각이요?"

"저 여자는 내 사람이다. 이런 생각이 저절로 머릿속에 떠올랐어."

"옴마나, 그러셨어요? 영광입니다."

이것은 아이샤에게도 마찬가지였다. 1월에 제임스가 샤니 병원에 올 때부터 저 의사는 내 남자라고 생각하면서 이제나저제나 둘이 엮어지기만을 기다렸지 않은가. 그렇다고 내색할 수는 없었다.

둘의 대화는 점점 더 무르익어서 노란색, 파란색도 분홍색으로 보일 지경이었다. 차분차분 대화를 나누는데 일본풍의 음악 소리가 너무 커서 가끔 큰소리로 말하거나 귀를 쫑긋거려야 했다.

"이거 음악 소리가 더 커졌나? 잘 들리질 않네."

"그러네요. 볼륨을 줄여달라고 할까요?"

"아니지. 여기 영업방침이 있을 텐데 우리 둘만을 위해서 볼륨 낮추기는 어려울 거야. 내가 그리로 갈까?"

"그러세요. 옆에 있는 게 편할 것 같네요."

아이샤는 별 생각 없이 옆으로 제임스를 오라고 했고, 제임스는 아이샤 옆에 와서 앉았다. 대번에 분위기가 업그레이드되면서 둘의 얼굴을 마주 보게 되자 친근감이 생겼다.

"에이 참, 진즉에 이렇게 앉을 걸. 괜히 목 아프게 큰소리쳤네."

"그러게요. 분위기도 더 좋아졌어요."

이렇게 해서 둘은 또 별 시답지 않은 이야기를 주고받았다. 아이샤가 놀랄만한 일은 제임스의 부모님은 모두 의사라고 했다. 아버지는 내과 의사고 엄마는 산부인과 의사여서 자기는 어려서부터 의사가 되는 것이 당연하다고 생각하면서 자라왔다고 한다. 다행히 타고난 DNA가 좋아서 명석한 머리에 꾸준히 공부하여 Y대 의예과에 들어가게 되었다고 한다. 부모님 소유의 5층짜리 병원도 소유하고 있다는데 이게 아마 칠팔십 억 정도 간다고 하면서 자기는 그동안 공부만 하느라 제대로 놀지도 못하여 적당히 놀아가면서 세월을 보내다가 결혼을 할 작정이라고 했다.

어쩌면 아버지가 운영하는 병원을 물려받게 될 것 같다고 했다. 아버지도 내과 의사인데 아버지 말씀으로는 환갑 전까지만 병원을 운영하고 은퇴하여 전 세계 여행을 다니겠다고 여러 번 말씀하셨다고 한다. 물론 엄마도 동의했다고 하였다.

아이샤가 듣기에는 정말로 동화 속에서나 나올만한 이야기였다. 자신은 내세울 것이 아무것도 없어서 그냥 듣는 척 해야 했는데 이것도 고역이었다. 빈부의 격차뿐만 아니라 신분의 격차가 그만큼 컸다. 아이샤는 이런 남자와 결혼하게 되면 부에 무임승차를 하는 것이라 어떻게든 자기 사람으로 만들고픈 생각이 들었다. 이러는 중에 사케도 더 마시게 되어서 아이샤는 이제 약간 어질거릴 정도나 기분은 매우 좋은 상태가 되었다.

이때쯤 제임스가 아이샤 옆으로 바싹 다가앉더니 왼손을 아이샤의 어깨 위에 올렸다. 아이샤는 별 저항 없이 제임스를 바라보았는데 그의 눈빛을 알아차렸다. 다가오는 제임스의 입술을 받아들였고, 곧 딥키스를 나눴다. 황홀한 감각이 온몸에 퍼지면서 아이샤는 꿈속에 있는 듯했다.

그렇게 얼마간 있는데 제임스는 아이샤의 오른손을 잡아끌더니 자기쪽으로 가져갔다. 아이샤는 입을 맞춘 상태에서 다음 행동이 무슨 일인지 전혀 모르고 제임스의 손길을 뿌리치지 않고 있었다. 아이샤의 손에 단단한 살덩이가 만져졌다.

"옴마나! 안 돼요."

"괜찮아. 그렇게 있어. 괜찮아. 나를 위해서 그대로 잡고 있어."

제임스는 어느 사이에 바지의 혁대를 풀고 팬티의 홀 밖으로 우뚝 솟아오른 남성 심벌을 아이샤의 손에 쥐어준 것이다. 아이샤는 끝까지 거부하지 못하고 체념했다. 제임스의 심벌을 손에 쥐고 있자니 심장이 터질 듯 뛰기 시작하고 호흡은 가빠졌다.

제임스는 이 틈을 놓치지 않고 아이샤의 웃옷 속으로 손을 넣어 앞가슴을 만지기 시작했다. 이번에도 아이샤는 거부하는 몸짓을 했지만 어찌 된 노릇인지 벌떡 일어나서 도망치지 못하고 손길을 받아들이고 있었다.

제임스는 양쪽 멜론을 한동안 희롱을 하였는데, 아이샤는 이제껏 느껴보지 못한 이상한 쾌감을 느끼면서 정신이 더 몽롱해졌다.

"그렇게 쥐고만 있지 말고 만져줘."

제임스가 아이샤에게 속삭였다. 아이샤는 시키는 대로 심볼을 이리저리 만지기 시작하였다.

"아, 좋아. 좋아."

제임스도 황홀한 기분이 들면서 아이샤를 더욱 바짝 껴안았다. 그때, 제임스의 손길이 아이샤의 바지 호크를 열고는 지퍼를 내리는 것이 아닌가.

"아아~. 안 돼요. 거긴 안 돼요."

"괜찮아. 우리 사이에 뭐 가릴 게 있어. 나도 그냥 만져만 볼게."

아이샤는 안 된다고 말하면서도 그대로 있어야 했다. 제임스의 손이 곧바로 팬티 속으로 들어왔다.

"진짜 안 돼요. 거기가 다 젖었어요."

"오우, 그래? 그게 바로 아이샤가 나를 좋아하고 사랑한다는 증거야. 괜찮아."

"아이고 옴마. 진짜 안 돼요."

아이샤는 다리를 꼬고 있으나 한번 들어간 제임스의 손길은 빠져나오지 않고 더욱 깊숙이 찾아들었다.

미끈한 감촉이 제임스의 손가락에 전해져 왔다.

"오오~, 정말이네. 계곡에 물이 다 찼어. 옥수로 가득해."

옥수(玉水)는 여체의 애액을 말하는 것인데, 우리 선현들은 여체의 하문을 옥문(玉門)으로, 애액을 옥수로 완곡하게 표현하였다. 제임스의 손길이 거기서 멈추지 않고 작은 볼(ball)을 찾아서 희롱을 하니 아이샤는 이제까지 느껴보지 못했던 황홀한 쾌감에 온몸을 비비 꼬다시피 하면서 신음소리가 절로 터져 나왔다.

아이샤가 쥐고 있는 제임스의 심볼도 터질 듯이 부풀어 올라서 불끈불끈하는 게 손으로 느껴졌다.

"아이고, 더 이상 못 참겠어. 우리 자리 옮겨서 몸을 좀 풀어."

"내 몸도 이상해졌어요."

이제 둘은 통제 불능 상태가 되었다. 어떻게든 생리적인 욕구를 채워야 했던 것이다. 지금 아이샤의 심신은 두뇌에 의해 통제되는 것이 아니라 말초신경 세포에 의해서 심신이 통제되고 있었다.

"일단, 나가자구."

"네."

아이샤는 귀신에 홀린 듯 제임스를 따라 나와서 바로 근처의 모텔로 들어갔다.

둘은 샤워고 뭐고 간에 쇠붙이가 자석에 들러붙듯 들러붙었고, 그들은 거추장스러운 옷들을 벗어던지고 알몸이 되었다.

"저 숫처녀예요."

"오호, 내가 오늘 큰 선물을 받네. 고마워."

이때 아이샤는 '남자들은 숫처녀를 최고의 선물로 생각하는구나' 생각했다.

알몸이 된 둘은 그대로 한 몸이 되고 말았다. 아이샤는 잠시 잠깐 고통이 찾아왔으나 곧바로 그보다는 훨씬 큰 강렬한 쾌감을 온몸으로 느껴야 했다. 이렇게 해서 아이샤는 미래의 남편감이라고 찍어놓은 제임스와 첫 경험을 하게 되었다.

"아이샤, 내게 와줘서 고마워. 우리 둘이라면 아마 태산도 옮길 거야."

"제가 영광이지요."

제임스의 대수롭지 않은 말을 아이샤는 '제임스가 나와 결혼할 생각이 있구나'하고 곡해했다.

둘은 밤 11시가 넘어서 모텔에서 나왔다.

"아직 술이 다 깨지 않았는데, 운전 괜찮을까요?"

"아~ 괜찮아. 정신은 말짱해. 그리고 얼마 마시지도 않았잖아. 사케는 금세 취하고 금세 깨. 그리고 음주단속이 뜨면 곧바로 회원들에게 알려져. 어느 구간에 음주 단속한다고 말야. 그리고 캅, 경찰들도 이 시간대면 다 들어가. 걱정할 것 없어."

제임스가 자신 있게 말하니 아이샤도 더 이상 할 말이 없어 동승했다.

제임스는 정말로 카레이서처럼 운전을 해서 이십여 분만에 서울 시내로 돌아왔다. 아이샤를 집 근처에 내려주고는 쏜살같이 사라졌다.

아이샤가 투룸에 들어와 보니 쟈니가 컴퓨터 게임을 하는지 3월에 개강할 학습지도안을 만드는지 컴퓨터 자판을 치는 소리가 들렸다. 아이샤는 조용히 방에 들어가서 침대에 누웠다. 꿈결 같고 환상 같은 여흥이 온몸을 감싸고 휘돌았다. 이때가 아이샤가 26살 되던 해, 2월 24일이었다.

다음날 토요일 오후.

아이샤는 노트북을 들고 컴퓨터 샵에 나타났다. 노트북이 바이러스 때문에 망가졌던 것을 쟈니가 임시방편으로 살려냈다고 하기에 이참에 전반적으로 점검도 하고 바이러스 백신도 설치해야 한다고 해서 온 것이다.

샵의 젊은 사장은 노트북을 켜보고는 언제 뭘 어떻게 했는지 다 알고 있었다. 자동으로 시간이 기록되어 있었기 때문이다.

"이거 속이 엉망이네요. 임시방편으로 복구했어요?"

"네. 그렇게 했다고 했어요."

"일단, 데이터를 백업 받아놓고 하드를 포맷해서 윈도우를 다시 설치해야 합니다. 다행이 데이터가 많지 않아서 시간은 그리 오래 걸리지 않아요."

"그렇게 해주세요. 그러면 작업비가 얼만가요?"

"원칙대로 프로그램 정품으로 다 깔면 최소한 오륙십만 원 이상 들어요. 우리가 복사본으로 암암리에 설치해주고 오만 원 받습니다."

"할 수 없지요. 시간은요?"

"한 시간 이내면 될 것 같습니다. 여기서 기다리든가, 이 옆의 커피숍에서 기다리든가. 아니면, 맡겨놓았다가 다음에 찾으러 오시던가요."

"한 시간 이내라면 그냥 여기서 기다릴게요."

이렇게 해서 노트북을 대청소하기 시작하는데, 사장의 말로는 다음부터는 중요한 데이터는 반드시 외장하드에 저장하라고 했다. 그러면 본체가 먹통이 되어도 외장하드에 있는 데이터는 살아있으니까 다른 컴퓨터에 연결해서 작업을 할 수 있다고 하였다. 요즘은 외장하드 가격이 많이 내려서 2테라에 십만 원이면 산다고 했다. 그래서 아이샤는 외장하드도 사기로 했다.

샵 사장은 노트북이 바이러스를 먹거나, 다른 이유로 먹통이 되었을 때를 대비해서 데스크 탑이나 노트북이 한 대 더 있어야 안심이 된다고 했다. 컴퓨터를 많이 다루는 대부분의 유저가 그래서 컴퓨터 두 대 정도를 가지고 있다고 했다.

그러고 보니 쟈니도 데스크 탑과 노트북을 가지고 있어서 아이샤는 사장의 말에 공감이 갔다. 그런데 데스크 탑은 부피가 너무 커서 15인치 정도의 노트북이 알맞았다. 지금 노트북도 15인치다.

"그러네요. 저번에 진짜 미칠 뻔했어요. 며칠 작업했는데 노트북이 먹통이 되었거든요. 그런데 15인치 노트북은 얼마나 가나요?"

"신품은 적어도 이백여 만 원 정도 주어야 쓸만 합니다. 그 위로도 더 비싼 노트북이 있는데 복잡한 게임을 하지 않는 한 고사양은 필요 없어요. 지금 내가 가지고 있는 신품급의 15인치 노트북을 백삼십만 원에 팔고 있어요."

"그래요? 그게 새 제품이라면 얼마짜리인데요?"

"백팔십만 원은 줘야합니다. 어떤 손님이 노트북을 샀다가 화면이 너무 작다면서 중고로 내놓고 데스크 탑을 샀지요. 모니터도 32인치로 하고. 거실 TV 모니터와 맞먹습니다. 개봉만 한 거나 다름없어요. 프로그램도 내가 다 설치해주었고요. 손님께서 사신다면 이 노트북에 프로그램 설치하는 비용 5만 원을 무료로 해주고 노트북 값 130만 원만 받을게요."

이렇게 해서 아이샤는 노트북 130만 원에 외장하드 10만 원을 추가해서 총 140만 원에 구매하기로 하였다. 얼마 후, 작업이 완료되었다. 아이샤는 노트북 두 대와 외장하드를 사가지고 집으로 왔다. 이젠 노트북이 먹통이 되더라고 쟈니의 손을 빌릴 필요가 없어졌기에 내심 만족스러웠다. 제임스가 워드나 파워포인트를 부탁해도 즉시 작업을 해줄 수 있었다.

♡ 2월 28일, 화요일.

없던 길을 처음으로 만들 때에는 매우 힘이 들지만 한번 만들어놓은 길은 왕래하기가 쉽다. 제임스는 아이샤를 불러내어서 저녁을 먹고 두 번째 동침을 했다.

♡ 3월 1일, 목요일.

제임스는 점심때 아이샤를 불러내어서 점심을 먹고 모텔 4시간짜리 대실을 빌려서 두 게임을 했다.

♡ 3월 2일, 금요일.

신임 간호사가 왔다. 초임은 아니고 다른 병원에 1년 근무한 이력이 있다. 여기 샤니 병원은 대학교를 갓 졸업한 완전 초짜는 채용하지 않고 있었다. 너무 미숙하기 때문에 자칫하다가 실수나 사고를 낼 수 있다는 이유에서였다.

신임 간호사는 안소영인데 인도 여자를 닮았다. 키는 160정도로 보이는데, 인도 여자들처럼 눈은 왕눈이고 가슴은 볼록하고 허리는 짤록했으며 히프는 풍만했다. 아무튼 첫인상이 인도의 아리안족 같았는데 살며시 웃는 모습이 귀염성이 있었다. 붙임성도 좋아 보였다.

♡ 3월 3일, 토요일.

제임스와 아이샤는 저녁때쯤 만나서 한 게임을 했다. 그런데 이날부터 아이샤는 이상한 불안감에 휩싸이기 시작했다. 다름 아닌 쟈니 때문이었다. 지금 제임스와 진도가 차근차근히 나가서 결혼을 할 것도 같은데, 쟈니와 이렇게 같은 집에 산다는 것은 누가 보아도 동거였다. 당장 이사를 가야 하는데 돈이 아까워서 이러지도 못하고 저러지도 못하고 있었다.

아이샤는 쟈니와의 어떤 문제가 발생할까봐 거리를 두고 말 한마디도 함부로 하지 말아야겠다고 다짐했다. 집에 가서 쟈니를 보아도 의식적으로 소 닭 쳐다보듯이 했다. 쟈니가 겉치레 인사라고 하면 대꾸도 잘 하지 않았다. 이유 없이 쟈니가 미워지기 시작했다.

쟈니 때문에 잘 엮어졌는데, 쟈니 때문에 다 된 밥에 재를 뿌리게 된 것이다. 아이샤는 할 수 없이 자기가 이사 가기로 하고 다음날부터 교차로 부동산 광고를 보면서 집을 알아보기 시작했다. 이번만큼은 직접 건물주를 만나서 계약을 해야 했다.

♡ 3월 6일, 화요일.

쟈니 때문에 여전히 미칠 지경이다. 쟈니가 나가주었으면 좋으련만 절대로 나갈 위인이 아니다. 나가더라도 아이샤가 나가야 했다.

이날도 아이샤는 제임스를 만나서 한 게임을 했다. 이제 둘은 '씹고 뜯고 맛보고 즐기고'가 아니라 '물고 빨고 핥고 즐기고'를 하면서 지랄 염병을 떨었다.

섹스의 늪에 빠진 아이샤는 밤 12시경에 들어왔는데, 쟈니는 자는지 조용하기만 했다. 이날 따라 아이샤는 술을 몇 잔 더 마셨기에 술 냄새를 풍기고 몸도 흔들거렸다. 섹스에 도취되고 술에 취한 것이다. 아이샤는 되는대로 속옷을 벗어서 세탁기에 던져놓고는 그대로 쓰러져서 잠이 들었다.

쟈니는 한참을 자다가 화장실에 가기 위해 문을 열고 나왔는데, 술 냄새가 확 풍기었다.

'흐음. 의사와 교제를 한다더니 툭하면 술독에 빠졌다가 나오는 모양이네. 한심하다, 한심해. 인물이 딱하다.'

쟈니는 혼잣말을 하면서 화장실에 갔다가 돌아와 다시 잠을 청했다.

♡ 3월 7일, 수요일.

아이샤는 일찍 출근했다. 쟈니는 수요일엔 강의가 없어서 일요일이나 마찬가지였다. 그래서 쟈니는 9시가 넘어서 일어나 컵라면에 찬밥을 말아먹고는 잠시 소파에 앉았다가 일어나더니 그동안 밀린 빨래를 하기 위해 양말과 속옷, 티셔츠 등을 주섬주섬 가져다가 쟈니 소유의 세탁기 뚜껑을 열고 던져놓고 세제를 듬뿍 넣었다. 세제를 이렇게 많이 넣으면 안 되는데 잘 빨아지라고 되는대로 듬뿍 넣은 것이다. 그리곤 세탁기 스위치를 넣었다. 세탁기는 곧바로 물 나오는 소리와 함께 '윙~윙~' 돌아가는 소리를 내기 시작하였다.

아직 날씨가 쌀쌀해 쟈니는 패딩 점퍼를 입고 나와서 버스를 타고 가까운 극장으로 가서 얼마 전에 개봉했다는 재난 영화를 한 편보고 점심으로 간짜장을 사먹고 오후 4시경이 되어서 집에 돌아왔다.

세탁기의 세탁을 완료하고 벌써 꺼져있었다. 쟈니는 옷걸이를 가져다가 아무 생각 없이 세탁물을 대충 걸어놓기 시작했다.

"어어. 이거, 아이샤 속옷 같네. 아이샤 속옷이네. 얘가 왜 내 세탁기에 제 옷을 넣었을까? 겉옷도 아닌 속옷을. 둘이 약속하길 속옷은 각자 방에다가 널자고 했는데. 거 참. 이상하다."

그러니까 어젯밤에 아이샤는 술에 취해서 벗은 속옷을 모양이 똑같은 쟈니의 세탁기에 넣은 것이다. 쟈니는 그것도 모르고 평상시대로 세탁기를 돌린 것이다.

쟈니는 할 수 없이 아이샤의 팬티와 메리야스, 브래지어도 대충 옷걸이에 걸어 거실 한편에 놓았다. 쟈니의 속옷은 방에다 널고 겉옷은 거실 몇 군데에 널었다.

저녁때가 되어서 쟈니는 시골밥상에 가서 김치찌개와 함께 소주를 마셨다. 술을 크게 좋아하진 않지만, 오늘 따라 술이 생각났다.

쟈니가 집에 돌아와 방에 있을 때, 아이샤가 귀가했다. 툭하면 밤 11시가 넘어서 들어오더니만 오늘은 일찍 왔다. 아이샤는 거실에 나와 있는 자신의 속옷이 눈에 들어왔다.

"야이~, 미친 변태놈아~."

비명을 지르다시피 소리를 지르는 아이샤의 목소리에 쟈니는 영문을 모른 채 방문을 벌컥 열고 아이샤를 쳐다보았다.

아이샤는 일그러진 얼굴에 녹사눈을 하고 입은 당장이라도 달려들어서 뜯어먹을 맹수 모양새를 하고 있었다.

쟈니는 움찔 놀라면서

"어어~. 왜 그래요? 무슨 일 있나요?"

화들짝 놀란 쟈니가 정중히 말대꾸를 했다.

"야, 이 변태놈아! 왜 남의 속옷을 네 멋대로 빨아 널어."

"뭐어? 이게 눈에 뵈는 게 없나. 너 왜 네 속옷을 내 세탁기다 넣었어. 세탁하고 보니 네 옷이 있길래 널어놓았더니 적반하장이네. 이게 정말 정신이 돌아도 한참 돌았네."

"뭐라구? 내가 속옷을 네 세탁기다 넣었다구? 세탁할 때 세탁기 속에 무슨 옷이 있었는지 확인해야 할 거 아냐?"

"얘가 진짜 막 나가네. 넌 세탁기 돌릴 때마다 그 속을 확인 하냐? 이게 제 잘못은 모르고 남에게 덮어씌우고 있네. 야! 말도 안 되는 소리 그만해. 어엉?"

"그거뿐이 아니야. 내가 그동안 말은 하지 않았는데, 욕조도 썼으면 깨끗하게 청소를 해놓아야지. 머리카락이 둥둥 떠다니잖아."

아이샤도 더 이상 물러설 수 없다는 듯이 공격을 해댔다.

"이것이 진짜 미쳤나보네. 너 똑똑히 들어. 난 여기로 이사 와서 아직까지 단 한 번도 욕조를 쓴 적이 없다. 서서 머리 감고 서서 대충 샤워하지. 너처럼 욕조에 물 받아놓고 쭈그리고 앉아있질 않아. 지금 가봐라. 머리카락이 긴 게 네 머리카락이지. 내 머리카락은 단 한 올도 없다. 지가 다 저질러놓고 나에게 덮어씌우네. 진짜 생각 같아서는 한 대 패버리고 싶다."

"뭐라구? 날 팬다구? 패라 패. 내가 가만있을 줄 알아."

"그러고 싶다고. 이게 정말 막 나가네. 눈앞에 뵈는 게 없나, 안하무인이네."

"그래 안하무인이다. 네가 그동안 잘했으면 내가 왜 이러겠어?"

아이샤는 되지도 않는 말을 퍼부으면서 쟈니를 굴복시키려고 했으나, 사실 쟈니의 말이 맞았다. 속옷을 쟈니 세탁기에 넣은 것도 잘못이고, 욕조도 자기만 쓴 게 맞다. 어떻게든 쟈니를 이겨보려고 하는 중인데 패가 잘 돌아가질 않고 장기판에서 장군만 연속 받는 격으로 점점 궁지에 몰렸다. 아이샤는 숨을 씩씩거리면서 속옷을 걷더니 방으로 들어가려 하였다.

"한마디만 더 하자. 너 지금 밤마다 업소 나가는 업소녀냐? 간호사라면 의약품 냄새가 나는 게 정상이지. 네 몸에선 술 냄새만 팍팍 풍긴다. 그거 숨기느라고 아침마다 샤워하지? 술 냄새는 옷뿐만 아니라 숨결에서도 나는 거야. 너랑 가까이서 대화하는 환자들은 다 알 거야. 술에 찌들었다고, 나 원 참. 겉보기엔 요조숙녀 같은데 속은 다 썩어 들어가는 좀비 꼴이네."

"왜 자꾸 간섭이야. 사생활은 터치하지 않기로 약속했잖아."

"그랬지. 하지만 수렁, 늪 속에 빠져들어 가는데 말이라도 한마디 해야겠다. 정신 차려. 너는 지금 모닥불에 뛰어든 모기 신세야. 언제 타 죽을지도 모르고 날뛰지 마라."

"왜 남의 일에 참견이야. 너나 잘해."

아이샤는 이렇게 쏘아붙이고는 자기 방에 들어갔는데 공연히 눈물이 나오면서 서러워졌다. 아이샤는 침대에 엎드려서 한동안 흐느껴야 했다.

반드시 놈을 죽여야 한다

♡ 3월 8일, 목요일.

점심때에 수간호사가 말을 걸어왔다.

"아이샤, 오늘 퇴근 후에 잠깐 시간 낼 수 있어?"

"무슨 일인데요?"

"별거 아니고, 그냥 요 근처에서 커피나 한잔 마시자구."

"네, 선배님. 그렇게 해요."

"으음, 그러면 퇴근 후에 요 아래에 미리내 커피숍 알지. 쪼그만 집."

"네, 알아요."

"거기로 5시 30분까지 나와."

"네."

아이샤는 수간호사가 무슨 할 말이 있나 매우 궁금했다.

"혹시, 오늘 저녁에 제임스에게 만나자고 카톡이라도 오면 어떡하지? 만약 카톡이 오면 커피숍에 급한 일이 생겨서 못 나간다고 해야지."

다행스럽게도 제임스에게선 카톡이 오질 않았다. 아이샤는 편한 마음으로 커피숍을 찾았다.

"아이샤, 내가 사적으로 할 말이 있어서 불렀어."

수간호사의 이름은 서미경인데 지금 노처녀이다. 들리는 말에 의하면 첫사랑에 크게 배신당한 후로 남성혐오증이 생겨서 독신선언을 하고 혼자 살고 있다고 하였다. 서미경은 인물이 뛰어났다. 병원 간호사 중에 미인 두 명을 뽑으라면 서미경과 아이샤가 뽑힐 것이다. 서미경은 약간 동양적인 이미지이고, 아이샤는 콧대가 살아있어서 서양적인 이미지를 가지고 있었다. 키는 서미경이 165cm이고, 아이샤가 168cm이다. 둘 다 여자로서는 큰 키고 몸매도 썩 좋았다.

서미경은 피트니스클럽에 다니면서 근육으로 단련된 팽팽한 몸을 가지고 있고, 아이샤는 그런 운동을 적극적으로 하진 않지만 병원의 체력 단련실에서 시간이 날 때마다 몸매 관리를 위한 나름의 운동을 하였다. 서미경은 서른세 살로 제임스와 동갑이다. 아이샤보다는 일곱 살 위의 선배다.

"무슨 말씀인지 해보세요."

"아이샤, 오해 말고 들어. 지금 신 교수랑 가깝게 지내지?"

"신 교수요? 아니요. 그냥 눈인사 정도입니다."

"뭐가 아니야. 내가 다 알고 불렀는데. 사실대로 말해봐. 아이샤에게 꼭 해줄 말이 있어서 그래."

"아이참, 누가 그래요?"

"누군지는 알려줄 수 없고 경양식집에서 둘을 봤다는 사람이 있어."

"네에? 그래요?"

"요즘이 어떤 세상인데. 아침부터 저녁까지 돌아다니면 길에 설치된 CCTV에만 오륙십 번 찍힌다고 그러잖아. 무슨 사건 일어나면 TV에서 다 보여주잖아. 몇 시 몇 분 몇 초에 피의자가 어디에서 어디로 이동했다구 말이야."

"아이참, 난 범죄자 아닌데. 누가 억지를 쓰나 보네요."

"본인이 아니라면 어쩔 수 없지. 내가 사건 수사하는 경찰도 아니고 인간적인 면에서 한마디 하려고 했는데, 그냥 커피나 마시고 가자구."

"저기 사실은 몇 번 만나서 저녁을 함께 먹었습니다. 그거뿐이에요."

"호호호. 남녀 간에 그럴 수도 있지. 무슨 유명한 연예인도 아니고 말야."

"죄송해요. 별다른 일은 없어요."

아이샤는 지금 최대한 그동안의 행적을 숨기고 있었다. 벌써 동침도 여러 번 한 깊은 관계였으나 숨기고 또 숨겨야 했다.

"나도 들은 얘기인데 신 교수 진짜 조심해야 해. 그 사람 양두구육

(羊頭狗肉)이라고 소문난 모양이야."

"그게 무슨 뜻인데요?"

"양 머리에 개고기란 뜻이잖아. 겉으로는 양인 척하지만 속은 개 같다는 뜻이야."

"그런 뜻이군요. 제가 볼 때, 신 교수님은 신사 중의 신사 같던데요. 매너도 좋구요."

"하아, 참. 그러니까 양두구육이라는 소릴 듣지. 그 사람, 전에 있던 병원에서 킬러라고 소문이 났다고 하더만."

"킬러요? 사람 죽이는 킬러요? 그건 아닌데요."

아이샤는 적극적으로 신 교수를 옹호했다.

"호호호. 그런 킬러가 아니라 버진 킬러(Virgin killer)라고 말이야."

"아, 그게 그 말이군요."

"아무튼, 그 병원에 내가 아는 간호사한테 들은 얘기야. 그런데 아이샤가 신 교수와 가깝게 지낸다는 소리가 들리길래, 내가 조언하는 것이니 오해하진 말아. 사실 그런 얘기 듣기 전에 둘이 가깝게 지내고 있다는 눈치는 채었지만 암말하지 않았어. 남 사생활 터치하는 것 같아서 말이야."

수간호사는 아이샤에게서 여러 차례나 술 냄새가 나는 것을 알고 있었으나 모른 척했다.

"네, 고맙습니다. 앞으론 조심할게요."

"그래야지. 사람 잘못 만나면 아차 하다 내 꼴 나는 거야."

"선배님은 도대체 무슨 일이 있었기에 독신선언을 하셨나요?"

아이샤는 수간호사인 서미경의 과거가 궁금해졌다.

"아이고, 나야말로 들춰보고 싶지 않은 사연이 있지. 한마디로 요약하면 몸과 마음, 다 뺏겼다가 배신당한 거야."

"강제로요?"

"아니. 뺏긴 게 아니라 내가 동태눈깔이 되어가지고 다 갖다 바쳤지. 저 죽을지도 모르고 말야."

"어머나, 그러셨어요? 돈은 안 뺏겼어요?"

"돈? 돈도 갖다 바친 꼴이야. 빌려주었다가 못 받고 먹튀 했으니까. 내가 그때 얼마나 상심했으면 수십 번 죽으려다가 소심해서 죽지도 못하고 겨우 살아났어. 그때부터 남자혐오증이 생긴 거야."

"어머나, 그러셨군요."

"그러니까 아이샤도 인생 잘살아야 해. 아차 하면 당하는 게 이 세상이야."

아이샤는 수간호사의 과거가 더욱 궁금해져서 근처의 경양식집으로 옮겼다. 여기서 저녁도 먹을 겸 맥주도 한잔하면서 이야기를 조금이라도 들어볼 요량이었다.

하지만 수간호사는 과거 이야기를 자세히 말하지 않았다. 그래봐야 제 얼굴에 침 뱉기이기 때문이다. 과거를 떠올리자면 얼마나 어리석은 짓을 했는지 몸 둘 바를 모를 정도로 수치스러운 일이기 때문이다.

서미경은 남자를 탁구장에서 처음 만났다는데, 그 사람 말로는 프리랜서 바이어라면서 러시아, 필리핀, 베트남, 중동 지역까지 주로 우리나라 중고차나 가전제품 등을 연결해주고 커미션을 받는 일을 한다고 했다. 서미경은 이에 깜빡 속아 넘어가서 몸과 마음을 주고 돈까지 빌려주었는데 먹튀를 당하고 말았다. 경찰서에 신고를 하고 찾아보려고 하였으나 그 사람의 인적사항에 대해 아는 게 아무 것도 없기에 수사 자체를 못했다고 대략적으로 말했다.

"세상의 모든 여자들이 나 같지는 않아. 내가 운이 나빠서 그렇지. 스님 말로는 전생에 업보가 많아서 현생에서 그 죗값을 받는다고 하더라구. 현생에서 공덕을 많이 쌓으면 업보가 소멸되어 좋은 인연을 만날 수 있다고 조언을 하시기에 그 말을 의지 삼아서 오늘날까지 살아남은 거야. 그 스님 아니었으면, 난 벌써 죽었을 거야."

"옴마나. 정말로 사연이 많네요. 완전히 영화 소재감이네요."

"호호호. 지금에 와보니 그런 면도 있기는 해. 지금은 진짜 득도한 셈이야."

"그러게요."

"그러니까 아이샤도 사람을 만날 때 천 번 만 번 생각해봐야 해. 한번 동태 눈깔이 되면 뵈는 게 없어. 판단력도 없어져. 최면 걸린 것처럼 움직여. 참말로 기가 막혀."

"오늘 선배님의 고귀한 경험담 잘 들었습니다. 천만 번 생각해서 사람을 만나야겠어요."

"으응, 그래야지."

이런 대화를 나누고 둘은 헤어졌다.

지금 아이샤야말로 동태눈깔이 되어서 판단력을 잃고 있는데, 자신은 아니라고 부인하는 꼴이었다.

이후로 아이샤는 서미경과 저녁 식사를 두 번 더 했다. 서미경의 과거사를 조금 더 알게 되었다. 수간호사는 여전히 자세한 이야기는 하지 않았다. 너무나도 창피한 이야기여서 에둘러서 말하면서 여러 차례 아이샤도 주의해서 세상을 살아야 한다고 말했다.

♡ 3월 9일, 금요일.

제임스의 호출에 아이샤는 마법에 걸린 양 나가서 저녁도 먹고 다음 코스인 모텔에 갔다가 밤늦게 집에 왔다. 쟈니와 마주치기 싫어서 살금살금 방에 들어와서 조용히 잠을 청했다. 아이샤는 불금에는 매번 제임스를 만나고 돌아왔다.

모든 일정과 시간, 장소는 제임스가 정하고 통보하는 격이고 데이트 비용도 모두 제임스가 부담했다. 자기가 월급을 받아도 월등히 많이 받으니 조금도 미안해할 것 없다고 말했다. 어떤 간호사가 말하길 신 교수 정도만 되어도 한 달 페이가 천만 원은 넘을 것이라고 했다. 간호사의 입장에서 볼 때 어마어마한 금액이다. 일 년이면 일억이 넘는 돈이다.

♡ 3월 10일, 토요일.

교차로 광고를 보고 원룸을 얻기 위해 부동산 중개업소를 찾아갔
다. 이번엔 건물주와 직접 원룸 계약을 했다. 15평짜리인데 보증금
삼백만 원에 월세 50만 원이다. 가외로 공돈이 나가기에 가슴이 쓰
렸지만 앞으로 진행될 제임스와의 관계와 싸움질을 시작한 쟈니가
보기 싫어서 하루라도 빨리 이사를 가야 했다.

이사는 3월 18일 일요일에 하기로 했다. 여기도 냉장고, 침대, 가
스레인지 등이 모두 구비되어 있었다. 요즘은 원룸, 투룸도 서로 경
쟁이 붙어서 이런 살림이 있어야 세가 잘나간다고 하였다.

♡ 3월 13일, 화요일.

아이샤와 쟈니가 한 집에 산지 한 달이 되는 날이다. 사실 날로 따
지면 어제인 3월 12일이다. 한 달이 지나면 큰방과 작은방을 바꾸기
로 했는데 아이샤는 아무 말도 없이 출근하고 밤늦게 퇴근하였다.
이날도 아이샤는 제임스와 유희를 즐기다 왔다.

♡ 3월 15일 수요일.

9시경에 일어난 쟈니가 나가보니 아이샤는 방을 바꾸는 것도 잊어
먹었는지, 무시하는 것인지 그냥 출근했다. 화가 난 쟈니는 혼자서

끙끙대면서 큰방에 있던 살림과 작은방에 있던 살림을 모두 바꾸어 놓았다. 좁은 방에 있다가 큰방에 오니 숨통이 트였다. 쟈니는 더블 침대에서 뒹굴거렸다. 여자의 내음과 화장품 내음이 코를 찔렀다.

저녁 7시경에 들어온 아이샤는 노발대발하면서 지랄발광을 하였다.

"너 그만해라. 여자가 잘못했으면 수긍을 해야지. 3월 12일이 방 바꾸는 날인데 그냥 넘어가고 13일 14일에도 그냥 넘어가서 오늘 나 혼자 방을 바꾸었는데 이게 무슨 큰 죄라도 되냐? 넌 지금 귀신에 홀린 모양이다. 날짜 돌아가는 것도 몰라."

"왜 자꾸 참견이야. 잊어먹을 수도 있지. 나에게 말을 했으면 되었잖아."

"그래 좋다. 지난 3일간 너랑 말을 붙여볼 짬이 있었냐? 새벽같이 나가고, 밤늦게 들어오고, 늦게 들어오는 날은 술 냄새가 팍팍 나. 네 몸이 술에 쩔어 있어."

"사생활 참견하지 않기로 했잖아. 술을 마시든 말든 왜 참견이야. 아이참. 같이 못살겠네."

"그래, 중이 절이 싫으면 중이 떠나야지. 우리가 같이 살기 어려우면 어려운 사람이 말없이 떠난다고 했다. 너랑 말다툼하기도 지겹다. 되지도 않는 일로 갑질 대장질하는 것도 더 이상 못 봐주겠다."

둘이 이렇게 말다툼을 해봐야 해결책은 없었다. 아이샤가 잘못했기에 몇 마디 더 쫑알대고는 작은방으로 들어갔다. 아이샤는 쟈니에게 말을 하지 않았지만 이번 일요일에 다른 동네의 원룸으로 이사를 가기로 되어있었기에 더 이상의 말다툼을 하지 않기로 했다. 작은방에서 3일만 자면 되는 것이다. 그렇다고 이사 때문에 방을 옮기지 않은 것은 아니었다. 그냥 잊고 있었던 것뿐이다. 둘은 이제 더 거리가 멀어져서 앙숙이 되다시피 한 사건이다.

♡ 3월 16일, 금요일 그리고 17일 토요일.

아이샤는 홀린 듯 카톡 문자에 이끌려서 이틀 연속으로 모텔에 갔다. 제임스는 속궁합이 아주 잘 맞는다면서 좋아했고, 아이샤는 제임스가 좋아하니까 덩달아서 좋아했다.

♡ 3월 18일, 일요일 오전 10시경.

쟈니는 등산 간다고 아침 일찍 나갔기에 집에는 아이샤 혼자뿐이다. 아이샤는 전처럼 콜밴을 불러 몇 가지 짐을 챙겨 새로 얻은 서리동에 있는 원룸으로 이사를 했다. 먼저 살던 투룸에는 쪽지 한 장 남기지 않았다.

아이샤는 마음이 너무 홀가분해서 잠옷 바람으로 방과 거실을 돌아다녔다. 이날은 제임스로부터 카톡이 오질 않아서 혼자서 참치가 들어간 김치찌개를 만들어 저녁으로 먹었다. 소주도 한 병이나 마셨다.

♡ 3월 19일, 월요일.

조금 늦잠을 잤다. 아이샤는 헐레벌떡 일어나 출근을 하는데, 병원 현관문을 들어서자마자 인도 여자를 닮은 안소영 간호사가 서류봉투를 들고 엘리베이터 앞에 서있었다. 아이샤는 이상한 예감이 들었다.

"집에서 숙제를 한 모양이네."
"네. 신 교수님이 워드를 좀 쳐달라고 해서요. 교수님이 무지하게 바쁘신 모양이에요."
아이샤는 워드라는 말에 머리가 핑 돌면서 쓰러질 뻔했다. 겨우 정신을 차리고 한마디를 해줬다.
"아이고, 주말에 쉬지도 못하고 수고가 많네요."
하루 종일 뜬 정신으로 마음은 갈팡질팡 하였다. 제임스가 또 PPT나 워드를 맡길 줄 알고 노트북도 한 대 더 샀는데, 그 후로는 한 번도 부탁한 적이 없었다. 알고 보니 안소영에게 작업을 걸고 있었던 것이다. 분노가 머리끝까지 치솟았지만 일단 참고 관망하면서 제임스가 어떤 사람인지 살펴보기로 작정했다.

♡ 3월 20일, 화요일.

제임스의 호출에 MT까지 갔으나 몸과 마음이 따로 놀았다. 제임스는 여전히 속궁합이 아주 잘 맞는다고 좋아했다. 아이샤는 문득 '지금 내가 이 자식의 섹스 파트너 노릇을 하는 게 아닌가'하는 의문이 생겼다. 제임스는 '이런 섹파는 없을 것이다. 호출만 하면 즉시 나온다'라며 만족해했다.

뒤늦게나마 아이샤는 아무것도 안 보이는 동태눈깔에서 시야가 1도 만큼 열리고 있었다. 어찌 되었든 아이샤는 제임스에게 어떠한 특이점도 발견하지 못하였고, 둘은 그렇게 헤어졌다.

♡ 3월 21일, 화요일.

아이샤는 안소영에게 저절로 관심이 쏠리면서 수시로 관찰했다. 그날 오후 퇴근 무렵에 아이샤는 일부러 안소영 근처에 가면서 관찰해보니 제임스를 만나러 가는 것이 거의 100% 분명하였다. 거울을 들여다보면서 머리도 만지고, 화장도 다시 고치고, 입술연지도 다시 바르는 등 데이트 준비가 확실하였다.

돌이켜보니 아이샤도 제임스를 만날 때 이런 행동을 했던 것이다. 이것을 수간호사가 눈치 채고 있다가 후에 조언을 한 것이다. 정확하게 조언이 아니라 경고를 한 셈이다.

아이샤는 계속 안소영을 관찰하면서 퇴근할 때 뒤를 밟기로 했다. 안소영은 빠른 걸음으로 버스에 올라탔고, 아이샤는 뒤따라오던 택시를 잡아탔다.

"기사님, 저기 앞에 가는 버스, 뒤따라 가주세요. 거기에 아는 사람이 타고 있어요."

"예에? 저 버스를 따라가라고요?"

기사는 룸미러로 아이샤를 슬쩍 쳐다보았다.

"여형사 이슈?"

"아니에요."

지금 아이샤는 찡그린 얼굴로 매의 눈을 하고 있으니, 그의 눈에 여자 형사로 보이는가 보다.

"그냥 따라가기만 하면 되나요?"

"따라가다가 정류장에서 아는 사람이 내리면 나도 내려야 합니다. 수고비는 더 드리겠어요."

아이샤가 먼저 선수를 쳤고 돈 앞에 기사는 "예, 예." 대답했다. 아이샤의 예상대로 세 번째 정거장 큰 한복점 앞에서 안소영이 내렸다. 아이샤도 택시에서 내리면서 만 원짜리 지폐를 기사에게 주었다.

"잔돈은 수고비예요."

"예, 감사합니다."

기본요금밖에 안 나왔는데 만 원을 받았으니, 기사는 감사하다는 말이 절로 나왔다.

아이샤는 전봇대 뒤에 몸을 숨기고 안소영을 관찰하는데, 곧바로 까만 아우디가 와서 안소영을 태워 갔다.

제임스다. 아이샤는 분노가 들끓어서 당장 두 연놈을 쳐 죽이고 싶었으나 마음뿐이지 지금 당장 무엇을 해볼 도리가 없었다. 정식 결혼이라도 했으면 간통으로 몰아세울 수가 있겠으나 지금은 아무 관계도 아니다. 아이샤는 두 연놈들이 지금 저녁을 처먹으러 가는 것인가, 아니면, 저녁을 처먹고 MT까지 가서 뒹굴 것인가, 상상을 하니 미쳐 죽을 것만 같았다.

'일단 조금만 더 제임스를 알아보자. 내가 당하고 있는 것만 같은 데 그놈이 어떤 놈인지 좀 더 알아봐야겠다. 복수를 한다 해도 그놈과 지속적인 관계가 있어야지 멀어지게 되면 복수할 수가 없다.'

아이샤는 진짜 나쁜 놈이라면 죽여 버려야겠다고 다짐했다. 쥐도 새도 모르게 완전범죄를 해야 하는데 방법을 알 수가 없었다.

♡ 3월 23일, 금요일.

저녁때, 제임스가 만나자는 문자가 왔다. 아이샤는 전에 만났던 파주에 있는 송죽 일식집에 가면 좋겠다고 했더니, 곧바로 제임스의 오케이 문자가 왔다

지난번과 똑같이 아이샤는 길가 한복집 앞에 서있었다. 제임스는 까만 아우디 승용차를 타고 와서 아이샤를 태우고 파주의 송죽 일식집으로 갔다.

아이샤는 끓어오르는 감정을 감추고 살갑게 미소를 지으면서 제임스의 환심을 샀다. 그놈은 예상대로 딥키스를 했고 가슴을 만지작

거렸다.

"오늘은 술이 땡기네요. 조금 더 독한 술은 없나요?"

"오호, 있지. 여기 양주도 팔아. 고량주도 있고, 마오타이주라고 알아? 중국 고급술. 아니면, 러시아 사람들이 마시는 보드카?"

"술 이름은 잘 모르니까 쪼끔만 찐한 걸로요."

"좋지, 좋아. 중국술은 약간 한약 맛이 나니까 보드카로 하자구."

"네. 맛이 어떤지 궁금하네요."

아이샤가 술을 더 마시겠다는데 제임스가 거부할 리 없다. 남자들의 심리는 묘해서 여자들이 술을 더 마시겠다면 덩달아서 기분이 고조되는 것이다. 보드카는 원통 모양의 투명한 병에 나왔는데, 그냥 소주잔에 따라 마셨다.

아이샤가 한 잔 마셔보니 목이 타는 듯했다. 도수로 볼 때 고량주 비슷한데, 알코올 도수는 50도가 넘는다고 제임스가 말했다. 제임스는 단숨에 마시고 자작으로 한 잔을 더 마셨다.

우리나라 사람이 소주 좋아하듯 보드카는 러시아 사람들이 애호하는 술이다. 보드카를 마신 아이샤는 금세 취해서 어질어질하고 말이 어눌해졌다. 몸은 그렇게 되었는데 마음속에는 없던 용기가 생겼다.

"우리 이렇게 사귀다가 결혼하게 되나요?"

"결혼? 거기까지는 생각해보지 않았는데. 만난 지도 얼마 안 되잖아? 두 달도 안 되고 한 달 며칠? 결혼은 인륜지대사라는데 신중해야지. 남들 보면 몇 년간 교제하다가 결혼하더라구. 최소한 일 년 이상은 교제를 해봐야 이성에 대해서 뭘 좀 알게 아냐."

"그렇긴 하네요. 내가 취중에 성급한 질문을 했어요."

"그럴 거야. 내가 지금 서른셋인데 집안이 좋아서 그런가, 의사라서 그런가, 결혼 중매업소 마담들이 엄마 병원 문턱이 닳게 드나드는 모양이야. 진짜 A급 여자들이야. 직업도 화려해. 판검사거나 의사, 교수 등 다들 내로라하는 직업군들이지. 그런 여자들이 공부만 하느라 남자들과 벽을 쌓고 살다가 한자리하니까, 이제 거기에 걸맞은 남자들을 찾는 거야. 결혼은 서로 간에 레벨에 맞아야 돼. 같은 물에서 노는 사람들끼리 만나야지, 물이 다르면 살다가도 트러블 생겨. 그러다가 이혼도 하게 되는 거고."

"그렇겠네요."

아이샤는 배창자가 꼬일 정도였으나 애써 미소를 지었다.

"부모님도 결혼할 나이가 되었다는데, 난 아직 아냐. 몇 년 더 즐기다 할까 말까 생각 중이야. 어쩌면 프리하게 혼자 살지도 모르고."

"난 그래도 제임스에게 잘 보이려고 순결까지 주었는데요."

"하하하. 순결? 좋지, 좋아. 내가 좋아하는 버진이야, 버진과의 첫 경험은 정말로 기분이 야릇하지. 섹스의 테크닉은 몰라도 기분은 최고라고 할까. 등산하는 사람들이 그러잖아. 아직 아무도 올라가지 않은 산을 죽을 둥 살 둥 올라가지. 버진이야말로 아무도 손대지 않은 산이야. 그런 산을 정복했다고 생각해봐. 여자니까 그런 참맛은 모를 테지만 아무튼 그런 기분이야. 하지만 지금이 조선시대도 아니고 순결을 주었다고 결혼까지 결부시킨다는 것은 과대망상이야. 지금 세상에 순결은 그냥 코딱지처럼 떼어버리는 거지. 별 의미가 없다구."

아이샤는 제임스의 천연덕스러운 해설에 기가 막히고 억장이 무너져 내렸다.

'그러니까 이 자식은 처음부터 나를 섹파로 취급했구나. 만날 때마다 속궁합이 아주 잘 맞는다고 하더니만.'

그런 생각을 하면서도 아이샤는 입으로는 엉뚱한 말을 했다.

"맞아요. 남자 헌팅 능력 없는 여자들이나 순진하고 멍청하게 순결을 지키려고 하지요. 지금은 프리섹스 시대나 마찬가지인데."

"하하하. 이제 말귀를 알아듣네. 그렇게 세상 돌아가는 대로 사는 거야. 나 혼자 독불장군처럼 살아갈 수 없잖아. 사실 말이야, 내가 좀 잘나가는 킹카쯤 되니까 막 들이대더라고."

"언제부터요?"

"그게 대학교 3학년 때부턴가? 그때 내가 그랜저 타고 다녔거든. 좀 건방졌지만 좋은데 어때? 저번에도 말했지만 차는 남자에게 있어서 제2의 신분이야. 그래서 그랬는지 여자애들이 막 들이대는 거야. 난 골라먹는 셈이고, 아무튼 그때부터 아다라시만 따먹은 게 너까지 27명 째다. 처녀 아닌 여자도 수두룩하고. 지금 28번째 아다리시가 대기 중에 있어. 하하하. 인생 참 즐겁다."

아이샤가 호응을 해주자, 제임스는 머리꼭지 나사가 죄다 풀렸다.

“정말 재주꾼이네요. 그 많은 여자들과 헤어질 때는 어떻게 했어요?”

“뭐 별거 없어. 다른 여자 생겼다고 통보하면 대개가 한동안은 투덜대다가 물러서더라고. 울며불며 매달려봐야 소용없다는 것을 여자들이 더 잘 알아. 요즘 세상이 그래. 오죽하면 원 나잇 여친이라는 말도 있잖아. 하룻밤만 같이 지내는 여친이라고.”

“저도 그중에 하나가 되겠네요. 벌써 섭섭하네요. 내가 27번째이고 28번째 아가씨가 대기 중에 있다니. 혹시 안소영 아니에요?”

“후와~. 어떻게 알았어, 안소영인 줄?”

“나도 눈치 백단이에요. 그냥 넘겨짚은 거예요. 이쁘잖아요. 인도 여자 같이 왕눈이고, 천진난만하고, 귀염성도 있어요. 여자가 봐도 그런데 남자가 봤을 때는 더 이쁘게 보일 것 같아요.”

“맞아. 진짜 인도 아리안족 비슷하게 생겼어. 그래서 내가 별명으로 파르바티라고 했더니 좋아 죽는 거야.”

“파르바티가 무슨 뜻인데요?”

“아, 그거 있잖아. 힌두교 시바신의 아내 이름이 파르바티잖아.”

“그러네요. 깜박했어요. 그럼 지금 파르바티하고 진도가 잘 나가는 중인가요?”

“그럼, 그럼. 조만간 28번째 봉우리를 정복하게 될 거야. 나야말로 진짜 행운아지. 이게 다 따지고 보면 부모덕이야. 부모덕에 잘살지. 탁월한 DNA 물려받아서 허우대 좋지. 머리도 명석하지. 진짜 행운아라니까.”

"맞아요. 진짜 행운아네요."

그런데 제임스 이놈은 탁월하게 물려받은 DNA로 걸 헌팅(Girl Hunting)에 버진 킬러(Virgin Killer)로 전력투구하고 있으니 이놈으로 인해 피해 입은 여자들은 지금쯤 피눈물을 흘리고 있을 것이다. 아이샤는 이제 확고하게 결심했다. 이 자식을 반드시 내 손으로 죽여 없애서 사회의 악을 제거하겠다고 다짐했다. 그러기 위해선 이놈에게 더 바짝 붙어있어야 했다.

사극에 보면 긴바늘 같은 비녀로 찔러 죽이기도 하던데, 그런 방법은 안된다. 좋은 방법이 없을까? 약물도 안 된다. 사후 검시하면 다 들통 난다. 어떻게 이놈을 죽여 버릴까? 아이샤는 그런 생각을 하면서 제임스가 하자는 대로 내버려 두었다. 당연히 이차로 전에 갔던 모텔에 갔고, 내키지도 않은 알몸 레슬링을 한판 뛰었다.

제임스는 취했다면서 한 시간만 자고 가자며 침대에 누웠다. 아이샤는 소파에 앉아 TV를 보면서 살인 방법을 골똘히 생각하기 시작하였다. 무슨 사고로 위장하면 좋을 것 같은데 딱히 좋은 사고가 떠오르질 않았다.

사오십 분 후, 제임스는 일어났고 둘은 서울로 돌아왔다. 이때, 아이샤의 머리에 좋은 아이디어가 번개처럼 스쳐갔다. 제임스 이놈이 음주운전을 한다는 것이다. 음주운전과 교통사고를 잘만 이용하면 감쪽같이 교통사고로 완전범죄를 만들 수 있다. 자칫하다가는 동승자도 같이 죽거나 크게 다칠 수가 있었다. 아무튼, 아이샤가 고민 끝에 찾아낸 최고의 선택이었다.

♡ 3월 24일, 토요일.

제임스에게서 만나자는 카톡이 왔다.

약속장소에 나간 아이샤는 저녁을 먹고 술만 마셨다. 제임스는 당연히 모텔로 데려가려고 했으나 아이샤는 오늘이 그날인데 첫날은 양이 많아서 걷기에도 불편하다고 둘러댔다. 제임스는 아쉽다는 말과 함께 술만 마시고 헤어졌다.

아이샤는 교통사고로 위장하기 위한 계획을 세웠는데 전혀 진척이 없었다. 왜냐하면 범죄사건 수사를 보면 개인 컴퓨터, 노트북, 스마트 폰에 검색기록이 다 남는다고 하였기 때문이다. 삭제한 파일도 모두 복구하여 언제부터 범행 계획을 세웠는지 추적이 가능하다고 했던 것을 TV에서 여러 번이나 봤다.

♡ 3월 25일, 일요일.

10시쯤 일어난 아이샤는 근처의 PC방에 가서 교통사고 사례를 검색했다. 죽은 사람, 살아남은 사람을 면밀히 분석하기 시작했다. 그것도 한 PC방에 한 시간 정도 머무르고 다른 PC방으로 옮겨 다니면서 저녁때까지 다섯 군데나 이동하여 검색하고 분석했다. 모든 자료는 메모 하나 없이 머릿속에 저장했다. 완전범죄를 하려면 그 어떤 흔적도 남겨서는 안 된다.

안전벨트를 매고 있으면 사고 시에 에어백이 터져서 목숨을 구할 수 있다. 차가 몇 바퀴 구르고, 유리창이 다 깨지고, 지붕이 다 찌그러졌는데도 살아남은 사람이 있었다.

제일 위험한 사람이 운선자다. 안전벨트를 하고 에어백이 터져도 충돌로 인해 운전대가 운전자의 가슴이나 배를 가격하여 늑골이나 간, 폐, 내장 등에 큰 손상을 줘 즉사할 확률이 높다. 하지만 속도가 100km 이하일 때는 생존 확률이 높다. 같은 100km로 달리더라도 마주 오는 차량과 정면충돌하면 200km가 되니까 양쪽 모두 생존 확률이 희박하다.

제임스는 가끔 180km까지 액셀러레이터를 밟았기에 잘만 유도하면 될 것도 같았다. 하지만 동승자인 자신의 생명도 보장할 수는 없었다. 팔다리가 부러지는 것은 생명에 지장은 없으나, 머리나 가슴과 배 등의 장기들이 손상되지 않아야 했다.

아이샤는 이런 궁리, 저런 궁리를 하느라 하루해를 다 보내고 원룸에 들어왔다. 소파에 털썩 앉아 습관적으로 TV를 켰다. 원래 TV가 없었는데, 여기로 이사 와서 구입한 것이다.

집에 와선 컴퓨터나 스마트폰으로 아무것도 검색하지 않고 멍 때리면서 TV채널이나 돌리고 있었다. '궁하면 통한다'라는 말이 있다. 우연히 스페인 투우를 보던 아이샤는 날렵해 보이는 투우사들이 부상을 예방하기 위해 얇고 질긴 옷을 여러 겹 껴입는다는 것을 알게 되었다.

"아~ 저거다. 저렇게 질긴 옷을 여러 겹 껴입으면 부상을 덜 입을 것이다. 최소한 내장을 보호하여 죽지는 않을 것이다."

아이샤는 맥없이 앉아 있다가 갑자기 큰 기운을 얻은 듯 힘이 펄펄 났다. 하체는 압박 팬티스타킹을 두 겹쯤 입고, 상체도 질긴 티셔츠를 두 겹쯤 입고, 가슴과 허리를 보호하기 위해 코르셋과 의료용 허리보호대를 두르면 된다.

그리고 전에 스킨 스쿠버를 배워보겠다고 사놓은 네오플랜 잠수복이 있었다. 여름용이라 반팔, 반바지 스타일인데 이게 몸을 보호해줄 것이다. 겉옷은 질긴 청바지와 청재킷을 입고, 점퍼로는 큰 후두가 달린 패딩을, 머리엔 비니 모자를 하나 더 쓰기로 했다. 모두 다 집에 있는 것들이다. 허리보호대만 병원에서 잠시 가져오면 된다. 아니면, 의료업체에 전화해서 개인적으로 하나 구매한다고 하면, 즉시 가져다줄 것이다. 아무래도 사는 것이 마음에 편했다. 만약을 위해서이다.

♡ 3월 26일, 월요일.

제임스에게 카톡이 또 왔다.

"내일은 괜찮겠지?"

엊그제 생리가 시작되었다고 하니 나름대로 날짜를 계산하여 내일로 잡은 것이다.

"네 괜찮아요."

"오호. 방가방가."

이렇게 해서 화요일 저녁때 제임스를 만나기로 했다. 아이샤는 의료기구 업체에 전화해서 허리보호대 큰 것으로 주문하고 퇴근 무렵에 가져오라고 했더니 시간 맞추어 허리 보호대를 가져왔다. 수술 환사용의 허리보호대로 허리 부분의 등판이 단단하고 길이가 거의 두 뼘 정도나 되는 제품이다.

집에 돌아온 아이샤는 이제까지 준비한 것들을 가방에 차곡차곡 챙겨 넣었다. 하지만 D데이는 내일이 아니라 금요일로 잡아야 했다. 왜냐하면 파주까지 가려면 시간이 여유로운 금요일이어야 했다.

♡ 3월 27일, 화요일.

아이샤는 제임스를 만나서 늘 하던 대로 저녁을 먹고, 술을 마시고 모텔로 갔다. 전에 없이 교태를 떨고 비위를 맞추어주니 제임스는 좋아서 죽을 지경이다.

"어제 파르바티 만났지요?"

"어엉. 어떻게 알아?"

"호호호. 눈치 백단이라니까요. 퇴근 때 얼핏 보니 얼굴 화장을 고치는데 속눈썹까지 붙였더라구요. 그러지 않아도 왕눈인데 소 눈처럼 되어버렸어요. 호호호. 정말 이쁘더라구요."

"맞아. 나에게 잘해주려고 무진 애를 써. 뭐든지 다 들어줄 셈이더라구. 그래서 MT 가서 잠시 쉬었다가 가자고 하니까 또 줄레줄레 따라오는 거야."

"아이고 엄마야. 완전 초고속이네요."

"그렇게 되었어. 주는데 안 받아먹을 수 있나. 아다라시를 날름 따 먹었지. 아 진짜 좋더라."

꼭지 나사가 다 풀린 제임스는 이제 자기의 생각과 아이샤의 생각을 동일시하면서 입을 나불댔다. 아이샤는 옆에 있는 술병을 들어서 그놈의 주둥아리를 박살내고 싶었지만 참고 또 참아야했다. 일보 전진을 위해서 이보 후퇴, 아니 열 보쯤 후퇴해야 했다.

"파르바티는 처음엔 앙탈을 조금 부리는 것 같더니 금세 포기하고 같이 놀았어. 그렇게 씨름 한판을 뛰고 잠시 쉬다가 또 한판을 더 뛰었지. 흐흐흐."

"아무튼 축하해요. 28명을 채워서. 대체 몇 명이 목표예요?"

"글쎄? 목표라고 정해놓은 것은 없고 아다라시들이 들이대면 다 주워 먹어야지."

이 자식은 현대판 카사노바도 아니고 제 말대로 버진 킬러로 만족을 얻는 섹스 중독자였다.

아이샤는 이놈을 인간 파일에서 삭제해야 한다는 명분을 확고히 했다. 다음 약속을 불금으로 잡았다. 아이샤는 또 교태를 부리면서 송죽 일식집으로 가자고 했고, 제임스는 어느 여자든지 첫 경험을 한 남자나 장소는 잊지 못할 추억이 된다면서 흔쾌히 승낙했다.

아마 이놈은 수요일이나 목요일 중에 파르바티를 만나서 실컷 가지고 놀 것이다.

'그래, 이틀간 실컷 즐겨라.'

♡ 3월 30일, 금요일 D-Day.

송죽으로 간 둘의 일정은 이전과 비슷하게 전개되었다. 먹고 마시고 터치하는 것이었다. 지난번처럼 보드카를 마시자고 하여 보드카 한 병이 들어왔다. 아이샤는 단 한 모금도 마시지 않고 눈치껏 물 컵에 부어버렸다. 제임스는 다섯 잔을 마셨다. 이 정도면 취기가 올라서 곰보도 보조개로 보이고, 통나무도 글래머로 보일 지경이다. 기분도 한껏 흥이 올라서 세상사가 다 핑크빛으로 보인다.

둘은 늘 가던 모텔로 올라갔다. 곧바로 알몸 레슬링을 하기 시작했다. 아이샤는 전에 없던 교태를 부리면서 신음소리를 꾸몄다. 제임스는 미처 죽을 것만 같았다. 이루 말할 수 없는 쾌감이 온몸으로 퍼지고 있던 것이다.

거사를 끝낸 후, 아이샤는 샤워를 한 다음에 다소 큰 가방에 가져온 옷가지들을 재빨리 하나씩 입기 시작했다. 압박 팬티스타킹, 레깅스, 코르셋을 입고 네오프랜 잠수복도 입었다. 허리보호대는 반대로 착용했다. 그러니까 딱딱한 등 부분이 앞으로 가게 착용한 것이다. 안전벨트로부터 압박되는 배를 보호하기 위해서다. 등산 양말도 신었다.

침대에서 꾸벅꾸벅 졸던 제임스도 샤워를 하고 나왔다. 그리고 보니 제임스는 아직 단 한 번도 하룻밤 외박을 한 적이 없었다. 밤이 늦어서 1시가 되어도 꼭 집에 들어갔던 것이다. 그런 날은 대실이 아니라 하룻밤 숙박비를 지불해야 하는데 돈이 많은 제임스는 미리 예약을 하던가, 아니면, 현장에서 하룻밤 숙박비를 다 지불하였다.

드디어 아이샤는 제임스와 아우디 승용차에 올랐다.
"안전벨트 꼭 매!"
"네."
이 말은 쏜살같이 즉 과속으로 달린다는 뜻이다.
아이샤는 심장이 콩닥콩닥 뛰기 시작했다. 그렇게 차가 출발하여 자유로에 진입했을 때 아이샤는 비니 모자를 썼다. 물론 제임스가 알아차리지 못하게 말이다.

갑자기 여고 3학년 때 일어났던 일이 떠올랐다.

§ ♥ ⸙

여고 3학년이 되고 5월이 되었을 때였다. 아이샤가 다니던 학교에

흉흉한 소문이 돌았다. 타 학교 여고생이 밤길에 세 놈에게 당했다는데 쉬쉬하면서 집에 알리지도 않고, 경찰에 신고도 하지 않았다고 했다. 신고를 해봐야 범인 찾기도 어렵고 얼굴에 똥칠만 하게 되어 학교도 못 다니게 될까봐 신고하지 않았다는 것이다.

그거 말고도 몇 해 전에는 학교 후배가 여러 놈에게 당했다는데, 아무 말도 못하고 끙끙 앓다가 뒤늦게 어떻게 정신을 차려 공부해서 지금은 대학교 2학년이라고 하였다.

아이샤는 이런 소문이 자기하곤 전혀 상관없다고 생각하고 한쪽 귀로 듣고 다른 쪽 귀로 흘려보냈다.

그런데 아이샤에게도 비슷한 상황이 닥쳤다.

고3 때 여름방학 전 기말고사가 일주일 정도 남았을 때였다.

시립도서관에서 10시 30분에 나온 아이샤는 큰길이 아닌 지름길로 집에 올 때.

앞에서 이십 대 후반쯤의 남자 두 명이 흥얼거리면서 다가왔다. 그들은 듣기 거북한 말로 아이샤를 희롱하기 시작하였다. 아이샤가 그냥 무시하고 지나치려는데, 한 놈이 아이샤의 팔을 붙잡고 놓아주질 않았다. 두 놈들에게선 술 냄새가 물씬 풍겼다.

"야~ 인삼, 홍삼, 산삼보다 몸에 더 좋은 게 고삼이라더라."

"맞아, 맞아. 오늘 몸보신 좀 하자."

이러면서 아이샤를 후미진 곳으로 끌고 가려고 하였다.

"이거 왜 이러세요. 비켜요!"

아이샤는 비명 같은 소리를 지르면서 완강히 버텼다.

"어쭈구리, 앙칼진 게 칼칼하네."

그들은 아이샤를 더 이상 봐줄 수 없다고 판단했는지 아이샤 앞을 가로 막아섰다.

그 순간,

아이샤는 반사적으로 몸을 한 바퀴 돌아가면서 오른발로 뒤돌려 차기로 한 놈의 얼굴을 가격하여 쓰러트리고, 오른발이 땅에 닿자마 자 왼발 앞차기로 다른 놈의 왼쪽 갈비아래를 세게 걷어찼다. 이 정 도로 세게 걷어차면 갈비뼈 중에 제일 약한 늑골이기에 부러졌을 것 이다. 이 모든 동작이 불과 삼초 정도에 끝났다.

두 놈이 죽을 듯 비명을 지르며 나뒹굴 때, 아이샤는 무조건 뛰어 달아나서 지나가는 택시를 잡아타고 집에 돌아왔다. 그 후로 그 도 서관은 다시는 가지 않았다.

하지만 이번에는 이런 발차기 복수가 아니라 반드시 놈을 죽여야 만 했다.

§ ♥ ⸙

술이 덜 깬 제임스는 늘 하던 대로 만용을 부리면서 운전대를 잡았다. 그렇게 십이삼 분쯤 마구 달렸을 때였다. 이제 얼마 가지 않아 고가도로의 교각이 나타난다. 여기가 바로 아이샤가 점찍어둔 죽음의 포인트이다.

너 죽고 나 죽자. 아니, 너는 죽고 난 살 것이다.

아이샤는 입을 꾹 다물면서 전방을 응시했다. 제임스는 잠을 깨기 위해 시끄러운 팝송을 크게 틀어놓았다. 이때였다. 아이샤는 기회를 놓치지 않고 왼손을 살짝 옆으로 뻗어서 제임스의 안전벨트 잠금 걸쇠를 살짝 눌렀다. 톡, 하는 소리와 함께 안전벨트가 풀려서 허공에 떴다.

이때였다.

뒤에서 '삐용~삐용~'하는 소리와 함께 순찰차가 경광등을 번쩍이면서 다가오고 있었다

"옴마나, 경찰차네요. 이를 어쩌나."

"괜찮아. 저런 똥차로 어떻게 날 쫓아와. 어림없지."

제임스는 이 말과 함께 액셀러레이터를 밟자마자, 차는 튕겨 나갈 듯이 도로를 질주하기 시작하여 옆에 있던 차들을 쉬익, 쉬익 하고 지나치고 있었다.

"아이고 엄마야. 무서워요."

"괜찮다니까. 이렇게 조금만 가다가 그래도 쫓아오면 다른 길로 빠져나가면 몰라. 지금 저 뒤를 봐. 가물거리는 게 잘 보이지도 않잖아."

그런데 또 느닷없이 경찰차가 바로 뒤에 나타나서 삐용삐용 거린다. 중간에 있던 경찰차에 무전을 해서 추격하라고 한 것이다.

"이것들이 끝까지 해볼 셈이네. 아우디를 몰라보고."

제임스는 이러면서 액셀러레이터를 또 밟았는데 겁에 질린 아이샤가 계기판을 얼핏 보니 바늘이 시속 200km를 가리키고 있었다. 지금 시속 200km로 질주하고 있는 것이다. 그러나 더 이상 놀랄 틈이 없었다. 바로 저 앞에 고가도로 교각이 보이기 시작한 것이다. 아이샤는 터질 듯한 가슴을 애써 진정시키면서 점퍼의 후드를 뒤집어쓰고 목 아래 끝을 묶었다. 이제 두 눈과 코, 입만 겨우 보였다.

뒤에 쫓아오던 경찰차도 성능이 좋은지 저 뒤편에서 계속 추격해 오고 있었다.

"옴마나! 뒤를 봐요!"

아이샤가 비명을 지르자, 제임스는 룸미러를 보았다. 제대로 안 보이자 고개를 뒤로 돌렸다. 거의 동시에 아이샤의 왼손이 운전대로 뻗어서 시계 반대방향으로 약간 틀었다. 제임스는 아직 눈치를 채지 못하고 연신 뒤를 쳐다보고 있었다.

"콰앙~ 쾅! 쾅! 쾅!"

아이샤의 계획대로 아우디가 교각을 들이받았는데, 정확하게 운전대가 있는 제임스 쪽만 들이받았다. 아이샤는 이런 소리를 들으면서 에어백이 터져서 아이샤의 얼굴을 덮고 배와 가슴이 앞으로 튕겨나갈듯하면서 엄청난 고통을 느끼는 순간 기절을 하고 말았다.

아이샤가 눈을 떴을 때는 병원 응급실이었다. 죽지 않고 살아서 커다란 수액주사를 두 대나 맞고 있었다. 겉옷인 점퍼는 벗겨지고 티셔츠는 가위로 잘려서 그 안의 팔에다가 수액 주사를 놓고 있었다. 이런 교통사고가 나면 옷을 마구 벗기면 안 된다. 어디엔가 골절이 되었다면 옷을 벗기는 과정에서 이차 사고가 일어날 수 있기 때문에 가급적 있는 그대로 두고 꼭 벗겨야 되고 옷은 가위로 잘라내는 것이다.

'아, 내가 살았구나.'

아이샤는 눈가에 눈물이 맺히더니 하염없이 눈물이 흘러내렸다. 그러다가 또 잠이 들었다. 잠이 들었다기보다는 수액 주사에 진정제가 들어 있어서 온몸이 나른해지면서 잠이 든 것이다.

아이샤가 다시 깨어났을 때, 뜻밖에도 선배 수간호사가 바로 앞에 앉아있었다.

"선배님."

아이샤는 눈물을 또 왈칵 쏟고야 말았다.

"됐어. 진정해. 천지신명이 도왔나, 부처님이 도왔나. 살아났어. 뼈 부러진 곳도 없고."

"네, 감사해요. 교수님은요?"

"아이그, 진짜 내가 그때 경고를 했는데도 이 지경이네. 신 교수는 현장에서 즉사했어. 차 밖으로 튕겨져 나오고 머리부터 발끝까지 성한 곳이 없을 정도로 개박살났다고 해. 여기 의사들이 그러는데 즉사했다더군."

"아이고 엄마. 잉잉잉. 그럼, 지금 어디에 있어요?"

"사고 나자마자 가족들에게 연락해서 여의도 무슨 장례식장으로 옮겼어. 경찰이 그러는데 음주운전에다가 200km로 과속운전을 했다던데. 넌 정말 천운이다. 천운이야. 이제부터 새 인생 살아."

"네. 고마워요, 선배님."

둘이 이런 대화를 나누는 중에 30대 초반으로 보이는 경찰 두 명이 와서 몇 가지 물었다.

"두 분의 관계가 어떻게 됩니까?"

"저는 간호사, 그분은 의사입니다. 저녁 먹자고 해서 여기까지 따라왔는데 이런 불상사가 났네요."

아이샤는 억지로 눈물을 짜내면서 답변을 해야 했다.

"술은 얼마나 마셨나요?"

"그분이 양주를 마셨는데 얼마를 마셨는지는 모릅니다. 전 술이 약해서 양주를 못 마시거든요."

"아무튼 만취요. 부검하면 다 나타납니다."

조금 키가 큰 경찰이 말하자 다른 경찰이 또 말을 이었다.

"유족들이 부검하지 않겠다고 곧바로 장례식장으로 갔어요."

"어참, 그랬지. 아무튼 만취에 시속 200km로 들이받았으니 현장에서 즉사했어요. 시속 200km면 초속으로 따져서 일초에 55m쯤 갑니다. 100m 달리기 코스를 2초에 간다고 생각해보세요. 얼마나 빠르고 위험한지. 튕겨져 나오면서 앞 강화유리를 뚫고 아주 날아갔습니다. 두개골 파열에 목뼈 골절. 갈비뼈가 부러지면서 간, 폐, 심장 등을 찔러서 그냥 갔습니다."

"아이고야. 잉잉잉."

"아가씨는 정말 천운이요. 만 명에 하나의 확률일 거요. 차가 충돌후 한 바퀴 뒤집혀서 제자리로 섰는데 아가씨는 안전벨트 매고 기절해 있더라구요. 피 한 방울도 안 흘리고."

"그분도 안전벨트 매었는데요."

"벨트 맸어도 강하게 들이받으면 풀리기도 합니다."

경찰은 형식적인 말을 몇 마디하고는 돌아갔다.

특별한 외상이 없는 아이샤는 이른 아침 무렵에 병원을 나와 선배의 차를 타고 돌아왔다. 오던 길에 둘은 해장국집에 들러 아침을 먹는데 아이샤는 아무것도 못 먹을 줄 알았는데, 밥이 꿀떡꿀떡 잘도 넘어갔다.

"이제 살아날 모양이다. 너 진짜 명 길어서 백 살도 더 살겠다."

"그러게요. 배가 고프네요, 선배님. 장례식장에 가봐야 할까요?"

"얘는 미쳤니? 지금 그 집안에서는 너 때문에 사고 났다고 뒤집어쓰울 판인데. 지금 거기 갔다가는 진짜 죽는다. 모르는 척하고 그냥 집에 가. 내가 데려다 줄 테니까."

"그러네요. 할 수 없지요."

수간호사는 아이샤를 집 근처에 내려주고 갔다.

원룸에 들어온 아이샤는 웬일인지 또 하염없이 눈물이 치솟았다. 무뚝뚝하지만 자상했던 쟈니가 생각났다. 순진하면서도 넉살이 좋은 쟈니.

"너는 지금 모닥불에 뛰어든 모기 신세야. 언제 타 죽을지도 모르면서 날뛰지 마라."

쟈니는 알고 있었다. 수간호사도 알고 있었고 내가 삐뚤어진 길로 가고 있다는 것을 그 둘은 알고 있다가 한마디씩 한 것인데, 그때는 왜 그렇게 그 말이 서운했는지 모를 일이다.

아이샤는 이런 생각 저런 생각에 빠져드는데 모든 생각이 눈물로 연결되어 하염없이 눈물만을 흘려야 했다.

몇 시간 후,

아이샤는 간신히 마음을 진정하고 선배님에게 전화를 걸었다. 이런 상태로 병원에 근무할 수 없으니, 대신 퇴사 처리를 해달라고 부탁했다. 전후사정을 잘 알고 있는 수간호사는 승낙했다.

그로부터 삼 일 후, 아이샤는 정식으로 퇴사 처리가 되었다. 이제 집에만 있게 된 것이다. 집에는 알리지 않았다.

무엇인가 돈벌이를 해야 하는데 그게 무엇인지 몰랐다. 4년제 간호학과 졸업에 간호사 실무 경력이 몇 년 있을 뿐이었다. 간호사로 또 취업하기는 싫었다.

인생 항로 변경

아이샤는 병원을 그만두고는 안절부절못했다. 생각으로는 한동안 편히 쉬면서 무엇인가를 해야 했는데 아직 그 무엇을 찾지 못하고 하루 24시간이 너무 길었다. 간호사로 있을 때는 출근 시간에 쫓기고 병원에선 업무에 쫓기어 하루해가 어떻게 가는 줄도 모를 지경이었는데 지금은 시간이 너무 많으니 미칠 지경이었다. 그렇다고 간호사는 죽어도 하기 싫었고, 놀고먹고 살만 한 돈도 없었기에 무슨 일인가를 해야 했다. 하지만 나이 먹어서 젊은 애들이나 나가는 단순 알바도 하기 어렵고, 그렇다고 조선족들이 서빙하는 식당 같은 데는 더더욱 나갈 수가 없었다.

그러다가 문득,
간호학과를 나온 동기들이 지금 어디서 무엇을 하고 있나 하고 곰곰이 생각해 보다가 연락이 되는 몇몇 친구들에게 전화를 하기 시작했다. 대부분 간호사 일을 하고 있었는데 뜻밖에도 조금 희귀 성(姓)인 나희진이라는 애가 간호사로 있지 않고 곧바로 보건 교사 임용고시 시험을 준비해서 재수 끝에 지금 지방 어느 도시에서 보건 교사로 근무하고 있다고 했다.

"옴마나, 얘가 학교 다닐 때 그저 그랬는데 속이 알찬 애네. 알배기야. 보건 교사 임용고시가 하늘에 별 따기라는데 그걸 합격했단 말이네."

아이샤는 크게 놀라면서 친구들을 수소문하여 나희진의 전번을 알아내고 그날 저녁에 전화를 했다.

"희진이니? 나, 아이샤야."

"아이샤? 누군가요? 잘못 걸으신 거 같네요."

"대학교 때 과대표 김말희, 말 같은 년 몰라?"

"뭐어? 네가 말희야? 우하하하. 말 같은 년이라니까 대번에 생각난다. 그때, 네 닉네임이 아이샤라면서 애들에게도 부탁했잖아, 아이샤로 불러달라고. 호호호."

희진이가 얼마나 크게 웃는지 귀청이 떨어져 나갈 듯했다.

"호호호, 맞아. 친구들이랑 전화질하다가 네 얘기가 나와서 전화한 거야. 잘 지내지?"

"으응. 잘 지내. 지금 강원도 ○○시에 있어, 보건 교사로 있어."

"알아. 친구들한테 들었어. 재미있어?"

"재미라기보다는 보람이지, 보람 있어."

"오호, 그렇구나."

둘은 이렇게 대화를 시작해서 사사로운 이야기를 한참 나눴다.

"너도 간호사로 잘 있다면서? 애들이 그러는데 병원에서 인기 짱이라더라."

"그랬지. 그런데 얼마 전에 그만 두었어. 다람쥐 쳇바퀴 도는 것 같은 병원 일에 싫증이 났나 봐. 그래서 너한테 전화한 거야. 보건교사 어떻게 하면 되는 건지 물어보려고."

"그런 거였어. 어쩐지 뭔가 아쉬운 게 있어서 전화한 것 같더라. 그동안 종무소식이더니. 난 처음부터 진로를 이쪽으로 정했다. 그거 있잖아. 앙드레 지드가 쓴 좁은 문이라고, 그 좁은 문으로 들어가야 성공하는 거야. 간호사 취업률 90%가 넘는다는데 그게 달리 해석하면 이직율도 높다는 거잖아."

"우웅. 그런 거 같아. 어떻게 공부했어?"

"난 입학할 때부터 준비했지. 임용고시 따지고 보면 별 거 아냐. 고3 이라고 생각하면 돼. 그런데 이게 전국적으로 몇 십 명밖에 뽑질 않으니 그게 어렵지. 그래서 나도 재수해서 겨우 합격했어."

"우와. 진짜 인간 승리다."

대학교 다닐 때는 꾀죄죄한 모습에 시골 촌사람 같던 애가 알고 보니 제 실속은 다 차리고 있었다.

"생각 있으면 도전해봐. 네 머리라면 가능할 거야. 독학은 어려워. 출제 경향도 모르고, 정보도 얻을 수가 없어. 인터넷에 올라오는 정보를 백 프로 믿어서도 안 돼. 노량진에 가면 공시학원 많잖아. 거기

가면 교사 임용고시 학원도 여러 개야. 거기 잘 알아봐서 등록하고 죽자 살자 덤비는 거야. 죽지 않고 살아남아."

"오우, 그러냐. 진짜 존경스럽다. 애들도 너를 굉장히 칭찬하더라. 인간 승리라구 말야."

"호호호. 지금 이렇게 있으니까, 그런 말이 나오겠지. 보건교사 되니까 진짜 인생이 한 단계 업그레이드가 된 기분이야."

"왜? 뭐 또 좋은 일 있어?"

아이샤는 정말로 궁금해서 미칠 지경이었다.

"요즘 교사 신랑 구하기가 하늘에 별 따기보다도 어렵다는데 총각 교사 소개해 주겠다고 나서는 샘들이 많아. 잘하면 교사랑 결혼할 것 같아. 평생직장에다가 방학 있지, 방학 때 둘이서 해외여행도 가지. 그리고 샘들이 보건교사를 아예 의사로 안다니까. 어디 아프면 꼭 와서 물어봐. 사실 난 아는 것도 별로 없는데. 넌 간호사 경력이 있으니까, 보건교사 되면 진짜 인기 짱이겠다. 인기가 하늘로 치솟을 거다. 호호호."

"호호호. 그럴까? 진짜 부럽다. 지금 교제하는 샘이 있어?"

"으응. 타 학교 사회 샘인데 성격이 좋아. 유머도 많아서 학생들이 좋아한데."

"와우~. 결혼 날짜 잡으면 꼭 연락해. 지구 끝이라도 갈게."

"호호호. 고맙다."

희진이는 학교 다닐 때는 말수도 적은 편이었는데 지금은 완전히 바뀌어서 오히려 아이샤가 말대꾸하기가 어려울 지경이었다. 아무튼 이런 대화는 아이샤에게 크게 도움이 되었다. 아니, 인생 항로를 바꾸게 할 동기가 된 것이다.

이후로 아이샤는 보건교사 임용고시 준비를 하기 시작했다. 그동안 혼수 자금으로 아끼고 아껴서 모아둔 돈으로 한 달 생활비와 학원비를 쓰기로 했고, 부모님에게도 말씀드렸더니 크게 반기셨다.

아이샤는 그렇게 공부를 시작했는데 명석한 머리를 타고났기에 학업 진도는 순조롭게 따라갔다. 그런 중에 간간히 서미경과 전화도 하고 만나기도 하면서 수다를 떨곤 했다. 둘이 이렇게 쉽게 어울리게 된 것은 같은 병을 앓았기 때문이다.

하지만 아이샤는 그토록 노력을 했으나 선발 인원이 워낙 적어서인지 첫해 도전에 미역국을 먹고 말았다. 아이샤는 이에 굴복하지 않고 다음 해를 위해서 다시 학원에 다니면서 학업에 전념하였다.

다음 해.

드디어 아이샤는 각고의 노력 끝에 경쟁률이 낮은 충청남도에 지원하여 합격하였다. 아이샤는 즉시 부모님께 전화로 알렸고, 집안은 온통 잔치 분위기였다.

또 그 다음 해, 3월 2일이다.

아이샤는 충남 안들면 안들중학교(안들)의 보건교사로 첫 발령을 받았다. 학생들 앞에 서서 인사말을 하려니 말소리가 떨리는 듯하였으나 별 탈 없이 인사를 마치었고 근무를 시작하였다. 남녀공학인 안들중학교는 학년 당 4학급인 12학급의 소규모 학교였다. 예전에는 18학급이나 되었다는데, 지금은 농촌 인구가 자꾸 감소하여 12학급도 겨우 운영한다고 했다.

학교생활은 무난했다. 아니, 병원에 비하면 천국 같았다. 매일같이 시달리는 환자도 없고 얼마 되지 않은 학생들이 아프거나 하면 약을 주고, 놀다가 다치면 소독약을 발라주는 등이 대부분이었다. 이러니 12학급밖에 안 되는 시골 중학교라 어느 날은 아무 일도 하지 않는 날도 있었다. 무엇보다 좋은 것은 사람대우를 받는다는 것이다. 교장과 교감, 모든 선생님이 다 좋고 아이샤를 의사처럼 알고 있었다. 어디가 조금이라도 아프면 와서 상담하고 애들도 예쁜 선생님 왔다고 좋아하니, 아이샤는 마치 천국에서 생활하는 듯했다. 병원에서는 조직이 수직 관계여서 같은 간호사끼리도 선후배를 따지면서 후배들은 선배 앞에서 기를 펴지 못하는데 학교는 그렇지 않았다. 교장, 교감 선생님이랑 각 부장 선생님과는 수직 관계이지만 생활은 수평 관계나 마찬가지였다.

특히, 연세가 많으신 선생님들과 교장, 교감 선생님은 아예 별도로 차트를 만들어서 혈압, 혈당, 맥박 등을 기록하여 관리했더니 아이샤를 의사처럼 대우해주었다. 정말로 하루하루가 꿈처럼 행복한 나날이었다. 간간히 부모와 형제들에게 전화도 하고 서울 샤니 병원의 수간호사인 서미경과도 안부 겸 전화 수다를 떨곤 했다. 서미경은 아이샤가 이렇게 변신에 성공한 것을 보고는 마치 자기 일인 양 매우 기뻐했다. 이렇게 둘은 이제 친자매처럼 느껴졌다.

그해 5월 31일, 토요일이다.

오전 10시쯤에 서미경에게 전화가 와서 또 이런저런 이야기를 하다가 아이샤는 놀라자빠질 뻔하였다.

"나 이번에 결혼할 것 같아."

"뭐라구요? 선배님은 평생 독신으로 산다고 했잖아요?"

"호호호. 그랬지. 수도사처럼 평생 살려고 했는데 파계해서 속세에서 살려구."

"옴마나. 도대체 무슨 일이 있었어요? 궁금해요."

"나도 어떻게 돌아가는지 잘 모르겠어. 병원 원장님이 소개해 줬어. 작년 가을에 상처했다는데 아이가 둘이야. 올해 초등 1학년 하고, 그 아래 다섯 살 먹은 애하고. 그 남자가 원장님이 신뢰하는 후배라는 거야. 이비인후과 의사인데 한번 만나보라고 권유해서 차마 거절 못하고 만났지. 첫 만남부터 나를 아주 좋게 본 거야. 애들에게 새엄마가 되어달라고 매달리더라고. 자기에게도 아내가 있어야 한다나."

"옴마나, 세상에. 그렇게 해서 연결되었네요. 아이고, 진짜 축하합니다. 그동안 진짜 고생 많으셨어요. 그런 분을 만나려고 고통을 참으셨던 것 같아요. 진짜 왕대박이네요."

"호호호. 고마워. 아직 확정된 것은 아닌데 거의 그렇게 될 것 같아서 말한 거야. 더 참다 확정되면 말을 해야 하는데 입이 근질거려 말이 나왔네. 호호호."

"아니에요, 선배님. 이제 고생 끝 행복 시작이에요."

"호호호, 고마워."

"6월 14일, 토요일에 친구 결혼식이 있어서 상경하는데 그때 볼 수 있을까요?"

"그럼그럼. 몇 시쯤?"

"오후 세 시쯤?"

"오케이. 그럼 그날 보자."

"예."

이렇게 둘은 대화를 더 하다가 나중에 전화하자고 하였다.

아이샤가 서미경과 전화를 하고 이틀이 지난 월요일이었다. 하교 시간이라 학생들이 왁자지껄하면서 교문을 나설 때인데, 여학생 한 명이 보건실을 찾아왔다. 몇 달 있다 보니 여학생들은 생리통으로 찾아오는 수가 많고, 남학생들은 어딜 다쳐서 오는 경우가 많았다.

"어디 아파?"

"아니에요."

"그럼, 나에게 뭘 물어보려고 그러니?"

"예."

그 여학생은 1학년인데 뭔가 말을 할 듯 안할 듯 쭈뼛거리고 있었다.

"무슨 말 못할 고민이라도 있어? 남학생 때문이야?"

"아니에요. 사실은 엄마가 아파요."

"그으래? 어디가 아픈데?"

이렇게 해서 김미순이라는 그 여학생이 자기 엄마가 아프다고 털어놓는데, 그리 중한 병은 아닌 듯했다. 얼마 전에 무엇을 잘못 먹고 체했다는데, 약을 먹어도 안 들어서 병원에도 한번 갔었다고 한다. 병원에 가서 주사 맞고 약도 삼일치를 다 먹었는데도 배가 아프다는 것이다. 그래서 고민하던 중에 보건 샘이 고수라고 애들이 말을 해서 찾아왔다는 것이다. 고수라는 용어는 원래는 바둑이나 장기에서 실력이 월등한 사람을 지칭했는데, 요즘은 게임에서 아주 잘하는 애들에게 고수라고 하며 일반적으로 무슨 일에 아주 능숙하고 실력 있는 사람에게도 고수라 칭하고 있었다.

"호호호. 애들이 날 더러 고수라고 한다구?"

"예. 서울 큰 병원에서 간호사로 있었다면서 의사나 마찬가지라고 소문났어요."

"호호호. 기가 막힐 노릇이네. 내가 의사는 아니지만 조금 흉내는 낸다. 호호호. 서당 개 삼년이면 풍월을 한다고 하잖아."

"예."

"그런데 내가 네 말만 듣고 엄마가 어디가 얼마나 아픈지는 잘 모르겠다. 여기가 병원도 아니고 내가 의사도 아닌데 말이다. 내 생각으로는 체한 것이 완치가 되질 않고 위염이 되어서 배가 아픈 거 같아. 위염이면 약을 한동안 먹어야 한다. 여기 학교에는 약이 많이 없어. 몇 가지 밖에 없어."

아이샤는 이렇게 대답을 하고는 몇 가지 약을 주었다.

"이 약을 하루에 세 번, 식후에 복용하시라고 하고 다른 약도 먹어
야 돼."

이어서 아이샤는 메모지에 두 가지 약 이름을 적어 주었다.

"이 약은 의사의 처방 없이도 약국에서 살 수 있는 일반 약이야.
이것도 사서 내가 준 약이랑 같이 드시도록 해. 아마 열흘 정도는 꼬
박 먹어야 될 걸. 위염이 쉽게 잘 안 낫거든. 약이 잘 들으면 아마 오
륙일 정도면 나을 거다."

"예. 감사합니다, 선생님."

"음식도 조심해야 돼. 배가 정 아프면 미지근한 물에 꿀을 타서 꿀
물을 마시면 속이 좀 가라앉아."

드디어 아이샤의 진짜 전공인 민간요법이 나왔다. 아이샤가 생각
나는 대로 불러주니까 미순은 아예 폰을 꺼내어 메모를 하고 있었
다. 무슨 음식은 먹으면 안 되고, 위에 좋은 식품으로는 무엇무엇이
있다고 말해 주었더니 미순이 고개가 땅에 닿도록 인사를 하고는 돌
아갔다.

그리고는 별 다른 일 없이 일주일이 지났다. 월요일이 되어서 아
이샤가 출근해서 보건실에 들어가려는데 미순이 쇼핑백을 들고 문
앞에서 기다리고 있었다.

"안녕하세요?"

"으응, 엄마는 좀 어떠시니?"

"선생님이 주신 약을 먹고 다 나았어요. 그리고 이거 애호박인데 엄마가 갖다 드리라고 해서 가져왔어요."

"뭐어? 하이고야. 난 괜찮은데."

"아니에요. 꼭 드리라고 했어요."

아이샤가 할 수 없이 쇼핑백을 받아보니 묵직한 게 대여섯 개는 되는 애호박이 가득 들어있었다.

"아이고야. 나 혼자 살아서 한 개만 줘도 되는데. 너무 많다, 많아. 아무튼 고맙다."

"애호박은 쉽게 상하지 않으니까 두고두고 먹어도 돼요. 호박전 부쳐 먹어도 맛있어요."

"호호호. 고맙다, 고마워."

미순은 그렇게 애호박을 전해주고 제 교실로 갔다. 아이샤는 애호박을 보면서 뭔지 모를 애틋함이 느껴졌다.

수간호사 서미경의 과거

　수간호사인 서미경(徐美鏡)은 아이샤에게 자기의 과거 일부를 말했을 뿐, 너무나도 창피하여 이제껏 자세하게 자신의 과거를 말해본 적이 없다. 집안 식구들도 전혀 모르는 일이다.

　서미경의 본가는 경기도 ㅁㅁ시의 어느 아파트 단지 앞쪽 허름한 단독주택에서 산다. 여기도 개발이 된다는데 언제 될지는 모르고 사람들은 대체로 빈한하게 그럭저럭 살아가고 있었다. 서미경의 아버지와 어머니도 특정한 직업 없이 닥치는 대로 일을 하면서 자녀 셋을 키우고 있었다.

　서미경은 맏딸이고, 그 아래에 남동생 두 명이 있었다. 서미경이 간호학과에 들어간 것은 순전히 취업 때문이다. 다른 과 졸업해봐야 백수 되기 십상이라는데 간호학과는 취업률이 90%가 넘는다고 담임 선생님과 상담을 하고 부모님도 동의하여서 간호학과에 입학했고 또 졸업하여 곧바로 서울 변두리의 작은 동네 병원에 간호사로 근무하게 되었다. 여의사에 간호사 3명, 물리치료사 1명. 모두 여자다. 근무는 분위기가 좋으나 개인 병원이라 보수가 약한 것이 흠이었다.

아무튼 마음씨 착한 서미경은 적은 월급의 일부라도 떼어서 집에다 보내면서 두 남동생의 학비 일부를 부담하는 격이 되었다.

서미경은 여자로서 키가 큰 편인 164cm였고 미모도 출중해서 진작부터 들이대는 남자들이 있었는데 아직은 교제할 때도 아니고 남자들의 직업이나 외모로 볼 때 마음에 들지도 않았다. 운동을 좋아하는데 간호사로 있다 보니 마땅히 운동할 만한 게 없었기에 서미경은 병원과 집 사이에 있는 탁구장에 등록하여 거의 매일 퇴근 후에 한 시간 정도 탁구를 치고 집에 왔다.

그렇게 간호사 2년 차가 된 10월 중순경이었다.

서미경이 탁구장에 들러 파트너 아줌마와 한 게임을 치고 잠시 땀을 식히는데 관장이 다가왔다.

"서 선생, 한 게임을 더 할 수 있겠어?"

서미경이 간호사라니까 병원 간호사들이 부르듯 선생이란 호칭을 붙여주었다. 요즘은 사장과 선생이 널려서 부르는 사람, 듣는 사람이 서로 별 부담도 없다.

"네. 누구랑요?"

"저기 신사분이 조금 아까 오셨는데, 중급 실력과 한 게임 해보고 싶다는 거야.

한 게임만 해봐. 오늘 처음 온 사람이거든."

"네, 그러지요."

이렇게 관장님의 소개로 젊은 남자와 탁구 한 게임을 하게 되었는데, 그 사람은 첫눈에 보아도 호감형의 미남이었다. 어디서 근무하다 왔는지 양복 상의만 벗고 와이셔츠 차림으로 탁구를 치는데 서미경과는 아주 잘 어울리는 호적수(好敵手)였다.

그 남자는 간간히 '헛! 핫!' 하는 작은 기합 소리를 내면서 아주 흥있게 탁구를 치니 서미경도 기분이 매우 유쾌해졌다. 아줌마들과 할 때와는 비교도 되지 않을 만큼 파워 있는 게임이 진행되었던 것이다. 옆에서 구경하던 아줌마들이 응원하면서 흥겹게 관전을 하고 있었다. 이래서 둘은 한 게임이 아니라 세 게임을 쳤다.

"대단한 실력이시네요."

"아니에요. 맞받아치느라고 죽을 뻔 했어요. 호호호."

"그래요? 내가 죽을 뻔했는데. 하하하."

"사실은 중학교 때 교내 탁구대회에서 금메달을 땄답니다."

미경이 무의식중에 자랑질을 했다.

"오오. 어쩐지 동작이 예사롭지 않았어요. 선수 동작이더라구요."

"호호호. 감사합니다."

"땀을 너무 많이 흘렸어요. 탁구장에 샤워실이 있나요?"

"여긴 없어요. 동네의 작은 탁구장이라 집에 가서 씻어야 해요."

"아, 그렇군요. 그럼 갈증이 나는데 음료수라도 한잔하시는 게 어떨까요?"

"음료수는 저기 자판기에 있는데요."

"아니, 그거 말고 바로 아래층에 커피숍이 있던데 냉커피 한잔하시죠."

"아이 참, 초면인데…… 그래요. 냉커피 한잔하고 가요."

탁구장이 5층에 있었는데 둘은 계단으로 내려와 4층 커피숍으로 들어갔다. 커피 종류가 여러 가지가 있고 간식으로 먹을 수 있는 간단한 빵과 과자 종류도 여러 가지가 진열되어 있었다. 미경은 혼자서 몇 번 와보았기에 여직원과 눈인사를 하고는 자리에 앉았다. 남자는 예의상 무슨 커피를 주문하겠냐고 물었고, 미경은 '아메리카노'라고 대답했다.

잠시 후,

남자가 아이스 아메리카노 두 잔과 카스텔라 같은 작은 빵 두 개를 쟁반에 담아 가져왔다.

"이거 드시죠. 빈속에 커피만 마시면 속이 불편할 때가 있어요. 이런 빵을 조금이라도 먹어야 속이 편하죠."

"커피 애호가이신가 보네요."

"그 정도는 아니고 그냥 즐기는 편입니다."

둘은 잠시 커피 얘기를 하다가 남자가 먼저 통성명을 했다. 지갑에서 명함을 꺼내 서미경에게 주는데, 한쪽은 영문이고 다른 한쪽은 이상한 알파벳 같은 문자뿐이다.

"제 이름은 박상기라고 하고, 프리랜서 바이어로 활동하고 있습니다."

"이게, 어느 나라 글자인가요?"

처음 보는 명함에 서미경은 어리둥절해서 물었다.

"한쪽은 영문이고, 다른 쪽은 러시아어입니다. 외국 바이어들을 주로 만나서 한글 명함은 없네요."

"호오, 그러시구나. 대단한 분이세요. 바이어라면 해외로 상품을 수출입 하는 건가요?"

"그런 셈이죠. 프리랜서이긴 한데 소속이 있긴 있어요. ㅇㅇ물산 이라고. 거기가 사무실인 셈이죠. 러시아, 필리핀, 베트남 주로 이런 데로 우리나라 중고차를 수출하는데 제가 중개자 역할을 합니다. 그 렇게 연결해주고 커미션을 받아요."

"호오, 그런 직업도 있네요. 돈을 많이 벌겠어요."

"그냥 쓸 만큼 법니다. 남들보다 조금 풍족하게 쓸 만큼. 커미션 이 5%에서 10% 정도 되니까 십억 짜리 거래라면 오천에서 일억이 내 몫이죠. 이렇게 일 년에 서너 건만 해도 웬만한 월급쟁이나 기업 보다 낫습니다. 누구에게 간섭받지 않으니 마음 편하고요. 대신 어 학은 능통해야 합니다. 영어는 우리말 하듯이 하고 거래국의 언어를 알아야 합니다. 난 영어, 일어, 러시아에 비교적 능통해서 주로 이 지역만 거래해요. 그래도 영어는 전 세계적으로 통용되니까. 때로는 중동 국가들과도 거래를 터서 우리나라 중고차를 보내기도 합니다."

"오오~, 정말로 대단하시네요. 난 영어 하나만도 능통하지 못한 데. 학교에선 문장으로만 공부하니까 회화를 해보려고 해도 혀가 돌아가질 않아요. 호호호."

"다 그래요. 그래도 기본 어휘 실력이 있으면 회화 실력이 금세 늘습니다. 해외 배낭여행이라도 한번 갔다 오면 진짜 실력이 팍팍 늘어요."

"그렇다는 얘기는 들었는데, 어쩌다 보니 배낭여행도 못 가보았네요."

"기회가 오겠지요. 아 참, 그 명함 다시 주세요. 지금 몇 장 안 남아서 가지고 있어야 합니다."

남자가 이러니 서미경은 대수롭지 않게 명함을 돌려주었다.

"혹시 연락처 좀 알 수 있을까요?"

"네. 000-0000-0000이에요."

남자는 즉시 자기의 스마트폰에 번호를 입력하였다.

"카톡 연결할 테니 앞으로는 여기로 연락해요. 문자보다 훨씬 좋잖아요. 카톡엔 엘프(Elf)로 되어있는데 그게 제 닉네임입니다. 요즘은 본명들을 잘 안 쓰고 닉네임을 많이 쓰는 세상이라 나도 어쩔 수없이 동참하네요. 해외 바이어들도 엘프라면 나인 줄 알아요."

"언제부터 본명은 없어지고 닉네임이 대신하게 되더군요. 저는 릴리라고 합니다."

"릴리면 백합인가요?"

"네."

"진짜 어울리는 닉네임이네요. 한 송이 백합꽃 같잖아요. 고고하고 당당하게 핀 백합꽃. 진짜 잘 골랐습니다."

"아이고, 너무 치켜세우지 마세요. 올라갔다가 날개 없이 추락하는 수가 있어요."

"하하하. 그럴 일이 있나요, 타고난 미모인데. 아무튼 반갑습니다."

남자는 잠시 스마트폰을 만지작거리더니 서미경의 핸드폰에서 카톡이 울렸다. 남자가 영문으로 'Hi'라고 보냈고, 미경은 '방가'라고 답했다.

이렇게 해서 둘의 연결통로가 만들어졌다. 둘은 대화를 좀 더 하다가 엘프가 약속이 있다면서 먼저 일어섰다.

"매일 나오시나요?"

엘프가 물었다.

"네, 거의 매일. 월부터 금까지는 거의 매일이고, 주말엔 나올 때도 있고 안 나올 때도 있어요."

"그렇군요. 저는 월화수는 업무 때문에 시간이 없고 목금토는 시간이 되는 편입니다. 저도 토요일엔 시간이 날 때도 있고 안 날 때도 있고 해요. 오늘이 목요일이니까, 내일은 나오시겠네요?"

"네. 저녁 6시 30분에 나와요."

"잘되었네요. 내일 그 시간에 뵙고 한 게임 하시죠?"

"네."

이렇게 해서 둘은 일단 헤어지고, 내일 저녁때 다시 만나기로 하였다.

다음날, 저녁 6시 30분. 서미경과 엘프는 탁구장에서 어제처럼 세 게임을 치고 이번에는 근처 식당에 가서 저녁을 먹었다. 엘프는 차 때문에 술은 마시지 않는다고 하였다.

토요일엔 오후 3시에 탁구장에서 엘프를 만나 여러 게임을 하고, 친분 있는 아줌마와도 몇 게임을 더 했다. 미경은 몸이 피곤할 정도였다.

엘프는 연신 칭찬을 하면서 근처의 고깃집으로 안내했다. 비싼 한우를 파는 데라 둘이서 먹어도 십만 원은 족히 나오는 집이다. 엘프는 술을 먹을 것 같아서 택시를 타고 왔다고 한다.

그런데 고깃집은 떠들썩하여 대화하기가 어려웠기에 둘은 나와서 근처 커피를 파는 카페에 갔다. 은은하고 구수한 커피 향이 코를 자극하였다. 엘프는 고기를 먹은 다음에 마시는 커피 맛이 최고라고 했다. 미경도 맞장구를 쳤다.

"릴리 씨, 이 사진 보실래요?"

갑자기 엘프가 스마트폰의 사진을 보여주었는데 외국의 어느 풍경 앞에서 기념사진을 찍은 것이었다.

"여기가 어디에요? 미국인가요?"

"미국이 아니라 러시아입니다. 러시아에 갔을 때 인증샷으로 찍었지요. 다른 사진도 보세요."

사진을 몇 장 돌려보던 미경은 연신 감탄을 해야 했다.

"여긴 어딘가요? 꼭 동화 속의 궁전 같아요."

"하하하, 맞아요. 거기가 바로 모스크바 궁전입니다. 이 사진은 꽤 많이 돌아다닐 텐데요."

"그러게요. 낯이 익어요. 와아~, 전 해외여행 한 번도 못 갔는데, 굉장하시네요."

"바이어가 그렇습니다. 잘 얻어먹고 구경 잘하고 성사되면 돈도 벌지요."

"정말 꿀직업이네요."

"그런 셈인데 나름대로 어려운 점이 많아요. 모두 돈에 관련된 것이라 어떻게든 입을 놀려서 설득하고 거래를 성사시켜야 하니까요."

"그렇겠어요. 시장에서 물건 하나 파는 데도 힘들죠."

"맞아요."

엘프의 스마트폰에는 러시아만 있는 것이 아니라 미국, 일본, 필리핀, 베트남, 중동 지역 등 세계 곳곳의 사진이 있었고, 그 사진들 속에 엘프가 있었다.

엘프가 이렇게 자랑질을 하는데, 릴리는 아무것도 내세울 것이 없어서 기가 죽어 있어야 했다.

'이런 사람이랑 결혼해서 살게 되면 평생 돈 걱정은 없겠다. 해외 여행도 실컷 다니겠다.'

릴리는 이렇게 속으로 생각하였다. 거기서 그렇게 대화를 하고는 둘은 헤어졌다. 이제 다음 주 목요일에나 탁구장에서 볼 수 있을 것이다.

탁구장 관장은 매우 좋아하였다. 실력자가 회원으로 들어오고 3개월치 회비도 냈으니 흡족했다.

다음 주 목요일과 금요일.

엘프와 릴리는 이틀 동안 연속으로 탁구를 쳤다.

"내일은 토요일인데 탁구는 잠시 쉬고 교외로 가서 프레시한 공기를 마시면서 식사를 하는 게 어떨까요?"

엘프는 항상 정중하고 신사적인 말투를 썼다.

"어딘데요?"

"양평에 두물머리라고 아시나요? 북한강과 남한강, 두 강줄기가 모여서 두물머리라 하는데 여기서부터 한강이 시작되죠. 거기가 바다처럼 넓어서 눈이 시원해요. 사진 애호가들이 매일 수백 명씩 오는 명당 중에 명당이지요. 지금은 낙엽이 생기는 가을철이라 아마 가보면 어마어마할 것입니다. 우리가 생전 보지 못한 진귀한 카메라 구경만 해도 눈요기가 돼요. 사람이 모이는 곳이라 맛집도 많아요. 민물고기 음식점도 즐비합니다. 한번 가보시겠어요?"

"그런 데가 있군요. 가보고 싶어요. 뭘 타고 가나요?"

"제가 차로 모시러 옵니다. 이 근처 편한 곳에 계시면 제가 시간 맞춰 오겠습니다."

"아이참. 너무 신세를 지는데요. 신세는 갚아야 한다는데요."

"아니요. 신세는 제가 지는 것이지요. 어느 누가 릴리 같은 미녀하고 대화라도 해보겠습니까? 제가 운이 좋은 거지요."

"옴마나. 너무 또 띄우시네요. 호호호."

"아닙니다. 정말입니다."

이렇게 해서 둘은 내일 2시경에 탁구장 앞길에서 만나 두물머리에 가서 저녁을 먹고 오는 쪽으로 얘기가 되었다.

그날 밤, 릴리는 싱숭생숭하여 잠을 잘 자지 못하였다. 어쩌다 보니 돈 많고 능력 있는 남자를 만나게 되어서 데이트를 하게 되다니, 꿈을 꾸는 듯했다.

다음날 토요일, 오후 2시.

릴리는 탁구장 앞으로 나가서 기다렸는데, 바로 앞에 외제차로 보이는 감색 고급 승용차가 멈춰서더니 창문이 열리면서 타라고 손짓을 했다. 엘프였다.

"어머나, 외제차인가 봐요."

"네. BMW죠. 요새 흔해 터진 게 외제차라 생색도 못 냅니다."

"그래도 아주 비싸 보이네요."

"그렇게 보입니까? 하하하. 같은 BMW라도 이건 사양이 높아서 1억5천 정도 가죠."

"와우~. 엄청 비싼 차를 타게 돼서 영광입니다."

"하하하. 제가 영광이에요. 이 차에 미녀가 타긴 처음이니 차도 호강하네요."

"호호호, 농담도 잘하시네요."

둘은 연정이 싹트기 시작해서 아무 말이나 해도 재미있었다. 그렇게 웃고 시시덕거리면서 두물머리에 도착하였다. 예상했던 대로 주차할 공간도 부족해서 한참을 돌아서야 겨우 주차하였다.

엘프가 말한 대로 백 명도 넘는 사진가들이 고가의 카메라를 들고 왔다 갔다 하고 삼각대를 설치해서 사진을 찍는데, 그 풍광이 기가 막혔다.

우리나라에도 저런 풍경이 있었다는 게 놀라웠다.

둘은 각자 인증 샷을 찍었다. 아직 둘이 함께 사진은 찍지 말자고 엘프가 말해서 릴리도 동의했다. 셀프 사진을 찍는 것보다 다른 사람이 찍어주는 사진이 백배는 더 좋게 나왔다. 둘은 그렇게 거기서 두 시간여를 보냈다. 배가 조금 출출하기에 문득 시계를 보니 이제 막 오후 5시를 넘기고 있었다. 차를 타고 이동한 시간이 한 시간 정도 걸린 모양인데, 워낙 차들이 몰려서 지체되었던 것이다.

"좀 시장하네요. 뭘 먹으러 갈까요?"

"저도 점심을 간식처럼 먹고 나왔더니 배가 고파요. 호호호."

"여기 맛집이 아주 다양한데 강에 왔으니 민물고기 매운탕을 먹어 봐야 정 코스인 것 같습니다. 민물고기 드시나요?"

"아무거나 다 잘 먹어요. 그런데 민물고기들이 아주 비싸던데요."

"그렇지요. 비싼 고기, 싼 고기 다 있습니다. 붕어 같은 것은 싸고, 쏘가리는 좀 비쌉니다. 쏘가리가 맛이 일품이죠. 그거 먹으러 갑시다."

"번번이 신세만 져서 목에 넘어가려나 모르겠네요."

"하이구, 과찬입니다. 잘 드시면 제가 감사하지요."

릴리는 사양하는 척하면서 엘프와 같이 차를 타고 이동하여 민물고기 매운탕 전문점으로 갔다. 벌써 차들이 많이 주차돼 있어서 엘프는 근처 공용주차장에 주차하고 음식점으로 갔다. 예상대로 사람이 북적거렸다. 둘은 이층으로 안내되어 운 좋게 창가 자리를 배정받았다.

엘프는 익숙한 듯이 메뉴판을 보고는 쏘가리 매운탕을 시켰고, 매운탕이 나오기 전에 간단한 안주로 빙어 도리 뱅뱅이를 시켰다.

도리 뱅뱅이와 소주는 곧바로 내왔다.

"민물고기에는 소주가 최곱니다. 맥주도 안 맞아요."

"그렇군요. 전 술에 대해선 잘 모릅니다."

엘프는 소주 한 잔을 따라 릴리에게 주었고, 릴리도 소주 한 잔을 엘프에게 따라주었다.

둘은 출처 불분명하고 뜻도 잘 모르는 '위하여'를 건배사로 하여 소주를 마셨다. 기름에 튀긴 도리 뱅뱅이는 씹히는 맛이 있는 게 아주 고소했다. 이것만 먹으라고 해도 배가 부를 것이다.

이들이 소주 두세 잔씩을 마셨을 때 쏘가리 매운탕이 나왔는데, 그 맛이 또 일품이었다. 붕어 매운탕과는 비교도 되지 않을 정도로 깊은 맛이 있었는데 구수하면서도 감칠맛이 났다. 이러기에 쏘가리 매운탕이 비싼 것이다. 메뉴판을 보니 15만 원이다. 한 끼 식사로 지금 대략 20만 원 이상을 쓰는 셈이 되어서 릴리는 송구스럽기 짝이 없었다. 무슨 죄인 아닌 죄인 같은 느낌이었다.

이렇게 릴리는 엘프 앞에서 위축되어 가고 있었다. 엘프는 주로 외국 이야기를 많이 했는데, 릴리는 외국 여행을 가본 적이 없었기에 판소리에서 추임새 넣듯이 간간히 감탄만 했다.

"어머, 그랬어요."

"재미있었겠어요."

"이담에 가보고 싶어요."

이런 식으로 말장단을 맞추는 셈이었다. 그럭저럭 시간도 가고 술도 마셨기에 릴리는 돌아가는 것이 은근히 걱정이 되었다. 지금 소주만 세 병을 다 마시고 네 병째도 뚜껑이 열려있었다. 이 중 한 병은 릴리가 마셨을 것이고, 나머지는 엘프가 마신 것이다. 엘프는 취하지도 않았는지 여전히 입을 나불대고 있었다. 창밖을 보니 해가 서산으로 넘어가면서 서서히 어두워지고 있었다.

"아, 이제 그만 일어나야지. 여기서 밤샐 수는 없어."

"그런데 술을 많이 드신 것 같아요."

"이 정도는 괜찮아요. 아, 정신은 말똥말똥한 것 같은데 몸이 좀 어질거리네. 단속 뜨면 된통 걸리겠어."

술을 마셔서 용기가 나는지 어쩐지 이때부터 엘프는 릴리에게 하대를 했다. 그렇다고 릴리가 이의를 제기할 수도 없었다. 이때 릴리가 스물다섯에 엘프는 서른이니 다섯 살이나 위였으니 그럴 만도 했다.

음식 값을 계산하고 나온 엘프는 진짜로 취해서 걸음도 약간 비틀거렸다.

"제가 운전할까요?"

"어어? 차 있어?"

"차는 없지만 운전면허는 있어요."

"그럼 운전은 해봤고?"

"아뇨. 도로주행 연습한 게 전부입니다."

"하하하. 그러면 안 되지. 저 차가 얼마짜리인데. 차라리 어디 가서 좀 쉬었다가 술이 좀 깨면 가는 게 좋겠어. 한밤중에 가더라도 그게 순리일 것 같아."

릴리는 이게 무슨 뜻인지 잘 모르고 그게 좋겠다고 응했다. 그러자 엘프는 릴리를 데리고 근처에 있는 모텔로 갔다.

"여기에서 한 시간만 자고 가자고. 난 지금 못가. 들어가서 릴리도 좀 쉬고."

"쉰다는 곳이 여긴가요? 어디 카페는 없을까요?"

"아냐. 난 지금 누워야겠어. 그럼 릴리는 카페에서 기다려. 나 혼자 갔다 올 테니."

엘프가 이렇게 완곡하게 나오니 거절하기도 어렵게 되었다.

"그럼, 한 시간만 자요. 난 옆에서 TV나 보고 있을 테니."

"그렇게 하는 게 좋겠어."

이렇게 해서 둘은 모텔로 들어갔다. 릴리는 엘프가 카운터에서 하는 말을 저절로 듣게 되었는데, 지금 이 시간에는 대실이 안 된다는 것이다. 하루 숙박비를 내야 하는데 지금 제일 큰방 스위트룸 하나밖에 없다. 숙박료는 20만 원이다. 릴리는 그러지 않아도 식사비가 많이 나와서 미안한데 한 시간 정도를 쉬기 위해서 20만 원을 지불한다는 것은 이해가 가질 않았고 돈이 너무 아까웠다. 카페에 가서도 의자에 기대어 한 시간은 잘 수가 있는데 말이다. 아니 차 안에서도 충분히 자고도 남는다. 고급 외제차에 의자도 푹신하고 크다. 이런 의자를 뒤로 눕히면 거의 침대수준이다.

하지만 결정권이 없는 릴리는 그저 강아지가 목줄에 매인 채 주인을 따라다니듯 보이지 않는 목줄에 걸려서 엘프의 뒤를 따라가지 않을 수 없었다.

둘은 말없이 엘리베이터를 타고 5층 맨 끝 방으로 들어갔다. 방은 한눈에 보아도 매우 고급스러웠다. 가운데는 거실처럼 꾸며져 있었고, TV도 두 대나 되고 소파도 고급이었으며, 한편으로 킹사이즈 침대가 놓여있고 그 앞에는 영화에서 보듯 커튼이 드리워져 있었다. 불빛은 조금 어두워서 은은하였다.

릴리가 방안을 살피고 있는데, 느닷없이 엘프가 다가와 릴리를 껴안고는 입을 맞추었다.

"어머, 으읍. 이러시면 안 돼요."

"괜찮아. 내가 너를 얼마나 좋아하는데, 사랑해."

"아아~, 안 돼요."

릴리는 입으로는 '안 돼요'하고 있지만 어찌 된 일인지 몸은 그대로였다. 엘프를 밀쳐내고 주먹질에 발길질이라도 해서 물리쳐야 하는데, 입으론 '안 돼요'하고 몸은 '돼요'하는 격이 되고 말았다.

엘프는 릴리를 번쩍 안아서 침대에 눕히고는 집요하게 키스를 하는데 입술뿐만 아니라 귀, 귀 뒤, 목덜미 등을 빨고 핥으니 릴리는 이제까지 느껴보지 못한 이상한 느낌에 온몸이 마비되다시피 하였다. 간질거리면서 이상한 쾌감이 마구 퍼지고 있었다.

약간 취기가 오른 릴리는 그런 감정이 배가되어 저절로 신음소리가 나면서 몸이 꼬아졌다. 이러는 사이에 엘프는 잠시도 틈을 주지 않고 한 손으로는 옷을 벗기기 시작하여 릴리는 곧 알몸이 되었다. 릴리의 풍만한 가슴을 본 엘프는 가슴의 꼭지를 미친 듯이 빨고 핥아대니 릴리는 아예 정신줄을 놓고 말았다. 세상에 이런 느낌이 있다니. 깊은 나락으로 빠져드는 것 같은 쾌감이었다.

어느 사이에 엘프의 손은 릴리의 바지를 벗겨내고 팬티 속에 손을 집어넣고 있었다.

"아~, 거긴 진짜 안 돼요. 손을 빼세요. 아아~."

하지만 그것도 말뿐이었다. 발로 걷어차야 되는데 말뿐이었다. 릴리는 이미 거미줄에 걸린 작은 곤충 신세였던 것이다. 엘프는 손가락에 미끈한 감촉을 느끼면서 손을 놀리니 릴리는 미칠 지경이었다. 어느 사이에 팬티도 다 벗겨졌다. 이번에는 손이 아니라 엘프의 입이 아래로 내려와서 양 계곡을 더듬으니 이상한 쾌감에 온몸이 마비되고 있었다. 그렇게 황홀경에 취해 있는데 갑자기 릴리는 아래의 바기나(vagina)가 허전해지면서 무엇인가가 그 속을 꽉 채워주었으면 하는 욕망이 생기고 있었다. 그런 감정이 들자마자, 무엇인가 단단하고 길쭉한 물체가 바기나 안으로 힘차게 들어오고 있었다.

"아악~, 안 돼요, 안 돼."

하지만 이 소리는 들리지 않는 허공의 메아리요, 릴리의 목에서만 나오는 소리였다.

엘프는 곧바로 진퇴를 거듭하면서 그동안 릴리가 소중히 간직하여 함락된 적이 없던 성을 공략하고 있었다. 릴리는 잠시 잠깐 이상한 통증을 느끼긴 했으나 그보다 훨씬 큰 쾌감이 온몸을 휘어 감싸고 있어서 정신을 못 차리고 엘프가 하는 대로 몸을 맡겨야 했다. 엘프는 그런 중에도 여전히 입과 혀는 릴리의 가슴과 목덜미 겨드랑이를 간지럽히니 릴리는 정말로 기절할 정도였다. 정신이 아득하고 엄청난 쾌감만이 느껴졌다.

한동안 성을 공략하던 엘프는 성 안을 모두 점령했는지 쾌감의 소리를 내면서 공략을 멈추었다.

"저 숫처녀에요."

"으응, 그런 줄 알았어."

"어떻게요?"

"내 것이 들어가는데 앞을 가로막더라구. 아직 입구가 열리지 않았다는 거야. 숫처녀지."

"어머, 그런 게 느껴져요?"

"그럼."

"그래서 어떻게 했는데요?"

"그냥 힘을 주어서 밀고 들어가면 그냥 들어가. 처녀막이란 게 엄청나게 두꺼운 게 아니라 그냥 얇은 속살이라. 여자들도 큰 통증을 못 느낀다고 하더라고. 안 그래?"

"약간의 통증이 있긴 있었는데, 다른 이상한 느낌이 너무 커서 느끼질 못하겠어요."

"하하하. 그럴 거야. 릴리가 이제야 진정한 성인이 되었네. 어때 기분 좋지. 난 너무 좋아. 한창 흥이 오를 때는 기절할 것만 같아. 내게 큰 선물을 주어서 고마워."

이렇게 첫 관계를 맺은 릴리는 엘프가 한없이 사랑스러워졌다.

엘프는 먼저 샤워를 하고 나오더니 침대에 눕자마자 깊은 잠에 빠졌다. 릴리도 뒤를 이어서 샤워를 하고 나왔으나 차마 같은 침대에 누울 수가 없어서 커다란 소파에 누워서 잠을 청했다.

비몽사몽간에 눈을 떠보니 벌써 새벽 4시다. 릴리는 옷을 모두 입고는 엘프가 깨기만을 기다렸다. 얼마 후, 엘프가 일어나서 모텔을 같이 나왔다. 돌아오는 중에 엘프는 해장국을 먹고 가자고 하였으나 릴리는 집에 가고 싶었기에 그냥 가자고 했다.

엘프는 릴리가 사는 원룸 근처에 내려주고는 "카톡으로 연락할게."라는 말을 남기고 떠났다.

원룸에 들어온 릴리는 갑자기 눈물이 쏟아졌다. 어젯밤에도 눈물이 안 나왔는데 저도 모르게 눈물이 스멀스멀 흘러내렸다. 릴리는 엎드려 한참을 눈물 흘리다가 제풀에 지쳐서 다시 잠이 들었다.

걸어 잠갔던 빗장이 한번 풀리면 출입이 쉬운 법이다. 릴리는 그동안 걸어 잠궜던 심신의 빗장이 엘프에게 모두 풀려서 목요일과 금요일에 연타로 만나 탁구를 치고 저녁을 먹고 자연스럽게 모텔로 가서 사랑의 유희를 즐겼다. 둘은 이보다 더 좋을 수가 없다면서 매우 만족하였다.

토요일에는 인천 월미도에 가서 그 유명한 디스코 팡팡도 타고 회도 먹고 연안부두에 가서 배 구경도 했다. 난생처음 이렇게 큰 배를 보게 된 릴리는 어린아이처럼 좋아했고, 이 모든 게 엘프 덕분이기에 무엇으로든 보답을 해야 했다. 그 무엇은 바로 몸이다. 둘은 연안부두 근처의 모텔로 갔다. 그런데 릴리가 가만히 생각해보니 엘프는 매번 그 과정이 비슷했다. 즉 순서가 입과 혀, 손으로 몸을 달아오르게 한 그 뒤에 삽입하는 것이다. 릴리는 이 나이 먹도록 야동 한편도 안 본 것은 아니고 성 지식도 알 만큼 아는데 이 사람은 전희가 너무 길다는 생각이 들었다. 그렇다고 나쁘다는 것은 아니다. 몸이 들뜨고 쾌감에 몸부림칠 정도니까.

그런데 엘프의 페니스는 꼭 바나나 닮았다. 본인도 그런 말을 했다. 자기 물건이 바나나처럼 위로 휘어져서 여자들에게 자극을 더주고 쾌감도 더 주게 된다고 하였다. 그런데 문제는 귀두라는 앞머리가 크질 않고 진짜 바나나 모양으로 밋밋하였다. 릴리에겐 이게 문제가 되는 것은 아니고 그냥 그렇게 독특하게 생겼다는 것이다.

아무튼 이날도 온갖 즐거움을 맛보고 해가 져서야 집에 돌아왔다.

　11월 2일, 화요일이었다. 점심시간인데 릴리는 모르는 번호가 찍힌 전화를 받았다.

"나야?"

"네에?"

"엘프라고."

"옴마나, 웬일이세요?"

　이 사람과 처음으로 전화를 하게 된 릴리는 무슨 일이 일어난 것 같은 직감이 들었다.

　"다른 게 아니라 내가 사무실에 웃옷을 걸어놓고 나왔는데, 거기에 폰과 카드 등이 다 있거든. 그걸 생각지 않고 차를 타고 잠시 나왔다가 길 모퉁이에 어떤 놈이 갖다 놓은 큰 돌에 차를 박았어. 크게 손상되진 않았는데 이게 외제차를 건들면 돈이 들어가."

　"아이고야. 그래서요?"

　"지금 여기 카센터에 와서 수리 중인데 이 사장 앞으로 300만 보내줘. 내가 들어가서 바로 보낼 테니. 넉넉잡고 세 시간만 빌려달라고 전화했어. 당장 생각나는 사람이 없어서 릴리에게 부탁하는 거야."

　"그래요? 지금 점심시간인데 쪼금만 기다려요. 내가 빨리 식사하고 보낼게요."

　"고마워. 계좌는 문자로 보낼게. 이 폰도 사장님 거야. 돈 보내면 문자도 보내. 아, 참, 릴리 계좌도 보내."

"알았어요."

이쯤 되어서 릴리는 엘프와 자신을 동일시하기 시작한 것이다. 같이 타고 다닌 차였기에 마치 자기 차인 것처럼 착각 속에 빠진 것이다. 릴리는 점심을 먹고 인터넷 뱅킹으로 3백만 원을 보냈고, 정확하게 2시간 40분여 분이 지나서 3백3십만 원이 입금되었다. 릴리는 급히 카톡으로 30만 원이 더 들어왔다고 알렸다. 엘프는 그냥 받아두라고 한다. 급할 때 신세졌으니 고맙다고. 그래도 그 돈 받기가 어렵다고 했더니, 다음에 만날 때 데이트 비용을 한번만 내라고 해서 릴리는 좋다고 하고 끊었다.

다음날은 목요일이었기에 엘프를 만나서 종전처럼 잘 놀았다.

그다음 날은 금요일이어서 또 엘프를 만났는데, 식사하면서 약간 근심 섞인 목소리를 내었다. 지금 러시아와 중고차 거래를 하는데 세 건이 물려있다는 것이다.

"세 건이면 얼마나 되나요?"

이에 엘프는 "지금 루블화가 20원 정도 되니까. 대략 17억 정도, 아니 17억이 조금 안 되네. 아무튼 세 건에 물린 게 대략 17억 정도야."

"와아. 큰돈이네요. 그게 해결되면 어떻게 되는데요?"

"이거 해결되면 나에게 대충 10%가 약간 못 미치니까 커미션이 1억5천 정도 되네."

"그것도 큰돈이네요. 거래만 성사되면 1억5천이 생긴다는 거잖아요."

"그렇지, 이 바닥에선 그리 큰돈이 아니야. 나가는 돈도 꽤 많아. 바이어들 오면 접대해줘야 하는데 그 돈이 서류상에 잡히지 않은 큰 돈이거든."

"그렇겠네요."

그날은 이런 얘기를 나누면서 저녁을 먹고 모텔에 들렀다가 나왔다.

다음날은 토요일인데 엘프가 다른 바쁜 일이 있어서 다음 주에 만나자고 하였다. 다음 주에 시간 나는 날이 목요일부터인데 그날도 시간이 안 된다고 카톡이 왔다. 아마 지난번 러시아 중고차 거래 때문에 이리저리 알아보고 있는 것 같았다.

금요일과 토요일에 연달아 만나 같은 코스로 데이트를 했다. 엘프는 간간히 돈 걱정을 내비쳤다. 그렇다고 릴리에게 돈을 빌려달라는 것은 아니었다. 지금 러시아 쪽에서 무엇이 잘못되어서 돈이 묶여있다는 것이다. 그 돈이 풀려야 하는데 돈이 묶여있어서 자기가 가지고 있던 돈도 인출을 하지 못한다고 큰 걱정을 하였다. 릴리는 도와줄 방법이 없었기에 말로만 위로하는 격이 되고 말았다.

11월 15일, 월요일.

릴리의 점심시간이 되자마자 엘프에게서 전화가 왔다. 역시나 이번에도 처음 보는 번호가 떴다. 엘프는 거의 하소연조로 말을 하는데, 지금 러시아에 묶인 17억을 풀기 위해서 당장 6천만 원을 보내야 한단다. 내가 지금 계좌가 묶여서 인출도 안 된다. 릴리가 삼천만 도와주면 내가 삼천을 융통해서 육천을 러시아에 보내겠다. 삼 일 후에 갚겠다고 했다. 오늘이나 내일 보내주면 금요일(11월 19일) 12시까지 보내주겠다는 것이다.

"큰일이네요. 저에겐 그렇게 큰돈은 없어요."

"그렇겠지. 삼일이니까, 어떻게 카드로 융통하면 안 될까?"

"카드요? 현금 서비스 말인가요?"

"그렇지, 그게 제일 빨라. 신용 좋으면 장기대출도 가능하고 말이야."

"생각 좀 해보고요. 틀림없이 금요일 오전까지 갚는 거죠?"

"아, 그렇다니까. 지난번 차 고장 났을 때도 세 시간 안 되어서 다 보냈잖아. 그러니까 그건 걱정 마. 지금 실타래처럼 엉켜서 그래. 러시아가 가끔 그래. 걔들 금융 시스템이 우리나라보다 훨씬 낙후되었거든."

"알았어요."

"이번 건 해결되면 내가 커미션 일억오천 중에 삼천을 릴리 몫으로 떼어줄게."

"네에? 삼천이나요?"

"아, 그렇다니까. 그리고 계좌번호 받아 적어."

릴리는 결국 다 넘어가서 땅바닥에 엎드려 절을 해야 할 판이다. 삼천이 지금 당장 자기 수중에 있는 듯한 착각에 빠진 것이다.

그때부터 릴리는 틈만 나면 돈을 모으기 시작했다. 시집가려고 모아놓은 돈이 천만 원 정도 될 것이고, 아직 보수는 적으나 신용도는 높기 때문에 카드 석 장에 현금 서비스도 꽤 되었다. 릴리는 정말로 고군분투하면서 돈을 긁어모아서 간신히 2천4백만 원을 마련했다. 그 돈을 엘프가 불러준 계좌로 모두 이체했다.

곧바로 카톡이 왔다.

"고마워. 진짜 고마워. 일이 원만히 해결될 거야."

그런데 '소 잃고 외양간 고친다'는 말이 있듯이 일을 저지르고 나서야 미심쩍은 생각이 들기 시작했다. 몇 백도 아니고 이천사백은 릴리에게 아주 큰돈이기 때문이다.

"아무튼 삼일 후엔 돌려준다고 했으니 기다리는 수밖에."

릴리는 그때부터 괜히 마음이 불안한 시간을 보내야 했다.

희대의 국제 사기꾼

목요일, 데이트하는 날이다.

어김없이 엘프에게 카톡이 왔는데, 오늘은 시간이 없으니 탁구는 치지 말고 저녁이나 먹자고 하였다. 어디에 있는 경양식집으로 나오라고 하기에 릴리는 적잖이 안심이 되면서 저녁때 그곳으로 나갔다.

엘프는 웃는 낮으로 반갑게 맞이하면서 연신 고맙다고 했다. 지금 6천만 원을 모두 러시아로 보냈기에 묶여있던 일이 곧 풀릴 것이라고 했다. 그 소리를 들으니 릴리도 덩달아서 마음이 놓였다.

그러면서 스테이크를 잘라 먹고 있는데 엘프가 누군가에게 카톡이 왔는지 답 문자를 보내고 있었다. 이 사람은 평상시에 스마트폰에 꼭 비번을 걸어놓아서 매번 그걸 해제하여 폰을 쓰고 있었는데, 지금 해제한 상태로 카톡을 하고 있었던 것이다.

이때만 해도 릴리는 무심결에 와인과 함께 고기 몇 점을 씹고 있었다. 그런데 엘프가 갑자기 화장실에 다녀온다며 일어섰다. 폰을 그대로 둔 채로. 릴리는 아까의 문자 내용이 궁금하여 팔을 뻗쳐서 엘프의 카톡을 보았다. 맨 위에 나타난 것이 방금 카톡 내용이다.

'이따 10시 ㅁㅁㅁ MT'
이 내용은 오늘 밤 10시에 ㅁㅁㅁ 모텔에서 만나자는 뜻이다. 프사를 보니 여자인데 그 아래에도 여자 프사가 여럿이었다.
'이 사람이, 이거 바람둥이 아닌가?'
릴리는 의심이 들었다. 엘프가 돌아오기 전에 릴리는 재빨리 폰을 제자리에 두었다. 가슴이 방망이질 치고 있었다. 생각 같아선 당장 이년이 누구냐고 추궁하고 싶었으나 참아야 했다. 섣불리 대들다가는 2천4백만 원이라는 거금이 날아갈 수도 있기 때문이다.
즉흥적으로 생각해보니 엘프는 지금 나를 만나서 놀다가 밤에는 또 다른 여자를 만날 계획인 것이다. 릴리는 엘프가 이끄는 대로 모텔로 가서 비위를 맞춰줘야 했다. 만약 여기서 어그러지면 안 되었기에 전혀 눈치 채지 못한 것처럼 행동해야 했던 것이다.
예상대로 9시가 조금 넘어서 둘은 모텔을 나왔고, 헤어졌다. 릴리는 돈 생각에 안절부절못했다.

11월 19일, 금요일.
오늘 12시까지 엘프가 돈을 갚기로 한 날이다. 사흘만 쓰고 준다고 한 날이다. 그러나 12시가 넘고 퇴근 시간이 다 되어도 아무런 연락이 없다. 카톡을 보내도 읽어보지 않은 것으로 나타났다. 카톡을 세 차례나 보냈다.

'무슨 일이 있나요?'

노심초사한 릴리는 탁구장에도 가지 못하고 어느 카페에 쭈그리고 앉아서 스마트폰만 바라보고 있었다. 카톡에 연결된 전화번호로 전화를 했는데 이상한 영어로 답변하면서 금방 끊어졌다.

이때만 해도 릴리는 엘프가 쓰던 전화가 어떤 전화인지 전혀 모르고 있었다.

토, 일요일이 다 지나도록 엘프의 연락은 없었다. 탁구장에 혹시 신입 회원 명부가 있나 하고 관장님에게 물으니까. 그 사람은 아무 서류도 작성하지 않고 3개월 치 회비만 선납했다고 한다. 이름도 모른다고 하였다. 릴리가 곰곰이 생각해보니 이름이 생각 안 난다. 뭐라고 하면서 영어와 러시아어로 된 명함을 주었다가 가져가면서 "엘프"라고 불러달라기에 지금까지 엘프로만 알고 있었지 본명은 전혀 기억이 나질 않았던 것이다.

목, 금요일은 엘프가 와서 탁구를 치는 날이다. 그런데 오질 않았다. 릴리는 다른 사람들과 한 게임씩 치면서 엘프가 오길 기다렸으나 끝내 오지 않았다. 카톡도 없었다.

그렇게 한 주가 다 지나가고, 릴리는 이제 엘프에게 속았다는 생각을 굳히게 되었다. 어떻게든 돈을 되찾기 위해 경찰서에 가서 호소라도 해야 했다.

11월 29일, 월요일 저녁. ○○경찰서 지능범죄 수사과.

한 여자가 눈물을 짜내면서 경찰로부터 핀잔을 듣고 있었다. 릴리 서미경이다.

"요즘 세상이 어떤 세상인데 알지도 못하는 사람에게 2천4백만 원이나 하는 돈을 보냅니까? 차용증은 있어요?"

"없어요. 인터넷 뱅킹으로 보냈어요."

경찰은 계좌를 유심히 살펴보더니 "이거 국내 계좌가 아닌 것 같네. 좀 더 알아봐야겠습니다."하고는 어디론가 전화를 했다.

"아가씨, 보이스 피싱 얘기 못 들어봤어요? 그 사람들은 말주변이 어찌나 좋은지 얼굴은 보지도 않고 돈을 빼간단 말입니다. 아무리 친한 사이라도 그렇지, 인적사항도 전혀 모르는 사람에게 돈을 그냥 보내요?"

"제가 잘못 판단했나 봅니다. 그 사람을 믿었어요."

"그렇게 말하는 사람들 대부분 깊은 관계요. 잠자리까지 한 사람들. 혼이 빠져있으니까, 상대방이 무슨 짓을 해도 알아차릴 수가 없습니다. 안 그래요?"

"흐흐흑, 그랬나 봐요. 흐흐흑."

"아무튼 이 내용만 가지고는 수배도 못합니다. 무슨 범죄 사실을 입증해야 하는데 지금으로서는 돈을 보냈다는 것밖에 없어요."

그러고는 경찰은 자신한테 걸려온 전화를 받으러 갔다. 그의 말소리가 다 들렸다.

"그거 국제 계좌인데, 돈이 아마 비트코인으로 빠져나간 것 같아. 조사해봐야 알겠지만 필리핀 계좌 같아."

이런 식으로 말하는 게 들려왔다.

"아이구야. 된통 당했네요. 국내 계좌가 아니라 국제 계좌랍니다. 그리고 비트코인으로 빠져나가서 추적도 못한답니다."

"비트코인이 뭔데요?"

"아이구야. 요새 이렇게 순진한 아가씨가 다 있네. 직업이 뭐요?"

"간호사입니다."

"이런이런, 딱하네. 환자들만 돌보다가 세상사 돌아가는 건 하나도 모르는 모양이네. 비트코인이라는 것은 가상화폐요. 말하자면 PC 게임의 게임머니와 같은 거요. 이게 있어서는 안 되는데 지금 국제적으로 일부 통용이 되고 있어요. 이게 추적 불가하니까, 범인들이 잘 써먹는 수법입니다. 내 생각에 2400만 원 회수하기는 0%요. 0%."

"네에? 아이고, 나 좀 살려주세요. 이이잉."

마침내 미경은 소리 내어 울기 시작하였다. 하지만 운다고 해결될 일도 아니었다. 잠시 후에 여경이 와서 릴리를 데려갔고, 그 여경과 잠시 대화를 하면서 진정을 하고 난 후 쓸쓸히 집으로 돌아왔다. 집에 돌아온 미경은 욕실로 들어가서 온몸을 박박 닦아내기 시작하였다. 그 사기꾼 협잡꾼 놈이 닿았던 몸 구석구석을 깨끗이 씻어내기 위해서였다. 심지어는 바기나에 손가락을 넣어 후벼 파듯 닦아냈다. 이제 와서 생각해보니, 그놈은 처음부터 계획적으로 접근했던 것이다.

한번은 술을 처먹고 탁구장이 여자 헌팅하는 데는 최고라면서 부킹하기 제일 쉬운 곳이라고 했다. 다른 곳에 가면 마음에 드는 여자가 있어도 부킹하기 어려운데 탁구장은 그게 쉽다고 말했었는데, 당시에는 그저 농담으로 알아들었던 것이다. 통성명을 할 때도 영어와 러시아어로 된 명함을 주었다가 곧바로 가져가고 닉네임이 엘프라며 그렇게 부르라고 하지 않았던가. 그러니까 미경은 아직까지 남자의 본명도 모르고 있었던 것이다. 게다가 경찰 말로는 전화번호도 필리핀 번호를 국내에서 로밍해 쓰고 있는 것 같다고 했다. 그뿐만 아니라 각 나라에서 찍은 사진도 합성 같다고 했다.

언젠가 간호사들끼리 했던 이야기가 있었는데, 요즘은 포토샵이 아주 잘되어서 얼굴 사진만 있으면 전 세계 어느 곳이라도 그곳에 있는 것처럼 순식간에 합성할 수 있다고 했다. 능숙한 사람은 한 시간에 열 장도 넘게 합성할 수 있다고 했는데 이제 와서 생각해보니 그놈이 가보지도 않은 외국을 그렇게 합성한 것이 분명하였다. 차가 고장 났다는 것도 거짓 같았다. 자기를 믿게 하기 위해서 3백만 원을 변통해 달라고 하고선 세 시간도 안 되어 3백3십만 원을 보내지 않았던가. 이 모든 게 계획된 사기였다.

미경은 너무 억울하여 살아갈 힘을 잃고 마지막 선택을 해야 했다. 그 마지막 선택은 죽음뿐이었다. 자살, 자살을 해야 했다. 하지만 미경은 자살할 방법을 찾기 시작했으나 마땅한 자살 방법이 없었다. 영화에서 보듯이 권총이 있으면 좋으련만 권총 구경도 못하는 게 우리 사회다. 칼로 목을 찌를 수도 있는데 너무 겁이 났고 피를 보기는 싫었다. 무엇보다 피를 많이 흘려 죽게 되면 다른 사람들이 그 시체를 보고 얼마나 경악할 것인가. 타인에겐 피해를 덜 주어야 했다.

극약을 먹고 죽을 수도 있는데 사람이 죽을 만큼 극약을 구하기도 어려웠다. 결국 고르고 고른 것이 목을 매는 방법이다. 전에 어떤 여배우가 문고리에 목을 매어 죽었다는데 릴리가 아무리 확인해 보아도 문고리에 목을 매어 죽을 수는 없었다. 사람이 공중에 매달려야 죽는 것이다.

릴리는 그렇게 화요일 내내 죽을 방법을 생각하고 수요일도 죽을 방법만 생각했다.

수요일. 이날이 12월 1일인데 억지로 출퇴근을 하면서 저녁에 집에 들어오는데 그동안 눈에 띄지 않던 대못이 눈에 들어왔다. 길이가 한 뼘은 되는 대못인데 언제부터 길가에 있었는지 여기저기에 녹이 슬어있었다.

"되었다. 이거면 될 것 같다."

릴리는 갑자기 큰 발견을 한 듯이 흡족해하면서 대못을 들고 집에 왔다. 그리곤 곧바로 의자를 가져다가 천장 바로 아래에 못을 박기 시작했다. 망치도 없어서 단단한 머그컵으로 조심조심 못을 박는데 어느 정도 깊이 박았는지 손으로 매달려보아도 끄떡없었다.

그리곤 미리 준비해둔 빨랫줄을 가지고 왔고, 발을 디딜 책들을 수북이 들여왔다. 책을 발판삼아 올라가서 대못에 빨랫줄을 걸어 목을 맬 생각이었다. 눈물 한 방울 흘리지 않고 차분히 일을 진행했다.

"고통은 순간이다. 잠시만 참자. 영원히 근심 걱정 없는 저세상으로 가는 거다."

드디어 릴리는 빨랫줄을 대못에 묶어놓고 고리를 목에 걸었다. 그리곤 발아래에 있는 책들을 발로 툭 차버렸다. 그 순간, 릴리는 털썩 하면서 목에 빨랫줄이 걸린 채 허공에 매달리고야 말았다. 극심한 통증이 목에서부터 전해져왔고 곧바로 숨이 막히면서 고통이 엄습해왔다.

'조금만 참자. 곧 정신을 잃을 거야. 뇌에 산소가 공급이 안 되면 정신을 잃는다고 했어. 조금만 참자.'

릴리는 비장한 각오로 고통을 버텨내고 있었다.

'아이고, 부처님, 하느님, 천지신명님이시여 우리 미경이를 살려주세요. 우리 불쌍한 미경이가 목을 매고 죽으려고 합니다. 미경이를 살려주세요.'

그 순간 미경은 정신이 가물가물해지고 있었는데 "쿵~"하는 소리와 함께 바닥으로 뚝 떨어졌다. 왕 대못이라지만 오래되어 녹이 슬어있기에 미경이의 체중을 감당하지 못하고 있다가 기억자로 구부러지면서 미경이 바닥으로 뚝 떨어진 것이다.

"옴마야~"

미경은 아직 정신을 잃지 않고 있다가 번쩍 정신이 들었다.

"저승에서 아직 나를 받아주질 않는구나."

미경은 이런 생각이 들면서 그제야 눈시울이 뜨거워지더니 눈물이 마구 솟구쳤다. 그렇다면 살긴 살아야 하는데 어떻게 산단 말인가.

다음날은 12월 2일이다.

미경은 아직 죽지 못했고, 그렇다고 당장 간호사를 그만두지도 못하고 있었다. 병원에서 퇴근한 미경은 집과 병원에서 그리 멀지 않은 용화사라는 절을 찾았다. 버스에서 내려서 삼십여 분만 올라가면 되는데 규모가 아주 작아서 법당과 요사채와 별도로 방이 딸린 부엌이 있었다.

스님도 오십대 중반쯤의 비구승뿐이었다. 미경은 독실한 불교신자도 아니었고, 절은 어려서 엄마를 따라서 일 년에 서너 번씩 가본 것이 전부였다. 엄마는 어쩌다 절에 가게 되면 혼자 가기가 적적한지 맏딸인 미경을 종종 데리고 갔던 것이다. 이러니 미경은 불경 하나 외울 줄 모른다. 그저 합장하고 절하고 엄마가 시키는 대로 적은 돈이나마 시주를 하는 것이 전부였다.

12월에 들어서서 하루해가 짧아서 절에 도착했을 때는 이미 밤이

되어있었다. 법당에 들어선 미경은 커다란 방석을 하나 가져다 놓고
는 절을 할 것도 없이 엎드려서 그대로 흐느끼기 시작했다.

"부처님, 저 좀 살려주세요. 흐흐흑."

아무 말도 아무 생각도 나질 않고 그저 울음만 나왔다. 이렇게 울
기라도 하니까 마음이 조금은 풀어지는 것도 같았다.

법당을 지나던 주지스님이 여자의 울음소리를 듣고는 물끄러미
바라보다가 그 자리를 떴다. 주지스님은 '무공(無空)'이라는 법명을
가진 오십대 중반의 남자 스님이다.

"무슨 기막힌 사연이 있는 게로군."

주지스님은 이렇게 생각했던 것이다. 미경은 그렇게 한 시간여를
엎드려 울기만 하다가 일어서서 합장하고 절을 하고는 내려왔다.

다음날 저녁에도 미경은 용화사를 찾아서 어제와 같이 흐느끼고
왔다. 토요일인 다음날에도 미경은 오후 세 시경에 용화사에 가서
또 엎드렸다.

"부처님, 저 좀 살려주세요. 이제 어떻게 살아요."

마음에서 나오는 말은 이것밖에 없었다.

"보살은 어찌하여 올라와서 울다가 가시는 게요?"

어느 사이에 주지스님이 옆에 와서 말을 걸었다.

"예, 살아갈 힘이 없어요. 당장 죽을 것만 같아요."

"무슨 연유로 그렇게 되었나요?"

"사람을 너무 믿었다가 배신을 당했습니다."

"어허. 이런, 실연을 당한 게로군요."

"실연 정도가 아니에요. 전 지금 죽음의 문턱에 서 있습니다. 살려 주세요."

이 말을 들은 스님은 직감적으로 이 젊은 여자가 무슨 깊은 곡절이 있구나, 생각을 하고는 얼굴을 살펴보았다. 예쁘장한 게 사람들의 손을 탈 것 같은 느낌이 들었다.

그래서 스님은 미경을 한쪽으로 불러 사주를 보기 시작했는데, 이 상한 풀이가 나오는 것이다.

"내가 보살의 사주를 대략 보았는데, 좀 듣기 거북해도 들어 보겠오?"

"예, 말씀해주세요."

"사주가 좀 거칠어서 예전으로 따지면 화류계로 나가거나 아니면 출가할 팔자요."

"예에? 화류계면 기생 아닌가요?"

"그렇지요. 여러 사람들에게 안길 팔자요. 그게 아니면 극단적으로 출가할 팔자로 나옵니다."

출가 할 팔자란 속세를 떠나서 중이 된다는 의미로 미경은 극과 극의 팔자로 나타났다. 이렇게 해서 미경은 자기의 처지를 대강 말씀드렸다.

한 남자를 알게 되어 몸과 마음을 주었는데 알고 보니 처음부터 계획적으로 이용만 당하고 큰돈도 뜯겨서 받을 길이 없다. 경찰서에 갔더니 아무런 단서도 없어서 사람을 찾을 수 없다면서 오히려 핀잔만 들었다고 하였다.

"어허. 이게 다 전생의 업보요. 전생의 죄과를 현생에서 갚고 있는 중이오. 현생에서 저지른 업보가 있다면 현생에서도 받을 수가 있는 법입니다. 부처님의 불안(佛眼)은 과거와 현재, 미래를 한눈에 보시거든요."

"그럼, 제가 죽나요?"

그동안 죽기로 마음먹고 자살 시도까지 했지만 그게 쉬운 일이 아니었다. 죽음은 두려운 것이다. 미경은 반사적으로 죽게 될지를 물었다.

"인명은 재천이라 그리 쉽게 죽지 않습니다. 죽고 싶어도 못 죽어요. 전생의 업보를 다 갚아야 합니다."

"전 살고 싶은 마음이 하나도 없는데, 어떻게 살아갈까요?"

"전생의 업보를 갚기 위해선 현생에서 공덕을 많이 쌓아야 합니다."

"어떻게 공덕을 쌓는데요? 불교에 귀의하라는 뜻인가요?"

"꼭 그것만은 아닙니다. 어렵고 불쌍한 중생을 구제하는 게 모두 다 공덕을 쌓는 일입니다. 보살은 지금 무슨 일을 하고 있습니까?"

"간호사요. 지금 죽지 못해서 간신히 병원엔 나가고 있어요."

"아픈 사람 돌보는 것이야말로 큰 공덕을 쌓는 것입니다. 환자들에게 따뜻한 말 한마디가 그들에겐 생명수와 같은 겁니다."

"그렇군요."

"공덕을 쌓다 보면 업장 소멸이 되어서 좋은 인연을 만날 것입니다."

죽기로 마음먹었던 미경은 주지스님의 이 말씀을 평생 간직하게 되었다. 아무튼 이때부터 미경은 죽음이 아니라 삶으로 방향을 바꾸고는 새 인생을 살아야겠다고 다짐했다.

몸을 깨끗이 씻어 악귀를 떨쳐내고, 릴리라는 닉네임도 로즈가든으로 바꾸었다. 장미정원이라는 뜻이다. 그리고는 성심성의껏 환자들을 잘 보살폈다.

그러면서 매일은 아니지만 틈만 나면 용화사에 가서 마음을 진정시키고, 일요일은 하루 종일 절에서 시간을 보내기도 했다. 주지스님은 미경을 딱하게 보셨던지 점심을 같이 먹기도 했다.

절은 규모가 아주 작아서 주지스님 한 분과 부엌일을 돌보는 아줌마 두 분이 부엌에 딸린 작은방에서 기거하고 있었다. 이들도 보살이라 불리는데 오갈 데도 없는 딱한 이들이라 주지스님이 절에서 살도록 받아준 것이다. 아줌마 보살은 자매처럼 사이좋게 잘 지내고 있었다.

미경은 탁구장 출입을 완전히 끊었다. 그 대신 피트니스 클럽에 등록했다. 몸매를 관리하기 위해서가 아니라 무겁고 힘든 운동을 하면서 심신의 고통을 이겨내기 위해서였다. 다른 말로 표현하면 자학하기 위해서 여길 다니는 것이다.

그런데 또 문제가 되는 것이 바로 돈이다. 현금 서비스로 받은 돈은 한 달 후에 청구되기 때문에 당장 며칠은 버틸 수가 있으나 장기적인 대책이 안 되었다. 그래도 직장에 다닌다는 신용이 있어서 장기대출로 일부를 변제했다. 미경이 가지고 있던 돈은 그냥 날려버린 것이다.

그 무렵, 좋은 소식이 들려왔다. 내년에 샤니 종합병원에서 열두어 명의 경력 간호사를 뽑는다는 것이다. 종합병원이라 월급여가 조금 더 많고, 복지시설도 잘되어 있다고 소문난 곳이다. 무엇보다도 병원 분위기가 아주 좋다는 것이다. 한마디로 간호사와 의사의 관계가 원만해서 가족 같은 분위기라는 것이다.

이력서를 낸 간호사들이 많아서 2대 1이니, 3대 1이니 하는 소문이 들려왔다. 미경도 당연히 지원서를 냈는데 일차 서류전형에 합격했다. 이차는 면접인데 뛰어난 미모에 상냥한 표정인 미경은 좋은 점수를 받고 합격하였다.

그 사이 새해가 밝았다. 미경은 1월 2일부터 샤니 병원 정형외과 간호사로 근무하게 되었다. 하지만 이후로 미경에겐 고칠 수 없는 병이 생기게 되었는데, 그것은 바로 남성혐오증이다. 같이 근무하는 남자들이야 업무로 만나기에 아무 상관없지만 이성으로 다가오는 남자들은 더럽고 추하고 사기꾼 같아서 교제가 어려웠다. 미경은 그렇게 서서히 독신의 길로 접어들었다.

죄지은 자의 말로

한편,

서미경을 농락하고 잠적한 엘프는 희대의 국제 사기꾼이었다. 도대체 엘프는 어떤 사람인가? 엘프의 국적은 한국으로 아버지는 중소기업체 사장으로 비교적 넉넉한 아니 잘사는 집의 외동아들이다. 엄마는 우리나라 최고의 명문대인 S대 영문과를 졸업하고 잠시 회사 생활을 하다가 무역회사를 운영하는 아버지 곁에서 일을 돕고 있었다.

엘프의 본명은 김상기인데 서미경을 처음 만났을 때는 '박상기'라고 거짓으로 말하고는 곧바로 닉네임인 '엘프'로 부르게 했었다.

아무튼 엘프는 부모님 덕택에 비상한 머리를 타고나서 어려서부터 어학에 탁월했다. 가장 싫어하는 과목은 역사였다. 지난 과거가 앞으로의 인생에 별 도움을 주지 못할 것이라는 선입견을 가지고 있었기 때문이다. 가장 좋아하는 과목은 당연히 영어 같은 어학이고

과학에도 많은 흥미를 가지고 있었다.

엘프에게는 남다른 취향이 있었는데 그것은 바로 스파이 활동이다. 스파이는 국가적으로 볼 때 적국에 침투하여 중요 기밀을 빼내어 오거나 요인을 암살하는 등의 중요 임무를 맡는 것이다.

엘프는 스파이에 관련된 007영화는 물론이고 온갖 스파이 영화나 소설에 심취하고 있으면서 앞으로의 인생을 스파이처럼 살아야겠다고 다짐을 했다. 스파이의 기본 속성은 적을 속이는 것이다. 적을 속이면서 정보를 빼내고 이익을 얻으려는 것이다.

그러다가 우연히 고1 때 필리핀 어학연수를 가게 되었는데. 필리핀에 가보니 "지프니"라는 화려하게 장식된 이상한 차들을 많이 보게 되었다. 지프니는 예전에 미군이 주둔했을 때 폐차되는 짚차를 필리핀 사람들이 개조하여 작은 트럭처럼 만들어서 뒤에 사람도 타고 짐도 싣는 겸용의 차들인데, 겉치장을 요란하게 하여 한때 국제적으로 아름다운 차에 선정되기도 하였다.

아무튼 엘프는 이때 지프니를 만들기 위해서 최소한 엔진만 있으면 필리핀 사람들이 나머지 부품들을 자체적으로 만들거나 개조해서 뚝딱하니 지프니 한 대를 만든다는 것을 알게 되었다.

한국으로 돌아온 엘프는 이것저것을 알아보다가 엔진만을 필리핀으로 수출하는 길이 있다는 것을 알고는 곧바로 여러 방면으로 알아봤다. 방학 때는 필리핀으로 가서 시장조사를 하고는 몇몇 지프니 제조자를 알게 되었다. 첫 거래를 성사시키기 위해 계약금도 없이 한국에서 중고 엔진을 다섯 대를 보냈더니 그쪽에서 대환영하며 돈을 보내왔다. 이것저것 공제해도 대략 2백여 만 원 정도가 남았다.

이때가 대학교 1학년 여름방학 때인데, 전공은 첩보생활에 걸맞게 ○○대학교 러시아어를 전공하기로 하였다. 영어, 일어, 불어, 중국어 등은 이미 너무 많이 퍼져있어서 희소성이 적을 것이기에 러시아어를 전공하면 훗날에 큰 효용이 있을 것이라는 막연한 예측 때문이었다.

엘프는 대학에 다니면서 홀로 조용히 그야말로 스파이 같은 활동으로 필리핀에 자동차 엔진을 수출하고 후에는 규모가 조금씩 커져서 트럭 같은 큰 엔진과 여러 가지 부속들도 수출하였다. 혼자 운영하는 개인 기업이었다. 결국은 부모님도 다 알게 되었으나 오히려 유망한 직종이라고 격려하였다. 어찌 되었든 엘프는 일 년에 천여 만 원 이상의 수익을 올렸고, 필리핀에 가면 귀빈 대우를 받고 여자를 비롯한 온갖 향응을 접대 받았다.

그렇게 대학교를 졸업하고는 여자 얼굴도 보지 않은 채 위장 결혼을 하여 필리핀 국적을 취득했다.

그 후 대학교를 졸업하였는데 필리핀에서 가서 여자의 얼굴도 보지 못한 채 위장 결혼을 하여 필리핀 국적을 취득한 후 이름을 케빈(Kevin)이라고 짓고 본격적으로 개인 무역을 시작하였다. 엘프는 본인의 취향대로 혼자만의 1인 기업을 운영하기 시작한 것이다. 비교적 구하기 쉬운 엔진이나 미션 등의 중요 부품을 주거래 품목으로 삼았다.

이후로 러시아에서 한국 중고차를 선호한다는 것을 알게 되었는데, 여긴 필리핀처럼 엔진만을 요구하는 것이 아니라 완성차인 중고차를 선호하는 것이었다. 그중에서도 봉고 같은 중고차를 선호하여 이미 암암리에 배편으로 밀수출이 되고 있었다. 러시아어를 전공한 엘프는 손쉽게 인터넷을 통해서 그들과 접촉을 할 수 있게 되었으며, 역시 지난번처럼 계약금도 없이 차를 몇 대 보내고 후결제하도록 했다. 이렇게 해서 지속적으로 신임을 얻었다. 이때 엘프가 이런 상태로 사업을 지속했다면 큰돈을 벌었을 것인데, 그놈의 스파이 근성 때문에 어느 날부터인가 제3의 이름으로 필리핀 업자와 러시아 업자에게 접근하여 계약된 돈을 받고는 몇 대의 차만 보내고 나머지는 착복하기 시작한 것이다.

옛말에 바늘 도둑이 소도둑 된다는 말이 있다. 엘프는 한두 건이 이런 식으로 넘어가자 가만히 앉아서 노트북만 들여다보면서 국제 사기를 치기 시작한 것이다. 이러다 보니 가명만도 십여 개가 넘어섰다.

이런 행태는 국내에서도 이어져서 여자를 후리기 시작했는데 그때마다 남들이 모르는 짜릿짜릿한 쾌감을 느끼고 있었다. 이런 중에 서미경도 걸려들었던 것이다.

지난일이야 어찌 되었든 엘프는 그 후, 3개월 간 각종 사기를 치다가 이상한 낌새를 눈치 채고 부산항을 출발하여 러시아 블라디보스톡으로 밀입국했다. 엘프는 필리핀 여권을 가지고 밀입국한 것이다.

밀입국을 했으니 당연히 여권에 출입국 도장은 찍히지 않았다.

엘프는 국제 사기꾼답게 이름만 해도 열 네가지나 되어서 그때그때마다 바꾸어서 사용했다. 당시에 그놈의 사기 행각 주 무대는 러시아였다. 러시아어를 전공한데다 워낙 명석한 두뇌라 거의 현지인처럼 능통하였다. 엘프는 그 외에 필리핀과 베트남은 물론 이란 등의 중동 지역에도 마수를 뻗치고 있어서 여러 건씩 등쳐먹고 있었다. 방법은 아주 단순하다. 중고차 백 대를 구매하면 열 대나 스무대만 보내고 잠적하는 것이다.

꼬리가 길면 밟히는 법이다. 엘프가 이렇게 활개를 치기 시작한지 삼사 년이 지나서 인터폴이 냄새를 맡고는 추적을 시작한 것이다. 코리언으로 보이는데 국적은 확실치 않았다. 여러 나라의 이름을 가지고 있기 때문이다. 언어는 영어와 러시아어를 주로 사용한다.

블라디보스톡으로 밀입국한 엘프는 중급 호텔에 머물면서 매일같이 술을 파는 클럽에 나가 러시아 미녀를 끼고 먹고 마시면서 세월을 보내기 시작했다. 그렇게 이십여 일이 지났을 때였다. 이 동양 남자가 수상하다고 느낀 술집 사장이 잘 아는 지방 경찰을 통해서 우리 클럽에 돈 많은 동양 남자가 나타나서 매일같이 술 마시면서 미녀를 끼고 즐긴다고 말해버렸다.

그래서 그 지방 경찰이 저녁때 와서 슬쩍 살펴보니 여러 가지로 의심나는 데가 있었다. 이 뜻은 일반인들에게 알려지지 않은 국제 범죄자 리스트에 올라온 사람 같은 예감이 들은 것이다. 그 지방 경찰은 예사롭지 않다고 생각하고 곧바로 KGB에 연락하고, KGB는 인터폴에 연락해서 엘프에 대한 각종 자료를 넘겨받았다. 요원 두 명이 내려와서는 엘프를 은밀히 관찰하기 시작했다.

드디어 삼일 후 KGB는 엘프가 국제 사기꾼임이 틀림없다고 판단하고 한밤중에 잠들어 있는 엘프를 연행해갔다.

이어서 곧바로 수사가 진행되는데 주로 러시아 사람을 상대로 수십억을 사기 친 사기꾼임이 틀림없다고 단정을 짓고는 수사를 시작하였다.

노트북 2대와 스캐너를 압수하여 즉시 분석하기 시작하고, 소지하고 있던 휴대폰 3대도 압수하여 통화내역을 분석했다. 가지고 있던 여권은 가짜인지 진짜인지 필리핀 여권이었기에 국적이 어디인지 확정지을 수는 없었다. 심증으로는 코리언이 분명했으나 증빙서류는 없었다. 여권 상으로는 필리핀 국적이었다. 신원을 넘겨받은 KGB는 국적 불명으로 수사를 진행했는데 다른 나라는 몰라도 러시아를 상대로만 자그마치 14억 몇 천만 원 정도의 사기를 친 것으로 추정되었다. 피해금액이 이 정도는 아닌데 러시아의 피해자들이 진술할 때 한푼이라도 돈을 더 받아보려고 피해액을 허위로 부풀려서 진술했기 때문이다. 하지만 그렇게 했어도 단 한푼도 받을 수가 없었다.

그 후, 일사천리로 재판이 진행되어 3주 만에 엘프는 가석방 없는 종신형에 처해졌다. 다만, 보석금을 내면 가석방될 수 있다고 했는데 자그마치 한화 30억 원 정도를 내라는 것이다. 러시아에 피해를 입힌 금액의 두 배에 해당한다. 그러나 엘프는 한국의 그 누구에게도 하소연할 수 없어 수감생활을 해야 했다.

왜냐하면 그 어떠한 연락방법이 없었기 때문이다. 핸드폰은 압수당하고 유선전화는 단 한통도 쓰지 못하게 하니 속수무책이었다.

이어서 죄수 호송차에 다른 죄인 3명과 함께 꼬박 이틀에 걸쳐 차를 타고 간 내륙 어느 깊은 ○○○○교도소에 수감되었다. 여긴 강도 살인범을 비롯한 각종 흉악범이 수감되는 곳인데 엘프는 사기 피해액이 워낙 커서 여기로 이송되었다.

○○○○교도소로 이송된 엘프는 첫날부터 죄수들로부터 대환영을 받았다. 동양의 곱상한 죄수가 들어왔다는 것이다. 러시아 죄수들은 대체로 키가 180cm가 넘는데다가 체중도 90~100kg정도 되는 거구였다. 120~130kg되는 거구도 많았다.

교도소에 수감된 지 한 시간도 안 되는데 벌건 대낮에 한 놈이 달려들어서 항문 성교를 강요하였다. 엘프는 결사적으로 반항을 하였으나 곧바로 주먹질, 발길질로 초주검을 면치 못하고 옷은 벗겨지고 말았다. 이어서 한 놈이 일을 치르더니 곧바로 연이어서 일을 치르는데 생전 처음 당하는 엘프는 미칠 지경이었다. 순식간에 항문이

파열되면서 출혈이 일어나고 말았다. 그러나 그놈들은 그런 것을 봐주질 않고 또 다른 놈들이 달려들어서 첫날에만 스무 명 가까이 욕구를 채우고야 말았다.

이런 사실을 교도관도 알고 있었지만 모르는 척해야 했다. 이 흉악한 죄수들에게 생리적인 욕구마저 억제하면 또 다른 사건이 터질지 모르기 때문에 늘 수감자 중에 약자가 이런 봉변을 치르면서 수감생활을 해야 했던 것이다.

동양의 작은 체구에 여자 같은 얼굴을 하고 있는 엘프를 보자, 수감자들의 욕구가 분출되고 있었다. 그 짓은 밤낮을 가리지 않았다. 낮에는 운동 겸 일광욕 시간이 두 시간이나 주어졌는데 그 시간에 엘프는 후미진 곳으로 끌려가서 엉덩이를 들고 있어야 했다.

하지만 그 짓도 오래가지 못했다.

첫날부터 상처를 입은 엘프는 그곳에 감염이 되어 통증이 생기면서 염증이 뱃속으로 들어가서 장염처럼 배가 아프더니 며칠 지난 후에는 복막염으로 번졌다. 복막염으로 번지면 뱃속의 모든 장기들에 염증이 퍼지면서 이루 말할 수 없는 고통이 생긴다. 엘프는 죽을 지경이 되어서 교도관에게 치료해 달라고 했으나 실실 웃기만 하고 거들떠보지도 않았다. 이렇게 죽음이 목전에 다가왔는데도 곰같이 덩치 큰 죄수들의 욕정을 풀기 위해 엘프는 엉덩이를 쳐들고 있어야 했다.

그렇게 목숨만 부지하며 구 일째 되는 날, 급성으로 번진 복막염 때문에 창자가 끊어질 듯한 고통 속에 잠시 잠깐 잠이 들었나본데 엘프는 그대로 숨을 거두고 말았다.

"현생에서 저지른 업보가 있다면 현생에서도 받을 수가 있는 것입니다. 부처님의 불안(佛眼)은 과거 현재 미래를 한눈에 보시거든요."
주지스님이 하신 말씀이다.

의사와 간호사의 만남

아이샤가 안들면 안들중학교의 보건교사로 발령받은 해이다. 서미경은 여전히 수간호사로 근무하고 있었다.

아무튼 그해 5월 초, 정확히는 5월 11일 월요일 오후였다.

서미경은 병실을 둘러보고 간호사실로 왔는데 후배 간호사가 말하길 병원장에게서 인터폰이 왔었다면서 오는 대로 원장실로 올라오라는 것이다.

병원장은 아주 특별한 일이 아니며 호출을 하지 않는다. 간간히 중요한 회의가 있을 때 수간호사가 의사와 함께 참여하긴 하는데 딱히 수간호사를 부를 일도 없는 내용이 많다. 간호사는 간호사대로 별도의 업무가 있고 보통은 의사의 지시에 따라 움직이기 때문이다.

서미경은 매우 의아해하면서 혹시 업무 때문에 부르시나 하고는 몇몇 환자들의 차트와 다른 업무에 관련된 서류를 가지고 원장실로 올라갔다.

"서 선생, 그게 무슨 서류요?"

"원장님이 부르신다길래, 업무에 관한 서류 몇 가지 챙겨왔어요."

"하하하. 그런가, 내가 잘못 전달했나 보네. 일단 거기 앉게."

서미경이 어리둥절해하면서 소파에 앉았다.

병원장은 병원에 관해서 두리뭉실하게 몇 가지 물어보고는 "병원일이 힘들지 않나?"라고 덧붙였다. 서미경은 "괜찮아요. 이제 이력이 생겨서 익숙합니다."라고 답변을 해야 했다.

"서 선생, 사실은 말야. 내가 사적인 일로 불렀어."

"네에? 무슨 일인데요?"

"내가 취중에 허튼소리를 했는지, 진언을 했는지 잘 모르겠는데 지난 금요일 저녁에 선후배끼리 식사를 했거든. 술도 좀 마시고."

"……."

"그런데 거기에 아주 딱한 후배가 하나 있었어. 윤 원장이라고 이비인후과 의사야. 개인병원 차려서 지금은 오너지. 근데 그 후배가 작년 9월인가 느닷없이 상처를 했어. 아내가 교통사고로 타계한 거야. 에휴 참, 애들 둘을 남기고 그냥 가버렸어."

"……."

"후배가 너무 상심해서 죽을 지경이 되었는데 어떻게 하루하루 버티면서 지냈지."

"애들이 몇 살인데요?"

"큰딸이 여덟 살 먹은 초등학교 1학년이고, 그 아래 다섯 살배기

아들은 유치원에 다니는데. 딸이 아주 영악스러워. 올 3월에 입학했는데, 학교에서 학부모 오라고 하는 게 많잖아. 요즘 초등학교에서 툭하면 학부모 오라고 해. 엄마가 없으니 누가 갈 수가 있나. 후배가 한 번인가 갔었는데 더 이상 갈 시간도 없구 말야. 그런 중에 딸이 아빠더러 재혼하라고 조르기 시작한 거야. 진짜 요즘 아이들 TV를 많이 봐서 그런지 생각하는 게 어른 못지않아."

"요즘 애들 정말 똑똑해요. 말도 또박또박 잘하고요."

"그런 모양이야. 그래서 술 한 잔씩 마시면서 내가 취중에 우리 병원에 보살 같은 수간호사가 있다고 했지. 인성도 좋다고 말이야. 그냥 농담처럼 말했는데 말하고 보니, 듣기로는 서 선생이 독신으로 평생 살겠다는 소문을 내가 잊어먹은 거야. 그때 당시 난 그냥 노처녀로만 생각하고 말했는데 그 후배가 한 번만 만나게 해 달라고 간청을 하더라구. 그래서 사실대로 말했지. 그 노처녀가 사실은 독신주의자라고 말이야. 그랬는데도 전화가 몇 번이나 왔어. 한 번만 만나서 독신주의자라면 그만두면 되지 않겠느냐구. 그러니 어쩌겠어. 내뱉은 말을 주워 담을 수는 없고, 그래서 참고 참다가 서 선생을 부른 거야. 싫다면 어쩔 수 없는 거지만 부담은 갖지 말고. 아니면 내 체면을 봐서라도 한번만 만나보던가. 만나봐서 의향이 없으면 '독신으로 살겠다'고 한마디만 하면 내 체면은 세운 거니까."

"아이참. 저에게 미리 물어보지도 않고 그렇게 결정하시면 어떻게 해요?"

서미경은 업무에 대한 이야기가 있을 줄 알았는데 화제가 엉뚱한 방향으로 흘러가고 있어서 안절부절못했다.

"아, 그래서 내가 미안해. 나도 왜 그런 말이 나왔는지 모르겠네. 취중이라서 저절로 입에서 튀어나온 말이야. 정 관심 없다면 내가 전화하면 되지."

"아이, 이를 어쩌나."

서미경은 이렇게 대답은 하면서도 가슴은 콩닥콩닥 뛰고 있었다. 이전에는 누가 소개라도 할라치면 일언지하에 거절했는데, 지금 말을 꺼내는 사람은 병원에선 제왕 같은 병원장이 아닌가. 어떻게든 체면을 살려줘야 했는데 이상하게 마음이 설레었다.

"눈 딱 감고 한번 만나봐. 내 체면도 살릴 겸. 진짜 성실하고 믿을 만한 후배라서 그래. 가서 눈 감고 있다가 그냥 나오면 될 것 같은데. 내 평생 이런 소개도 처음이야."

"아유, 참. 원장님도 어떻게 사람을 만나서 장님도 아닌데 눈을 감고 있나요."

"허허허, 그런가. 그럼 실눈을 뜨고 있던가."

"자꾸 농담을 하시네요."

"허허허, 허허허."

"……."

"어때 한번 만나 보겠어? 밑져야 본전이니. 혹시 알아? 또 인연이 될지. 평생 혼자 산다는 사람도 결혼할 수 있고, 세상이 바뀌어서 이혼했다가 재혼하는 사람도 부지기수야. 아무리 첫사랑이 중요하다 하더라도 지난 과거야. 생각해봐. 과거에 발목 잡혀서 고통스럽게 산다는 것은 현명한 판단이 아니라구."

서미경은 고개를 숙이고는 아무 말도 하지 않았다.

이윽고 병원장은 명함을 하나 꺼냈다.

"여기에 내 개인용 핸드폰 번호가 있으니 문자로 연락해. 만나보겠다면, 으음. 오늘이 월요일이니까 모레 저녁까지 아니면 목요일 아침까지 문자를 줘. 가불기를 말이야. 안 만난다면 내가 후배에게 연락하면 되니까."

"네."

이러는 중에 인터폰이 울리고 병원장은 잠시만 기다리라고 했다.

"서 선생, 지금 손님이 오시기로 되어있어. 내 할 말은 다 했으니 심사숙고해봐."

"네."

이렇게 해서 서미경은 병원장의 명함을 받아들고 나왔다. 그때부터 시간이 어떻게 갔는지 모른다. 심신이 허공에 떠 있기 때문이다.

서미경이 이렇게 들뜨게 된 것은 아무리 독신선언을 하면서 이제까지 살아왔지만, 멘토인 스님의 말씀이 떠올랐기 때문이다.

"공덕을 쌓다 보면 업장 소멸이 되어서 좋은 인연을 만날 것입니다."

사실 이 말씀도 잊고 살아왔는데, 오늘따라 가슴에 와 닿았다.

다음 날 저녁 무렵, 서미경은 용화사 절에 가서 주지스님을 만났다. 이러저러한 일이 있어서 내가 평생 혼자 살려고 그랬는데 이렇게 재혼 청혼이 들어왔다. 남자는 의사인데 애가 둘이다. 큰 애가 초등학교 1학년 딸이고, 그 밑이 세 살 아래 유치원 다니는 아들이 있다고 그러는데 어떻게 해야 할지 갈피를 못 잡겠다고 말한 것이다.

"어허, 내가 벌써 오래전에 말을 했잖소. 현생에서 공덕을 많이 쌓으면 전생의 업보가 소멸될 것이라고 했는데, 지금 그 새로운 인연이 평생 배필이 될 것입니다. 지금 판단하기 어려우면 일단 만나보고 정 마음에 안 들면 그만 둘 수도 있는 것이니 한번 만나보는 게 순리인 것 같습니다. 모든 것은 보살의 마음에 달려있어요."

"그런가요? 그런데 아이가 둘이나 있어요. 전 초혼인데."

"피할 수 없는 운명도 있는 게지요. 남의 자식 키우는 거야말로 공덕 중에 아주 큰 공덕입니다. 저승에 있는 아이들 엄마가 수호신이 되어 보살펴줄 것이오. 서 보살의 운명이니 어쩔 수 없는 것입니다. 만약, 피한다면 어떤 더 큰 횡액을 당할지도 모르는 일입니다."

이렇게 오금을 박다시피 하니 미경은 더 이상 자문을 구할 것도 없다. 소개받은 윤 원장이 앞으로 살아갈 배필이라는 것이고 자식도 키워야 한다는 것이다. 아무튼 미경은 주지스님께 인사를 하고 집에 와서 곰곰이 생각해 보았으나 별 다른 뾰족한 대책도 없었다. 돈을 모아서 작은 카페를 운영하면서 평생 혼자 살려고 하였으나 그것도 이리저리 따져보니 쉬운 일은 아니었기 때문이다. 그 무엇보다 사람의 정이 그리웠다. 퇴근하여 혼자서 썰렁하게 있자니 어떤 때는 온몸이 떨릴 정도로 외롭기만 했다.

다음날 수요일 저녁때쯤, 미경은 병원장에게 문자를 보냈다.

'한번 만나보겠습니다.'

참으로 이 아홉 글자를 보내기 위해 수백 년은 생각한 듯하였다.

곧바로 병원장에게서 답 문자가 왔다.

'오케이. 낼 저녁때 셋이서 만나요. 시간 장소는 낼 알려줌.'

목요일 점심때쯤에 병원장에게서 문자가 다시 왔다.

'오늘 저녁 7시. ○○거리 ○○○건물 3층 오사카 일식집.'

'네, 감사합니다.'

♡ 첫 만남. 5월 15일, 목요일.

서미경은 얼마 되지 않은 거리인데도 택시를 타고 오사카 일식집으로 갔다. 내부는 홀 식탁이 몇 개 안되고 모두 방으로 되어 있는데, 여직원의 안내에 따라 들어갔더니 병원장과 윤 원장이라는 사람이 의자에 앉아있다가 일어서면서 목례를 한다.

"안녕하세요. 늦었나요?"

"아니. 어서 거기 앉아요."

윤 원장은 계란형의 얼굴인데 약간 살이 올라서 볼이 통통해 보였다. 첫인상은 아주 온화해 보였다. 윤 원장은 서미경을 보자마자 기절할 뻔했다. 하늘에서 선녀가 내려온 것 같은 외모이니, 첫눈에 반해버렸다. 서미경은 새색시처럼 고개를 조금 숙이고 다소곳이 앉아

있었는데 가슴이 콩닥거리고 있었다.

　사실 윤 원장이나 서미경은 이런 중매가 처음이었다. 윤 원장은 대학교 때 사귀던 후배와 그냥 결혼했었고 서미경은 사기꾼에게 걸려들어서 헤매다가 이제껏 살아왔으니 처음이다.

　"내가 지난번에 취중에 한 말 때문에 여기까지 왔네. 허허허. 거두절미(去頭截尾)하고 이쪽은 윤승호(尹承浩)라고 하고 이비인후과 의사여, 작년 9월에 상처하고 지금 애들 둘이고, 이쪽은 서미경이라고 수간호사여. 독신으로 살겠다는 것을 내가 설득해서 간신히 여기까지 오게 했으니, 이제 둘이 서로 대화를 잘 나누어보고 좋은 인연이 되었으면 좋겠네. 두 사람의 인성은 내가 백 프로, 천 프로 보장할 테니 걱정 말고 앞으로 둘이서 오순도순 살아갈 수 있을 것인가, 잘 생각해봐. 인생살이 그리 길지 않아. 잠깐이야. 사는 동안이라도 재미있게 살아야지. 내가 볼 때 둘은 천생연분이여. 아참, 여기 윤 원장은 서른여덟이고 서 선생은 서른다섯인가, 맞나?"

　"네, 맞아요."

　"감사합니다, 선배님."

　윤 원장은 대답을 하면서 놀랐다. 왜냐하면 전처와 나이가 같기 때문이었다.

　병원장은 이렇게 소개를 시켜주고는 스끼다시만 젓가락으로 몇 점 집어먹어보곤 식사도 하지 않고 자리에서 일어섰다. 다른 사람을 만나야 한다는 이유에서였다. 윤 원장은 입구까지 따라 나가서 배웅을 하고 돌아왔다.

 "처음 뵙겠습니다. 윤승호라고 합니다. 원장님께서 소개하셨듯이
제가 처복이 없어서 작년에 상처하고 그럭저럭 아이 둘을 키우면서
살아보려고 했어요. 그런데 큰 딸이 올해에 초등학교에 입학했는데
애가 날 더러 재혼하라고 재촉을 해요. 그래서 고민 중에 있는데 지
난번 선후배 모임에서 내가 지나가는 말로 이런 상황을 선배님께 말
씀드렸더니 우리 병원에 노처녀가 있다고 말씀하시더군요. 그런데
독신주의자라면서 소개가 될지 안 될지 의문이라고 하셨습니다. 그
래서 제가 한 번만 만나게 해달라고 여러 번 간청을 드려서 여기까
지 오게 되었습니다. 크게 실례되지나 않았는지요?"
 윤 원장은 매우 조리 있게 차근차근히 말했다.
 "원장님께 대강 이야기는 들었습니다. 요즘 아이들 조숙해서 웬만
한 거 다 알아요. 매스컴의 영향이 크죠."
 "그런 모양입니다. 제일 고역인 것이 툭하면 학부형 오라는데 갈
수가 있어야죠. 내가 겨우 한 번 갔다가 못 가고, 도우미 아줌마에게
한 번 가라고 했는데, 한 번 갔다 오더니 다시는 안 간다고 하더라고
요. 그러니 큰 녀석이 나더러 재혼해서 새엄마를 데려오라고 합니
다. 요즘 애들 진짜 영악해요."
 "맞아요. 어른 생각과 같은 애들 많이 봤습니다."

 한참 대화를 나누고 있는데, 여직원이 푸짐한 스시와 이름 모를

요리와 따끈한 사케(청주, 정종)를 가져왔다. 둘은 스시 몇 점을 먹고 사케도 한 잔씩 따랐다. 아직 서먹서먹하고 어색하기만 하여 건배는 하지 않고 각자 알아서 한 잔씩 자작하기로 하여, 서미경이 반잔쯤 마시고 윤 원장은 한 잔을 다 마셨다. 술 한 잔이 들어가니 없던 용기가 생겼다.

새 중에 정원 새(보겔콥 바우어새, Vogelkop Bower Bird)라고 있다. 적도의 파푸아 섬에 사는데 나무에 집을 짓지 않고 땅 위에 집을 짓고 사는 새다. 정원 새 수컷은 온갖 예쁘고 아름다운 것들을 물고 와서 둥지 안팎을 치장한다. 그런 다음에 암컷이 오길 기다리는데 암컷이 와서 둥지가 마음에 들면 짝짓기를 하고 마음에 들지 않으면 그냥 날아가 버린다.

인간의 수컷도 마찬가지이다. 자신을 내세우기 위해 재력을 과시한다든지, 학력을 과시한다든지, 몸이 좋다면 근육이라도 내세우면서 여자인 암컷을 유혹하는 것이다.

그러니 직업이 변변치 않거나 집이 궁색하거나 이런 남자 수컷은 여자 암컷을 찾기 어려운 것이다. 고급차를 타고 다니려는 것도 같은 맥락이다. 고급차를 타고 다니면 그만한 재력이 있어 보이기에 눈이 먼 암컷들이 줄을 지어 따라나서는 것이다.

아무튼 윤 원장도 자신의 재력을 은근히 과시하였다. 병원이 있는 건물의 5, 6, 7층이 자기 소유라고 말하면서 이 중 6층이 자신의 이비인후과 병원이라고 소개를 하였다. 부모님이 선대로부터 물려받은 시골의 전답이 대도시로 개발되면서 수십억을 보상받았다고 하였다. 위로 누님이 한 분 계신데, 아무래도 아들이 제사도 모시고 집안일이 많다고 하여 누나와 4:6의 비율로 분배를 받았다고 하였다. 윤 원장은 그 돈으로 빌딩 신축때 분양을 받았고 아파트도 45평짜리를 샀다는데 지금 시세가 분양가보다 거의 두 배 가까이 뛰어서 먹고사는 데는 풍족하다고 하였다.

이 말은 듣고 있던 서미경은 온몸이 위축되어 다 쭈그러들고 있었다. 혼자 살겠다고 돈을 모으고 있긴 한데, 지금 3억이나 모았을까. 돈을 모아서 카페라도 차려 혼자 살려고 했는데, 들리는 말에 의하면 3억 가지고는 임대로 들어가야 하는데 임대료 때문에 일이 년도 버티지 못하고 다 까먹는다고 하였다. 게다가 카페를 하기 위해선 실내장식 등의 리모델링을 해야 하는데 이게 또 만만치 않아서 최소 5천만 원에서 1억 가까이 들어간다는 것이다.

지금 가지고 있는 돈도 천신만고 끝에 간신히 모은 피 같은 돈이었다. 사기꾼에게 걸려들어서 2천4백만 원 날렸고, 남동생 두 명 대학교 진학하여 학비 일부라도 보태야 했으며 설상가상으로 몇 년 전에 부모님이 돌아가시게 되어 병원비도 수월치 않게 들어갔으니 옷을 제대로 사 입지도 못하고 그저 캐주얼에 병원에선 가운으로 버티었다.

　남들 다 간다는 흔한 해외여행도 단 한 번을 못 갔다. 대학교 때 친구들끼리 제주도에 갔다온 것이 유일하게 비행기를 타본 경험인 것이다. 아무리 절약을 하고 돈을 모으려고 해도 잘되지 않는 것이 현실이다. 그런데 샤니 병원의 의사들은 대부분이 연봉 1억에서 2억 정도 받고 있고 집도 다 잘 산다. 집안이 부유하고 공부도 잘해야 의과대에 갈 수 있고 의사가 되면 그보다 몇 배 이상의 돈을 벌게 되는 것이다. 참으로 현실은 불공평하여 빈부의 격차는 어찌할 도리가 없는 것이다. 돌이켜 보면 눈물만 나오지만, 나이를 좀 먹고 보니 눈물도 말랐다. 그저 덤덤하다. 그냥 내 타고난 운대로 살다가 가면 그만이라는 생각이 문득문득 들고 있었다.

　그리고 사회는 보이지 않는 신분 사회가 엄연히 존재하고 있었다. 예전의 양반과 상민처럼 지금도 상류, 중류, 하류 신분이 존재하는 것이다. 대학교를 졸업한 사람이 초졸이나 중졸과는 결혼하지 않는다. 돈 많은 사람이 빈한한 사람과 결혼하지 않는 것이다.

　대학교 때 어느 교수도 이런 말을 했었다.

　"우리나라 재벌들은 절대로 망하지 않는다. 왜냐하면 재벌들끼리 혼인동맹처럼 사돈 관계로 맺어져 있어서 서로서로 도움을 주고 협력하기 때문이다."

　그러면서 알만한 재벌들의 이름을 대면서 이 사람은 어떤 사람과 결혼했고, 어떤 재벌의 누구는 누구와 결혼했다는 등 정말로 자기들만의 성을 구축 해놓고 있었다.

　의사와 간호사의 관계도 마찬가지이다. 의사가 상류층이고 간호사는 중류층 또는 하류층밖에 되지 않는다. 재력으로 보나 학력으로 보나 비교도 할 수 없는 차이점이 있는 것이다.

　서미경이 이렇게 착잡한 심정으로 있을 때, 윤 원장은 한술 더 떠서 자랑질을 해댔다.

　"내가 상처하고 한 달도 안 되어서 결혼 중매업소 마담들이 어떻게 알았는지 연락을 해 옵디다. 재혼을 하라고. 직업도 화려해요. 나이 먹은 의사, 판검사, 교수도 있고 돈 많은 부잣집 딸도 있다고 하면서 추천을 하더군요."

　"그럼, 그 중에서 고르셔야지요. 의사와 간호사는 신분이 맞질 않아요. 유유상종이라는 말도 있잖아요. 붕어는 붕어끼리 놀고, 잉어는 잉어끼리 논다구요. 서로 간에 신분이 맞아야지 맞질 않으면 약한 쪽이 일방적으로 희생당합니다."

　자랑질을 하던 윤 원장은 정신이 퍼뜩 들었다. '이거 말을 잘못 했구나'하고 후회를 했으나 이미 엎질러진 물이었다.

　"왜 그렇게 비관적으로만 살아요. 선녀 같으신 분이 마음은 어둡고 그늘이 있는 것 같습니다. 마담들이 그렇게 성화를 했어도 한 번도 나가본 적 없어요. 저에겐 사람이 중요하지 직업이나 돈이 중요한 게 아닙니다. 그러다가 우연히 모임에서 병원장님이 그러시더라구요. 수간호사가 인성은 최고라고 말입니다. 백 프로, 천 프로 믿는다구요. 저는 이 말만 듣고 사진 한 장 보지 않고 만나게 해달라고 한 것입니다. 내가 한 말을 너무 왜곡하지 마세요."

윤 원장은 애가 타서 죽을 지경이라 목소리마저 내려앉았다.

"그 말씀은 원장님이 즉흥적으로 하시는 말이고, 사회는 진짜로 그렇게 돌아가고 있답니다. 원장님이 저와 교제를 하거나 아니면 진도가 나가서 결혼을 한다 해도 저보다 조건 좋은 여자들이 무지하게 많은데 그런 여자들의 유혹을 뿌리칠 수 있겠나요? 저는 이미 밥순이가 되어있는데? 한마디로 부엌데기로 전락해버린 여자를 복구할 수 없는 것입니다. 청춘이 다 지나버리고 얼굴에는 주름살만 훈장처럼 남게 되죠. 이러니까 항간에서도 남자들이 늦바람난다고 하잖아요."

"너무 비약하지 마세요. 그런 사람들도 있습니다. 그러나 모든 남자들이 그렇지 않아요. 대부분의 남자는 가정을 잘 꾸리고 잘 살아가고 있어요. 그렇게 신분이나 돈을 좇아 결혼한 사람들은 위선적인 관계입니다. 진정한 사랑이 아닙니다. 영국의 윈저공을 보세요. 왕위를 버리고 이혼 경력이 있는 평민 여자인 미세스 심프슨과 결혼하여 아주 잘 살았잖아요. 영화까지 만들어졌어요. 이게 진정한 사랑입니다. 진정한 사랑은 신분과 계층, 빈부를 가리지 않고 국적도 가리지 않습니다. 왜 그렇게 세상 사람들을 색안경 끼고 보나요? 이성계와 무학대사 이야기 아시죠?"

"뭔데요?"

"부처 눈에는 부처만 보이고, 돼지 눈에는 돼지만 보인다는 이야기 말입니다."

"아, 그거요. 국어 샘에게 얘기 들었지요."

"맞아요. 나도 국어 샘에게 들었어요."

윤 원장이 이렇게 말주변이 좋지는 않았는데, 어떻게든 서 선생을 설득시켜보려니까 별의별 화제가 다 생각났다. 말솜씨가 좋았던 돌아가신 어머님이 지금 도와주고 있는 모양이었다.

§ ♥ ₴

태조 이성계는 종묘를 짓고, 사직(社稷)을 완성하고 경복궁 공사가 끝나자 태조 3년 9월에 새 대궐에서 낙성식 잔치를 벌였다. 이날 저녁 대궐 내천에는 중신들이 모두 모이고 왕사(王師: 임금의 스승)인 무학(無學) 대사도 참석하였다. 술들이 거나하게 취하여 한창 흥겨울 때였다.

"오늘 저녁은 기쁜 날이니, 우리가 임금이니 신하니 하는 장벽을 터버리고 옛날 우리가 서로 친구같이 지낼 때처럼 너니 내니 하고 농담을 하면서 놀아보세."

이성계가 뜻밖의 제안을 한 것이다. 오늘날로 보면 야자를 트자는 것이다.

"자, 내가 먼저 농담을 걸 터이니 따라서 재미있게 노시오."

이성계는 이렇게 말하면서 무학에게 향하여

"우리 왕사는 몸집이 뚱뚱하니까 돼지야, 돼지. 하하하."

하고 놀려주었다.

그러나 무학은 아무 대꾸도 하지 않고 빙그레 웃다가

"전하는 부처님 같고 중전은 관세음보살 같으십니다."

라고 말했다. 이에 이성계는 매우 의아하게 생각하였다. 무슨 짐승의 이름으로 놀릴 줄 알았는데 뜻밖에도 부처님이니 관세음보살 같다고 말한 것이다.

"스님은 왜 농담을 하지 않나요."

이성계가 무학에게 반문을 하였더니 무학은 터져 나오는 웃음을 억지로 참으면서

"돼지 눈에는 돼지만 보이고 부처님 눈에는 부처님만 보이는 법입니다."

라고 대답을 하니 여러 사람들이 박장대소를 하였다.

§ ♥ ∮

"사람이 살다 보면 잘못 될 수도 있고 못된 놈을 만나서 봉변을 당할 수도 있는 것입니다. 한밤중에 누가 강도를 당해서 얻어맞고 돈까지 뺏겼다고 칩시다. 그 사람이 그렇게 당했다고 해서 모든 사람이 똑같이 당하는 것이 아닙니다. 그런 사람이 한두 명이라고 할 때 아무 탈 없이 살아가는 사람이 대부분이에요. 길을 걷다가 똥을 밟았다고 쳐요. 그러면 똥을 밟은 신발을 닦던가 아니면 버리면 그만

인데, 내가 볼 때 서 선생은 그 똥 밟은 신발을 가슴속에 품고 평생을 살아가려고 합니다. 그저 마음을 훌훌 털고 새 생활을 하면 되는데 본인은 늘 강도에게 당하듯 남자에게 또 당한다는 생각입니다. 즉, 똥 밟은 신발을 가슴이 아니라 머릿속에 넣고 살고 있어요. 더럽지도 않나요? 새 신발을 신으세요. 새로운 남자를 만나세요."

"아이구, 참. 내가 말싸움에 지는 격이네. 새로운 남자가 누군데요?"

"접니다. 이 앞에 앉아 있잖아요."

"옴마나. 기가 막혀서 말도 안 나오네, 내 원 참."

"지금 말싸움하자는 것이 아니라 무엇이 옳고 그른가, 사리분별을 해보자는 겁니다. 그러니 마음을 다시 한 번 정리해서 떨쳐버릴 것은 떨쳐버리세요. 새로운 마음으로 새사람을 만나면 장밋빛 같은 새로운 세상이 열립니다. 혼자서 산다고 잘 사나요? 자전거 바퀴가 몇 개입니까? 두 개니까 자전거가 잘 굴러가지, 외바퀴 자전거로 잘 나갑니까?"

"진짜 말씀 잘하시네요. 제가 기가 질려서 말문이 막힙니다."

"지금 주신(酒神)이 내려와서 저를 돕고 있습니다."

"뭐라고요? 호호호, 내 원 참."

서미경이 어처구니가 없어서 처음으로 웃음소리를 내었다. 아무튼 이렇게 옥신각신하는 중에 분위기는 조금 부드러워졌다. 기선을 제압했다고 생각한 윤 원장은 사케 한 잔을 따라주면서 건배하자고 했고 서미경도 동의했다.

이들은 '위하여'로 건배사를 하고 술을 마시었다.

"우리 아이들은 지금 당장 새엄마를 데려오는 줄 알고 있어요. 장난감 가게에서 장난감 사 오듯이 금방 새엄마를 데려오는 줄 알고 있어요."

"그거야말로 속도위반이네요. 우물가에서 숭늉 찾는 격이죠."

"그렇지요. 그런 줄 아는데 애들 마음까지 내가 통제를 할 수는 없는 노릇입니다. 우리 아이들 착하고 영리합니다. 돌봐주게 된다고 해도 전혀 말썽을 피우지 않을 것입니다. 집에 도우미도 있어요."

"넉넉한 살림이네요."

"그렇죠. 도우미 아줌마가 생활이 딱해서 큰애 낳고부터 집안일을 거들어 주고 있는데 아직까지 있습니다. 한집안 식구입니다. 알아서 살림 다 해줘요. 우리 애들 한번 만나보겠어요?"

"아이참. 지금 과속이라니까요. 오프사이드에요."

"하하하. 오프사이드인가요? 하이구야, 알았습니다."

둘은 술과 안주를 먹으면서 처음보다 긴장이 많이 풀렸다. 서미경은 아까 왔을 때는 새색시처럼 조심조심 숨도 제대로 못 쉬다시피 했는데, 지금은 마주 보면서 대화를 하게 되었다. 윤 원장 역시 농담조의 말이 저절로 나오면서 '진도가 잘 나가는구나'하고 매우 흡족해 했다.

그러다가 윤 원장은 서미경의 환심을 더욱 끌게 하려고 엉뚱한 이야기를 꺼냈다. 요즘 여자들이 시댁에 대한 거부감이 있고 특히 제사에 관해 거부감이 많다는 것을 생각해 낸 것이다.

"우리 집에 온다고 해도 혹시 시댁에 대한 걱정은 할 필요가 없어요. 두 분 다 몇 년 전에 돌아가셨거든요. 제사도 합동으로 지내니 일 년에 한 번입니다. 그것도 약식으로 지냅니다. 전에는 할아버지 할머니 제사하고 부모님하고 총 네 번을 지냈는데 지금은 부모님 합동 제사만 지냅니다. 추석이나 설 때는 차례를 안 지내요. 대신 여행을 다닙니다."

이 말을 듣고 서미경은 잠시 윤 원장을 쳐다보았다.

"그건 잘못된 것이에요. 뿌리 없는 나무가 어디 있으며 조상 없는 내가 어떻게 있을 수 있겠습니까? 아까도 조상 덕에 많은 상속을 받았다면서 그런 조상을 그렇게 홀대하다간 현생에서 큰 업보를 받아요. 현생에서 지은 업보는 현생에서도 그 죗값을 받을 수 있는 것입니다. 요즘 아이들 보면 해마다 생일상 차려주지 않으면 아마 제 부모를 원수 대하듯 할 것입니다. 그런 부모가 돌아가셨는데 일 년에 한 번 제사도 못 모시나요? 요즘은 전화 한 통이면 제사 음식 다 배달해줍니다. 반찬가게에 가서 필요한 것만 사도 되고요. 그걸 제사상에 차려놓고 향 피우고 절 몇 번 하는 게 그게 그리 어려운 일인가요? 듣고 보니 윤 원장님 댁은 종손은 아닌 것 같은데 조상을 그렇게 천대(賤待)하다가는 어느 날 갑자기 무슨 화를 당할지 모릅니다."

윤 원장은 온몸이 얼음이 되다시피 했다.

'이 여자는 부처가 환생했나? 요즘도 이런 사고방식을 가진 여자가 있나? 마치 조선시대 안방마님 같은 말을 하고 있다.'

윤 원장은 이런 생각이 들면서 갑자기 온몸에 소름이 돋아났다. 왜냐하면 원래 제사를 다 지냈는데 결혼 후 전처가 이 핑계 저 핑계 대면서 제사 모시기를 매우 귀찮아하였다. 그렇다고 전처가 무슨 특정한 종교를 믿는 것도 아니고 성향으로 보면 예전 사람들처럼 불교 성향에 민간신앙 쪽이었다. 아니다, 중학교 때인가 일 년 몇 개월 정도 친구 따라 교회에 나갔었다고 했다. 전처는 돌아가신 사람이 무슨 제사 음식을 먹느냐면서 귀찮아해서 할아버지 할머니 제사는 없애고 부모님 제사도 합동으로 겨우 지내는 실정이었다. 그래서 그런가. 현생의 업보를 현생에서 그 죄과를 받는다더니 작년 9월에 느닷없이 교통사고로 타계하지 않았던가. 이것이 바로 인과응보란 말인가.

아내의 교통사고는, 상대방 운전자가 음주운전에다가 중앙선 침범해서 정면충돌했다. 이때 상대방 운전자와 동승자, 그리고 자기 아내가 현장에서 즉사한 것이다. 그 생각을 하니 몸이 오싹거릴 정도였다. 그러면 내 전처는 현생의 업보를 현생에서 그 죄과를 갚았네. 그 순간 1초만 벗어났어도 살아났을 텐데, 정말로 몸이 사시나무 떨 듯 떨려왔다.

윤 원장은 할 말을 잃고 우물쭈물하다가는 사케 한 잔을 마셨다.

"사실, 가장인 내가 잘못했어요. 부모님이 살아계실 때만 해도 그렇게 하는 줄 알았는데 전처가 극구 반대하는 것입니다. 요즘 여자들이 별 이유 없이 시댁을 터부시하고 제사도 안 지내려고 하잖아요. 그래서 꺼낸 말입니다. 서 선생이 오게 되면 모든 것을 바로 잡겠습니다."

"잘못한 것을 아니 다행이네요. 가장으로서 여자의 비위를 맞추면서 살면 안 됩니다. 집안에도 법도라는 게 있는 것입니다."

"맞습니다. 제가 잘못했습니다."

윤 원장은 이렇게 답변하면서 눈시울이 뜨거워지더니 눈물이 방울져 내렸다. 그동안 부모님에 대한 죄책감이 불쑥불쑥 머릿속에 떠올랐기 때문이었다.

"울어요? 울지 마세요. 이제라도 잘못을 깨우쳤으면 되었지요."

"아닙니다. 제가 불효자식입니다."

윤 원장은 창피한 지도 모른 채 엉엉 울 기세였다.

이 모습을 보는 서미경은 측은한 생각에 술 한 잔을 따라 주었다.

"내가 괜한 말을 했나 보네요. 여기 술 한 잔 드시고 다른 얘기해요. 초면에 이렇게 대화가 잘 되긴 처음이네요."

"예, 예."

윤 원장은 선생님 앞의 제자처럼 굽실거리면서 잔을 받아들고는 서미경의 제안에 잔을 부딪치면서 한 잔 마셨고, 서미경도 한 잔을 마시었다.

그런데 서미경의 훈계조 대화는 여기서 끝이 아니었다. 무엇인가 더 할 말이 있는 듯 입술을 달싹거리다가 입을 또 열었다.

"제가 알기로는 윤씨 집안의 법도가 엄해서 제사를 아주 철저히 지낸다고 들었습니다. 아까도 말했지만, 이 육신이 어떻게 생겨났습니까? 부모님의 정기로 태어났으니 내 몸이 곧 부모님의 몸입니다. 그러니 조선 시대의 효경에도

신체발부 수지부모(身體髮膚 受之父母)니

불감훼상 효지시야(不敢毀傷 孝之始也)라는 문장이 있잖아요.

신체와 머리카락과 살갗은 부모로부터 받은 것이니, 감히 상하게 하지 않는 것이 효도의 시작이란 뜻이지요. 재산만 상속되는 것이 아닙니다. 튼튼한 신체와 명석한 머리도 다 조상 덕이고 부모님 덕분입니다. 제가 절에 다녀보니 해마다 입시철이 되면 백일기도를 드리는데 어머니들이 새벽 서너 시가 되면 올라오셔서 불경을 외우고 기도를 하더군요. 아마 윤 원장님의 어머님도 그리하셨을 겁니다. 그렇게 간절한 염원이 오늘날 윤 원장님을 있게 한 것입니다. 부모를 멸시하는 패륜 자식이 잘되는 거 못 보았고, 조상을 홀대하는 후손도 잘되진 않아요. 부모님들이 그토록 자식 잘되라고 염원을 하고 기도를 했는데도 돌아가시고 나니까 일 년에 한 번 제사 지내는 것도 귀찮아하잖아요. 원장님도 그렇습니다. 돌아가시고 나서 단 하루, 아니 단 한 시간이라도 부모님을 위해서 기도를 해보신 적이 없을 것입니다."

윤 원장이 듣고 보니 천 번 만 번 맞는 말이다. 어머니가 윤 원장을 의과대에 보내려고 얼마나 애를 쓰셨던가. 윤 원장은 선생님 앞

에서 제자가 혼나듯이 고개를 숙이고는 눈물만 찍어내고 있었다.

'돌아가신 어머님이 서 선생을 점지해주신 모양이다. 어떻게든 내 사람으로 만들어야 한다.'

윤 원장은 눈물을 흘리면서 이렇게 다짐했다. 미경은 무슨 말인가 더 하려다가 윤 원장이 너무 침울하여 눈물을 훔쳐내기에 입을 다물어야했다.

잠시 후, 윤 원장이 말문을 다시 열었다.

"서 선생님은 어떻게 그런 가례(家禮)에 대해서 잘 아시나요?"

"사실은 우리 서씨 집안이 양반 가문입니다. 양반 가문의 후손이 있는데 어쩌다 보니 가세가 기울어서 살림이 어렵게 되었어요. 내가 맏딸이고, 아래로 남동생이 둘이 있는데 조금이나마 부모님을 돕겠다고 간호학과에 들어간 거예요. 다른 과는 졸업 후 취업하기 어려운데 간호학과는 취업률이 90%가 넘는다고 해서요. 성적으로 보면 더 좋은 대학에 좋은 학과에 진학할 수도 있었는데 어쩔 수가 없었지요. 그렇게 해서 졸업 후에 간호사로 활동하게 되었는데 제 운명이 순탄치 않아서 못된 놈에게 이용당하고 몇 년 후엔 부모님이 다 돌아가셨어요. 한여름에 아버지가 과로로 쓰러져서 이틀 만에 돌아가시더니 그해 겨울에 어머니도 쓰러져서 팔 일 간 중환자실에 있었는데 끝내 깨어나지 못하고 돌아가셨답니다. 이게 다 제 운명인 걸 어찌 합니까. 사람의 힘으로는 해결하지 못하는 겁니다."

"아~, 정말로 역경이 많았습니다. 이제부터라도 편하게 사셔야지요."

"제가 진짜 살기 힘들어서 몇 번이나 죽으려고 했지만 죽지 못하고 살았는데 스님 덕분입니다. 하루하루 죽지 못해서 살고 있다가 가까운데 작은 절이 있어서 매일 밤 거기 가서 울다가 내려왔어요. 일요일은 종일 절이나 절 근처의 산에 올라가서 울다가 내려왔지요. 그때 주지 스님이 저를 보고는 좋은 말씀을 많이 해주셨습니다. 그 스님이 제 멘토에요. 아무튼, 스님의 조언을 듣고는 하루하루 버티다 보니 겨우 살아남아서 이때까지 오게 되었습니다."

"아 그러셨군요. 그 절이 어딘가요?"

"멀지 않아요. ○○동의 용화사라는 절입니다."

이때 윤 원장의 폰이 울렸다.

"예, 아주머니."

"아이고, 오늘 또 동훈이가 떼를 쓰네요. 빨리 집에 들어오셔야겠어요."

"그래요. 바로 들어가겠습니다. 삼십 분 내로 도착합니다."

"누군데요?"

대화 소리가 다 들렸고, 미경은 짐작이 갔지만 물어봐야 했다.

"막내죠. 다섯 살배기 아들. 아직 어려서 지금도 가끔 엄마를 찾네요. 하늘나라에 갔다는 의미를 잘 몰라요."

"애들이 그럴 수도 있지요. 어서 가보세요."

"얘기가 끝나지도 않았는데, 내일 시간이 되시나요?"

"저보다도 아이가 우선순위에요. 어서 가보세요."

"그래도 그냥 못가겠습니다. 분신술을 쓸 수도 없고, 내일 안 되면 모레 어때요?"

"그냥 먼저 가세요. 제가 연락드리겠습니다."

"아닙니다. 그냥 못가겠어요. 발이 떨어지질 않네요."

"정 그러시다면 이번 주말은 안 되고 다음 주 목요일이나 시간이 될 것 같아요. 오늘도 목요일이네요."

"그러면 다음 주 목요일 저녁으로 일단 약속하고 장소는 제가 정할까요?"

"자꾸 그러시면 너무 부담됩니다. 전 그냥 아무 커피숍이라도 괜찮아요."

"알았습니다. 아무튼 이번에는 제가 장소를 정하지요."

"그럼, 그렇게 하세요."

둘은 초면이지만 뭔가 아쉬움을 뒤로 하고 헤어질 수밖에 없었다.

어린 아들이 엄마를 찾다가 울기 시작하여 도우미가 감당하지 못하니 할 수 없이 전화를 한 것이다. 한편으로 생각하니 부모 없는 고아처럼 생각되어 측은한 생각이 들었다.

얼마나 엄마가 보고 싶었으면 칭얼대고 울기만 할까?

♡ 5월 22일, 윤과 서의 두 번째 만남.

첫 만남 목요일 이후 두 번째 목요일. 둘은 같은 일식집에서 다시

만났다.

"지난번에 울던 아들은 잘 달래셨나요?"

"내가 가면 그래도 진정이 되나 봅니다. 달래고 같이 잠을 자면 됩니다. 가끔 그렇게 엄마를 찾으면서 울면 감당을 못해요. 에휴, 제가 전생에 무슨 죄를 지었다고 이런 가혹한 형벌을 받는지 모르겠습니다. 애가 울고 보챌 때면 불 인두로 내 가슴을 지저대는 것 같아요. 같이 울어요. 그러면 딸이 와서 같이 울면서 우리 둘을 또 달랩니다. 어린 딸이 엄마 노릇을 하는 셈입니다."

서미경이 듣고 보니 코끝이 찡하고 눈시울이 뜨거워져서 고개를 외면하고는 손등으로 눈물을 찍어내야 했다.

"서 선생님, 지난번에 얘기하다가 만 스님을 뵐 수 있을까요?"

"그럼요. 아무 때나 가면 됩니다."

"나도 가보고 싶습니다. 가서 조언을 듣고 싶어요. 지금 제가 삶의 의욕 없이 자식 때문에 하루하루 버티고 있는 형편이거든요."

"제가 볼 때는 그 정도는 아니신 것 같은데요. 아무튼 절에야 아무 때라도 갈 수 있지요. 스님도 만날 수 있고, 스님은 한 분밖에 없는 아주 작은 절이에요. 네비 찍고 가면 돼요. 절 입구에 대여섯 대 주차할 만한 공간이 있구요. 거기서 걸어서 삼십여 분 올라가면 됩니다. 급한 경사는 없어요, 그냥 다닐 만합니다."

"그렇군요. 그러면 같이 가볼 수는 없을까요?"

"혼자 가도 돼요. 저도 늘 혼자 다녔어요."

"그래도 동행했으면 좋겠습니다. 어려서는 어머니와 함께 절에 다녀본 적이 있으나 성인이 되고 나선 특별히 찾아가 본 적이 없습니다."

"그래도 어른인데, 그냥 가면 됩니다. 아무 때나. 저녁때 가도 됩니다."

"한번 같이 가시죠. 저도 조언을 받고 싶어요."

"아이구, 자꾸 그러시네. 제가 안가면 안 갈 모양이네요. 내 원 참."

"그러니까 같이 가면 좋겠습니다."

"좋아요. 스님이 저에게만 조언을 해주신 것은 아니니까요. 시간은 언제 나나요?"

"특별한 일 없으면 매일 저녁때. 토요일은 오후부터 시간 납니다."

"으음. 내일 모레 토요일이 좋겠어요. 토요일 오후요. 시간 되시면 절 아래 주차장에서 만나면 될 것 같네요."

서미경이 그렇게 제안을 하니까 윤 원장은 스마트폰을 열어서 일정을 확인한다.

"좋습니다. 그럼 오후 3시쯤 만나서 함께 올라가면 어떨까요?"

"그래요. 3시에 주차장에서 기다리겠습니다."

"알았습니다. 감사합니다."

이렇게 해서 둘은 몇 마디 대화를 더 한 후에 일식집에서 나왔다.

♡ 토요일. 오후 3시.

서미경은 미리 와서 주차하고는 밖에서 서성이는데, 곧바로 베이

지색 그랜저가 나타나더니 윤 원장이 내렸다.

"안녕하세요."

"네, 안녕하세요. 서울에 이렇게 산촌 같은 데가 있네요."

"잘 알려지지 않은 곳이에요."

"오래간만에 산에 오니까 공기가 신선합니다. 코가 뻥 뚫리네요."

"호호호, 자주 오세요. 그런데 무엇 때문에 스님을 뵈려고 하시나요?"

서미경은 윤 원장의 의도를 대략 추측하고 있었지만 모르는 척했다.

"아~, 그 주지스님께 자문을 한번 구해보려고 합니다. 우리가 만나면 백년해로할 것인지."

"호호호, 제가 벌써 물어봤어요. 스님은 호의적으로 말씀하셨답니다. 그래서 제가 병원장님과 함께 나간 거예요."

"아하, 그러셨어요. 그래도 저도 한번 뵙고 싶어요. 이제까지 스님에게 뭘 문의한 적이 없었거든요. 오래간만에 절 구경도 하고요."

"아주 작은 절이니 실망하지 마세요."

"아이구, 괜찮습니다. 호젓하니 좋겠네요."

"너무 호젓해서 혹시 좀비가 나와도 놀라지 마세요."

"예에? 크하하하."

미경은 어째서 이런 농담이 나왔는지 스스로 의아했다. 이제 막 소개받아서 아주 친한 사람도 아닌데 저절로 농담이 나온 것이다. 그런데 이것은 윤 원장에겐 매우 기분 좋은 농담이었고 이후의 대화도 순조롭게 진행된 계기가 된 것이다.

둘은 곧바로 그리 경사지지 않은 산길을 올라가기 시작했다. 길의 너비로 보아서 차 한 대는 족히 갈수 있겠으나 교행하기 어려워서인지 처음부터 지름이 한 뼘은 됨직한 쇠파이프로 막아놓았다.

"여기 산새가 많은 모양이네요. 새 울음소리가 들려요."

"저 소리는 새 소리가 아니라 다람쥐가 내는 소리예요."

"예에? 저 소리는 분명 새소리입니다. 새가 저런 소리를 내잖아요?"

"호호호. 다들 그렇게 알고 있는데 다람쥐 소리예요."

"그래요? 처음 듣는데요."

"저 소리는 지금 다람쥐가 여자친구를 부르는 소리예요."

"아하, 그런가요? 금시초문입니다."

"그러실 거예요. 유심히 관찰해보지 않으면 모릅니다."

"그럼, 서 선생은 관찰을 많이 했나요?"

"그럼요. 이 절에 다닌 지가 십여 년이나 되는데 웬만한 것들은 다 알게 됩니다. 바로 눈앞에서 다람쥐가 저렇게 친구를 부르는 소리는 아주 많이 들었어요. 다람쥐들이 눈이 나빠서 가까이서 가만히 서있기만 하면 사람인지 나무인지 분간을 못하는 것 같더라구요. 그러고선 한동안 친구를 부르는 소리를 내는데 저런 소리예요."

"아하, 그렇군요. 그럼 지금이 짝짓기 계절인가요?"

"그런 계절이죠. 애들이 짝짓기 철이 되면 요란하게 소릴 내더라구요. 조금 더 올라가다 보면 저런 소리 또 들려올 겁니다."

"아하, 그렇군요. 매사에 예리한 눈과 귀를 가졌군요. 잘하면 평생 이비인후과 올 일이 없겠네요."

윤 원장은 자신이 이비인후과 의사이기에 이런 말이 저절로 나왔다.

"호호호, 아파서 갈 일이 없으면 얼마나 다행인가요. 건강하니 좋지요."

"아하. 또 그게 그렇게 되는 셈이네요."

둘은 별스럽지 않은 대화를 하는 데도 재미가 있었다. 얼마 동안 올라가다 보니 이번에도 근처에서 다람쥐가 낸다는 소리가 들려왔다. 미경은 싱숭생숭해지기 시작했다. 여기를 올라 다닌 지가 십여 년인데 그동안 단 한 번도 누구랑 같이 온 적이 없었다. 지금 데이트하듯 남자와 동행을 하니 마음이 설레고 있었다. 처음엔 죽지 못해서 혼자 올라와서 울고 또 울다가 내려갔던 곳이다. 세월이 흘러서 심신이 조금 안정이 되었을 때도 늘 혼자였다. 혼자 다니는 것이 마음이 편했기 때문이다. 하지만 다른 사람들은 가족이나 연인들끼리 올라 다니고 있었다.

등산로로 연결된 작은 절이 있고 그 옆쪽으로는 그리 높지 않은 산이 있었다. 서미경은 길을 벗어나서 경사가 조금 있는 작은 오솔길로 들어섰다.

"어~, 여기서 길이 끊기네요."

"아니에요. 그 길은 저쪽으로 한참 돌아가야 하고 여기로 올라가면 가까워요. 그래서 절에 갈 사람들은 대부분 이 길로 올라갑니다.

별루 힘들지 않아요."

"아~, 그래요."

경사진 오솔길이라 서미경이 앞서가는데, 뒤에서 윤 원장이 미경의 뒤태를 보니 예사로운 몸매가 아니다. 약간 타이트하게 입은 청바지에 근육질의 몸매의 윤곽이 드러나 있었다. 초여름에 접어드는 때라 미경은 카디건처럼 입었던 웃옷을 벗고 티셔츠만 입고 올라가는데 상반신 역시 잘 발달된 근육 형태가 드러나 있었다.

"미경 씨, 운동 많이 하신 모양이네요. 근육이 멋지십니다."

"호호호. 그렇게 보이나요? 운동을 좀 하죠. 피트니스 클럽에 다닌 지 꽤 되었어요."

"어쩐지. 헬스맨 아니, 헬스걸이십니다. 몸매가 진짜 보기 좋아요."

"사실은 제가 원더우먼이 되려고 했어요. 호호호."

"예에? 원더우먼이요? 하하하."

평상시 좀 차가운 분위기의 수간호사 서미경이 오늘따라 유쾌한 기분이 들면서 농담이 저절로 튀어나왔다. 둘 사이의 분위기는 한층 더 부드러워졌다.

"잠시만 쉬었다 가요."

오래간만에 산에 오르는 윤 원장은 땀을 흘리면서 말했다.

"거의 다 왔는데요."

"그래도 좀 쉬면서 신선한 공기도 마시고 신록 구경도 해야지요. 시간 많은데 누구에게 쫓기듯 올라갈 필요 있나요?"

"그래요. 그러면 저 위쪽에 쓰러진 나무가 있어요. 거기 가면 의자처럼 앉아서 쉴 수 있어요."

"아 그래요."

이렇게 해서 둘은 산에 다시 올라가는데 곧바로 커다란 나무가 옆으로 쓰러져 있었고 사람들이 앉았던 흔적도 보였다.

"여기 앉아서 잠시 쉬세요."

"네."

"거기가 원래 내 자리인데 빌려드리는 거예요."

"하하하, 감사합니다. 자릿세가 있나요?"

"없어요. 여긴 다 공짜예요. 신선한 공기, 바람, 새소리, 별빛, 달빛, 다 공짜죠."

"하하하, 그렇군요."

둘이서 그렇게 앉아 있으려니 들리지 않던 소리가 들려왔다. 저편에서 딱딱딱, 하는 소리가 들려온 것이다.

"저건 무슨 소리인가요? 새소리인가? 새 울음소리는 아니고 무슨 공사를 하나요?"

"호호호. 저건 딱따구리가 내는 소리예요. 딱따구리가 우는 소리가 아니라 부리로 나무를 쪼는 소리랍니다. 자세히 들어보면 '딱딱딱'이 아니라 '따라라라'처럼 연속음이 납니다. 부리로 쪼을 때 머리가 잘 안 보여요. 얼마나 빨리 머리를 앞뒤로 흔드는지 머리가 잘 안 보일 정도랍니다."

"호오, 진짜 숲속의 박사님이 되셨네요."

"여기만 십여 년 올라 다녔는데 여기에 오는 새들은 좀 알지요."

이러면서 미경은 주위를 돌아보더니 손가락으로 저편을 가리켰다.

"저기 보세요. 저기 큰 참나무 옆으로 뻗은 가지에 산비둘기 두 마리가 앉아있네요."

"어디요? 어디?"

"저기 회갈색으로 크기는 일반 비둘기만해요. 지금도 앉아 있네요."

윤 원장이 잘 찾지 못하자 미경이 무의식적으로 윤 원장 옆으로 바싹 다가와서 손가락으로 가리킨다. 윤 원장의 호흡을 거칠어졌다. 미경의 살 냄새, 여자 냄새, 화장품 냄새가 바로 옆에서 나기 때문이다.

아무튼 미경이 자세하게 알려준 덕분에 윤 원장도 산비둘기를 보게 되었다. 유심히 살피지 않으면 찾지 못할 색이었다. 그렇게 둘은 산새들을 관찰하고 이제 막 잎사귀가 올라온 신록을 감상한 후 다시 산을 오르기 시작하였다.

얼마 후, 둘은 절 마당에 들어섰는데 때마침 주지스님이 염주를 굴리면서 마당을 거닐고 있었다.

"스님, 안녕하세요?"

미경이 먼저 인사를 하니, 스님은 고개를 돌리면서 둘을 보게 되었다.

"안녕하세요. 처음 뵙겠습니다."

"예. 아미타불 관세음보살."

"스님, 지난번에 말씀드렸던 그분이세요. 의사라고 말씀드렸지요."

"예, 그러신 것 같습니다. 법당으로 올라가시죠. 부처님께 먼저 인사를 드리는 것이 절 법도입니다."

스님은 이러면서 먼저 올라가고, 미경과 윤 원장이 뒤를 따라서 법당 안으로 들어섰다. 스님은 윤 원장의 이름과 생년월일을 받아 적고, 그 옆에는 이미 알고 있는 미경의 생년월일이 적힌 종이를 놓았다.

윤 원장이 엉거주춤 서 있으니까 미경이 작은 소리로 "나 따라서 절 세 번만 하세요."하는 게 아닌가. 미경은 엎드려서 손바닥을 위로 하는 불교식 절을 했다. 아무 생각 없이 보고 있던 윤 원장은 갑자기 가슴이 턱, 막히다시피 하였다. 저 모습은 어렸을 때 보아왔던 어머니의 모습과 똑같았기 때문이다.

어머니는 많은 활동을 하는 불교 신자가 아니라 대부분의 어른들이 믿고 있는 전통 기복신앙을 가지고 있는 일반적인 불교 신자였다. 예전 어른들은 대부분 이런 종교생활을 해왔다.

그래서 어머니도 가끔 "승호야, 오늘 절에 가자."라고 하면서 윤 원장을 데리고 가까운 절에 갔던 것이다. 그렇게 절에 가면 옆에 윤 원장에게도 똑같이 따라서 절을 하라고 했던 것이다.

'돌아가신 어머니가 이 여자를 점지해 주시나보다.'

이리하여 윤 원장은 절을 세 번 하고 미경을 보는데, 그녀는 합장을 한 채 눈을 감고 있었다. 어머니의 모습과 똑같았다. 스님은 목탁을 치면서 축원 독경을 하기 시작했다. 어머니와 서미경의 다른 점은 어머니는 불경책을 보면서 소리 내어 낭독하였지만, 서미경은 입술을 달싹거리면서 아주 작은 소리로 암송하고 있었다.

이러니 선뜻 일어설 수 없는 윤 원장은 눈을 감고 기다리는 수밖에 없었는데, 느닷없이 눈시울이 뜨거워지면서 어머니 생각이 떠올랐다. 영리하고 공부 잘하는 승호를 의과대에 진학시키기 위해 무지하게 정성을 드린 분이다. 덕분에 변변치 않은 시골 고등학교에서 유일하게 서울의 ㅁㅁ대학 의과대학교에 입학했고, 교문에는 커다란 축하 플랜카드를 내 걸었었다. 부모님은 그게 기뻐하며 다 함께 그 앞에서 사진도 찍었다. 그런 어머니의 모습을 윤 원장은 지금 서미경한테서 발견한 것이다.

스님의 독경은 쉽게 끝나지 않았다. 시계로 재어보지는 않았지만 대략 어림잡아서 삼십여 분 가까이 되는 듯했다.

스님이 드디어 "나무아미타불 관세음보살"이라고 말하면서 목탁을 쳤다.

"일어서시죠. 어렵게 왕림하셨으니, 차 한 잔 하십시다."

스님의 제안에 둘은 일어섰다. 윤 원장은 일어서면서 옆에 있는 서미경에게 살짝 물었다.

"무슨 기도 하셨나요?"

"비밀이에요. 원장님은 무슨 기도 하셨어요?"

"나요? 나야 당연히 서 선생과 백년해로하게 해달라고 했지요."

이러니 서미경은 웃는지 놀리는지 해쭉 웃어 보이면서 입술을 살짝 삐쭉거렸다.

그 모습을 본 윤 원장은 가슴이 또 '허억!'하고 막힌다. 너무 귀엽고 예쁜 모습이다. 마치 어린 딸이 엄마 아빠에게 하듯 그렇게 애교스런 웃음을 보인 것이니 혼비백산할 지경이어서 당장 끌어안고 입을 맞추고 싶었다.

법당에서 내려온 그들은 요사채 스님방으로 들어갔다. 그리 크지 않은 방에 조선시대처럼 서랍장과 그 위에 잘 개어놓은 이불과 요가 있었다.

한쪽은 앉은뱅이책상에 지필묵과 함께 여러 종류의 불교서적이 진열되어 있었다. 방 한가운데는 괴목으로 만들어진 다소 큰 찻상이 놓여있었다. 그 한쪽으로는 한문이 적힌 차 병이 보이고 전기 커피포트가 있었다. 커피포트에 물만 끓여서 차를 우려내는 것이다. 스님은 조용히 차를 석 잔 따랐다.

"자, 드세요. 이게 바로 중국의 명차라는 보이차입니다. 아주 귀한 차이지요."

"네, 감사합니다."

스님은 중국의 명차에 대하여 몇 마디 말씀을 하다가 화제를 돌렸다.

"처사님께서도 전생의 업보로 인하여 고통을 받다가 이제 새 인연을 만나게 되는 모양입니다."

처사는 불처사(佛處士)를 뜻하는 말로 됨됨이가 부처같이 부드럽고 순한 사람을 비유적으로 이르는 말인데, 대체로 스님들이 남자들에게 예의상 이렇게 지칭하고 여자에겐 그냥 보살로 지칭한다.

"아이구, 감사합니다."

"여기 서 선생도 전생의 큰 업보로 인하여 오랜 세월 고통 속에 살다가 드디어 업장 소멸이 되었는지 이렇게 귀한 분을 만나게 된 것 같습니다. 부디 좋은 인연이 되어 아직 남아있는 업보를 공덕으로 씻어내시기 바랍니다."

서 선생이 이미 말했듯이 스님은 둘의 결혼을 승낙하고 있었다. 스님의 법명은 무공(無空)이라고 했고, 윤 원장은 명함을 건네었다. 스님은 한동안 덕담을 건네고는 이제 일어설 때가 되었다 싶은데, 윤 원장이 어느 사이에 준비했는지 다소 두툼한 서류 봉투를 꺼내 건넸다.

"스님, 이거 약소하나마 시줏돈으로 드리겠습니다. 절이 오래되어 낙후되었으니 보수도 하시고 어려운 사람들에게 쓰시기 바랍니다."

"아이구, 괜찮습니다. 초면에 큰 결례를 하면 안 됩니다."

"받으세요. 이제까지 이 사람을 돌봐주신 대가도 있습니다."

"아이구, 이거, 참. 이를 어쩌나."

스님이 손사래를 치면서 안 받겠다고 하였으나 윤 원장이 재차 말하면서 차 탁자에 올려놓았다. 스님은 무심결에 봉투를 받아서 돈을 꺼냈는데 띠지가 둘러진 오만 원짜리 두 묶음이다. 한 묶음이 5백만 원이고, 두 묶음이니 천만 원이나 되는 거금이다. 스님은 송구스러워서 어쩔 줄을 몰라 "나무아미타불 관세음보살"을 말하고, 옆에 있던 서미경도 놀라 "어머머~" 하고 나직이 비명 소리를 냈다. 윤 원장이 또 같은 말을 하면서 받기를 원하니 스님은 마지못해 합장을 하면서 "나무아미타불 관세음보살"를 말했다.

'이 사람이 내가 부모님처럼 모시고 있다는 주지스님에게 확인 도장을 받으려는 구나.'

서미경은 부모님에게 허락을 받듯이 주지스님에게 허락을 받으려는 것이란 생각이 들었다. 어찌 되었든 잠시 실랑이 같은 작은 소란이 있은 후, 둘은 자리에서 일어났다. 스님이 절 입구까지 따라 나오면서 배웅을 했다.

"저에게 조금 더 생각할 시간을 주세요. 급히 한 밥이 선다고 하잖아요."

"아, 참. 그런 말도 있지요. 저도 그렇지만 우리 애들을 위해서라도 빨리 결정을 하시면 좋겠습니다."

"아무리 그래도 중차대한 인생사인데 섣불리 결정할 수 있나요?"

"차 왔을 때 얼른 타셔야 합니다. 놓치면 못 타요."

"호호호. 다음 차 타면 되지요."

"그런가요? 내일은 시간되시나요?"

"저녁마다 피트니스 클럽에 나가서 운동하는데 요즘 며칠 빠졌어요. 내일은 꼭 나가봐야 합니다. 너무 쉬면 근육도 빠지고 힘도 더 들어요. 원래 운동선수들이 48시간 이상 운동을 쉬면 안 된다고 하잖아요."

"그럼, 모레쯤 확답을 받기로 해요."

"너무 성급하게 생각지 마시라니까요. 제가 마음 결정을 하면 아무 때라도 연락드리겠습니다."

서미경이 이렇게 답변하니 윤 원장은 애가 타서 입안에서 단내가 다 났다. 둘은 애프터 없이 헤어졌다.

♡ 말싸움. 5월 27일, 화요일.

둘은 지난번의 일식집이 아니라 또 다른 일식집에서 만났다.

'터틀' 일식집인데 'Turtle'이 바다 거북이로 장수의 상징이라고 한다. 그래서 사장이 '터틀'로 간판을 내걸었다고 한다.

여긴 각 테이블마다 사람 키 높이만큼 칸막이가 쳐져 있어서 안에서 무슨 일을 하는지 일부러 문을 열기 전에는 밖에선 알 수 없다. 홀 종업원들도 밖에서 노크를 하던지, 음식 나왔다는 멘트를 하고 들어왔다. 윤 원장이 여길 찾은 이유는 칸막이가 되어 있어서 조용한 대화도 나눌 수 있기 때문이다. 찬 음식인 스시에 따끈한 사케가

궁합이 아주 잘 맞기도 했다. 따끈한 사케 한 잔이면 순식간에 취기가 올라서 기분이 사뭇 고조되는 것이다.

윤 원장이 먼저 와서 기다리는데, 오 분도 채 안 되어 서미경이 화장을 하고 나타났다. 전에는 진하지 않은 입술연지를 바르고 나왔는데 지금은 선홍색 연지를 발라서 한마디로 요염하고 섹시하게 보였다. 얼굴 화장을 해서 그런지 그냥 봐도 예쁜 얼굴인데 꼭 조선시대의 미녀도 그림에서 미녀가 튀어나온 듯하였다.
윤 원장은 가슴이 두근거리었다.

"일찍 오셨네요."
"예, 차가 막히지 않아서 오 분 전쯤에 왔습니다. 여기가 분위기 좋다고 소개되어 있어서."
"호호호, 고마워요. 덕분에 명품 맛집 탐방을 하게 되었습니다."
"아니죠. 제가 서 선생 덕분에 이런 델 찾아오지 나 혼자서 오겠어요? 제가 더 고맙지요."
둘은 이렇게 서로 인사를 하면서 대화를 시작하였다.
"지난번에 드신 사케 괜찮겠지요? 스시엔 소주보다 사케가 어울립니다."
"네, 좋더라구요. 뒤끝도 깨끗하고, 하지만 전 술을 많이 못 마셔요."
"저도 많이 못 마셔요. 하지만 두세 잔은 거뜬합니다. 서 선생님도 아마 두잔 정도는 괜찮을 겁니다. 금세 기분이 고조되고 금세 깨요."

"사케잔은 소주잔이 아니라 컵으로 주던데요."

"아, 보통은 그런 잔을 주지요. 도수가 약하니까. 소주잔으로는 감질납니다."

"그렇군요."

이렇게 해서 윤 원장은 홀 서빙을 불러 히레 사케를 너무 뜨겁게 하지 말고 그냥 훌훌 불어서 마실 정도로 데워오라고 시켰다. 서빙은 곧바로 히레 사케 두 잔을 날라 왔다. 안주는 미리 가져다 놓은 몇 종류의 마른안주와 과일, 익힌 번데기 등이 나왔다.

"우리 아직 서먹서먹하니 한 잔씩 합시다. 약간 취기가 오르면 말문이 트입니다. 머리도 잘 돌아가요."

"호호호. 취중에 무슨 말씀을 하실 모양이네요. 저도 컨디션 좋으면 수다가 많아지는 여자예요. 말싸움에 지지 않을 걸요?"

"정말요? 전 말주변이 좀 없어서 용기를 내려고 먼저 한잔 하자고 제의한 것입니다. 자칫하다가 패하겠는데요. 하하하."

"길고 짧은 것은 대어봐야지요. 억지로 우기지 말고 조리 있게 대화하면 진위는 금방 가려지기 마련입니다."

이렇게 해서 윤 원장은 지난번에 한 얘기를 재탕으로 했다. 재력을 과시할 목적으로 재산 형성과 규모를 대강 설명했다.

조상님 덕분으로 충청도 시골 땅이 신도시로 개발되면서 수십억을 보상받았다. 위로 누님이 한 분 계셨는데 여자는 출가외인이어서 친정의 일에는 관여치 않는다. 아들이 제사를 모신다고 하여 누님 4,

윤 원장 6의 비율로 상속을 받았다. 큰돈이어서 다른 데에 투자하지 않고 건물에만 투자했는데, 지금 병원 빌딩을 분양할 때 5, 6, 7층을 분양받고 신축 아파트 45평을 분양받았다. 이비인후과 병원은 6층이고 7층은 낮에는 카페이고 저녁때는 퓨전 레스토랑으로 운영되는데 월세를 주어서 매달 육백만 원을 받는다. 5층은 피부과에 세를 주었는데 여기도 매달 육백만 원의 월세를 받는다. 피부과가 이비인후과보다 더 돈을 버는 것 같다. 왜냐하면 환자가 아니라 손님이 많은데 건강보험이 적용되지 않는 진료가 많아서 매일 떼돈을 버는 것 같다고 나름대로 크게 과시하지 않고 대략 말했다.

이렇게 하여 말싸움 1차전에서 윤 원장이 1점을 앞서 득점해서 윤 원장 1점: 서미경 0점인 꼴이 되었다.

"세상에서 제일 무서운 남자들이 돈으로 여자의 환심을 사려는 겁니다. 돈으로 여자들에게 접근하여 제멋대로 농락하다가 헌신짝 아니, 휴지조각처럼 버립니다. 돈 많은 할리우드 스타들이나 우리나라 돈 많은 재벌의 연예인을 보세요. 돈으로 여자를 사고파는 형국이잖아요. 이런 사람들에게 여자는 단순 노리개 감이예요. '백치 아다다'란 소설 읽어보셨을 겁니다, 교과서에도 소개되었지요. 지참금까지 주어서 시집을 보냈더니, 그놈이 돈을 벌게 되자 다른 여자를 데려옵니다. 그리고 홀대하여 여자는 할 수 없이 친정으로 쫓겨나지요. 그랬다가 여자 혼자서 살 수 없어서 늙어가는 총각을 찾아가 살림을 차렸는데, 이 사람이 섬으로 이사 가서 돈을 벌게 됩니다. 이때 아다다는 돈 때문에 또 다른 여자를 들이고 쫓겨날까봐 돈다발 뭉치를 바다에 뿌리잖아요. 뒤늦게 이를 안 신랑이 쫓아와서 아다다를 물에 빠뜨려 익사시키죠. 돈 많은 사람이 이렇게 여자들을 일회용 노리개로 이용한다는 겁니다."

말싸움 2차전에서는 서미경이 득점해 합 윤 원장 1점, 서미경 1점으로 동점이 되었다.

"그렇게 비약을 해서는 안 됩니다. 아다다가 그렇다고 해서 세상의 모든 여자들이 그렇게 이용당하지는 않습니다. 어떤 여자가 밤길에 못된 놈에게 겁탈을 당했다고 칩시다. 실제로 그런 일도 있구요. 그 여자는 심한 쇼크에 죽거나 아니면 죽지 못해 살 것입니다. 심리적으로 약한 여자지요. 그렇다고 세상의 모든 여자들이 밤길에 겁탈을 당합니까? 아닙니다. 99.999%의 여자들은 온전합니다. 지금 서 선생은 좋지 않은 과거를 가지고 침소봉대하여 평생을 자기 학대하고 있는 꼴입니다. 그렇게 심한 봉변을 당한 여자들도 극복하여 원만하게 새로운 사람을 만나서 과거를 잊고 살아가고 있습니다. 오히려 이런 여자들이 훨씬 더 많지요. 아니, 대부분이에요."

서미경이 듣고 보니 맞는 말이다. 이제까지 자신이 일순간의 과거에 너무 집착해왔던 것이 사실이었다. 약간의 자신감을 얻은 윤 원장은 다음 말을 이어 나가기 시작했다.

"돈이란 인체의 혈액과 같은 것입니다. 몸에서 혈액이 부족하거나 없다면 생명을 유지할 수 있나요? 이와 같이 현대사회에서 돈이 없다면 죽은 목숨이나 마찬가지인 것입니다. 서 선생이 곤경을 치르고도 죽지 못하고 살아 있는 것도 돈 때문입니다. 간호사 직업이 바로 돈이지요. 지금 서 선생은 돈이 아니라 남자 때문에 트라우마가 생긴 것입니다. 하지만 세상의 모든 남자들이 대부분 선량하지 불량 남자는 정말로 극소수이지요. 운 나쁘게 불량 남자를 만나서 트라우마가 생긴 것입니다. 이제 세월이 흐를 만큼 흘렀으니, 지난 과거는 다 잊고 선량한 남자를 만나면 인생 역전 되는 것입니다."

"……."

서미경이 듣고 보니 맞는 말이기에 뭐라고 답변을 할 수도 없어 고개만 떨구고 있었다. 말싸움 3차전에서는 윤 원장이 득점해서 윤 원장 2점, 서미경 1점이 되었다.

"세상이 이러니 과거는 잊고 새 생활을 합시다. 애들이 기다리고 있어요. 새엄마를 데려오라고, 볼 적마다 시달립니다. 엄마를 언제 데려오냐구요. 우리 애들 양육만 잘 시키면 됩니다. 그 이상 더 무엇을 바라지 않아요."

"요즘 애들 양육이 얼마나 힘든데요. 그 애들 대학교 졸업 때까지만 돌보아도 앞으로 이십 년입니다. 그럼 난 어떻게 되겠어요. 다 늙어서 쭈그렁 할매가 되고 맙니다. 이러나저러나 난 비참한 인생을 살게 되는 것입니다."

"아이고, 지나친 확대 해석입니다. 큰애 학부형 모임 때만 나가고 집 살림만 해주면 돼요. 큰 말썽은 없을 것입니다."

"남들 눈에는 그렇지요. 사람들 사는 게 영화 보듯 하니까요. 요즘 엄마들 정말 스트레스 굉장합니다."

말싸움 4차전에서 서미경이 득점을 해서 다시 동점이 되었다.

"아니, 어떻게 그런 것을 다 알아요? 혼자 산다면서?"

"혼자 살아도 보고 듣는 게 있으니 알아요. 병원에도 나이 먹은 조리사, 요양사들 많아요. 나도 나이 먹어서 간간히 어울려 대화를 하다 보면 정말 애 키우는 게 장난이 아닙니다. 그래도 예전보다는 좋아졌다고 하데요. 학교에서 점심식사 제공하지. 초등학교 경우엔 일주일에 한 번꼴로 학교에 다녔다고 합니다. 급식 당번, 교통지도 당번, 무슨 회의 참석 등으로 정말로 미쳐 죽을 뻔했다고 합니다. 오라는데 안 갈 수도 없지, 안가면 애들이 기죽어서 다니지. 아무튼 예전에는 그랬다는데 지금은 많이 양호해진 셈이지요. 하지만 애들이 또 다른 말썽을 피우기 일쑤여서 엄마들의 스트레스가 무지 많더군요."

"맞아요. 나도 그런 얘기 들었습니다. 애들 키우기 정말 어렵지요. 하지만 우리 애들은 DNA가 달라요. 큰애가 얼마나 영특하지 아시잖아요? 재혼하라고 조르는 딸이죠. 나중에 의과대에 보내서 내 후배 겸 후계자로 삼을 겁니다. 나는 남들처럼 늙어서까지 의사노릇하지는 않을 것입니다. 막내도 능력 있으면 의과대에 보낼 작정입니다, 아직 어려서 판단이 서질 않는데, 유치원에서는 영리하다고 합니다."

"병원 물려주고, 뭐하시게요?"

"지금 계획으로는 오십 중후반쯤에 은퇴해서 세계 여행을 다니려고 합니다. 영국 사람들이 노년에 크루즈 여행을 하려고 젊어서부터 저축을 한다고 합니다. 짧게는 3개월부터 6개월, 1년짜리도 있다고 합니다. TV에서 가끔 소개되잖아요. 엄청 큰 배에 수영장, 극장, 오락장, 식당 등이 다 있어서 그냥 수천 명이 타고 다니는 떠다니는 도시입니다. 이런 크루즈 여행을 하고 싶습니다. 시간이 더 나고 체력이 왕성하면 오지탐험도 해보고 싶고요. 그동안 꼼짝 못하고 공부만 하다가 의사 되고 나선 돈 버는 기계가 된 셈이죠. 의사가 무슨 큰 연구를 하는 것도 아니고 비슷비슷한 증세로 찾아오는 환자한테 비슷한 진료와 처방만 하잖아요."

"정말, 멋진 인생 설계네요."

서미경은 단번에 주눅이 들었다. 왜냐하면 그게 다 돈이기 때문이다. 자신은 죽자 살자 돈을 모아서 노년에 카페나 운영하면서 목구멍에 풀칠이라도 하려는데 윤 원장은 스케일이 커도 너무 커서 비교도 안 되었다.

말싸움 5차전에서는 윤 원장 3점, 서미경 2점이 되었다.

"그런 인생 계획과 애들 양육은 다릅니다. 양육은 이십여 년이고 크루즈 여행은 길어야 일 년이지요. 양육의 스트레스는 정말 굉장하다고 합니다."

"아이구 자꾸 그렇게 비약하지 마세요. 요즘은 세상이 좋아져서 애들 키우면서 부부도 할 것 즐길 것, 해외여행도 다 갑니다. 의사들도 휴가철에 모여서 해외여행도 다니고 취미생활도 더 고급스럽게 합니다. 그러니 많은 여자들이 의사와 결혼하려고 하잖아요. 저번에도 말씀드렸지만 상처하고 나서 마담들이 나타나서 이십여 명 정도를 소개받았어요. 갓 졸업한 여대생부터 의사, 해외 유학까지 다녀온 박사, 재벌가 딸 등 진짜 화려합니다. 하지만 난 그네들을 믿을 수가 없어요. 왜냐하면 애들 때문입니다. 내 인생과 우리 애들 인생을 함께할 반려자를 찾아야 했습니다. 그런 중에 우연히 선배인 샤니 병원장님에게 이런 말을 전했더니 될지 안 될지 모르지만 수간호사로 있는 서 선생을 소개해 본다고 했어요. 여기부터는 잘 알잖아요."

"그때, 사실 난 마음에 없었답니다. 독신으로 살겠다고 확고한 결정을 했었으니까요. 하지만 병원에서 제일 높으신 병원장님의 소개라 거절할 수가 없었습니다. 그래서 일단 만나보겠다고 해서 나간 것이 오늘까지 이어진 거죠."

"맞아요. 인연이라는 것이 어디서, 어떻게 이루어질지 아무도 모릅니다. 그러니 어서 빨리 용단을 내리세요."

"한 잔만 더 주세요. 아니 반잔만 주세요."

서미경은 대화를 중단하고 사케 반잔을 달라고 하여 윤 원장은 따끈한 주전자에서 반잔을 따라주었다. 아까보다는 식었지만, 이런 온도라면 술술 더 잘 넘어간다.

그렇게 둘은 사케를 더 마셨다. 서미경의 기분이 가라앉은 듯했다. 표정을 보니 아까의 밝은 모습은 찾아보기 어렵다. 어두운 먹구름이 깔리는 듯해서 윤 원장은 긴장해야 했다.

"그래도 난 무서워요. 남자가 무서워요. 내가 이렇게 살게 될 줄은 꿈에도 몰랐어요. 나도 남들처럼 결혼해서 아이 낳고 오순도순 재미있게 살고 싶었는데, 지금 이게 뭐예요. 내가 피땀 흘리고 골수를 녹이다시피 하여 남동생 둘을 가르쳤는데, 걔들은 지금 결혼해서 아이들 낳고 잘 살아요. 내 분신과도 같았던 동생들인데, 지금은 어쩌다 만나도 남들처럼 서먹서먹합니다. 같이 어울려보려고 해도 잘되지 않고 물에 기름 뜨듯 따로따로더군요. 그래서 가급적 만나지도 않아요. 아~, 정말 어떻게 살아야 하나."

서미경은 고개를 숙이고 눈물을 찍어내고 있었다. 술이란 게 그렇다. 기분이 좋을 때 술 한 잔 들어가면 기분이 더욱 고조되지만 우울할 때 술 한 잔 들어가면 기분이 더욱 가라앉는다. 그래서 술에 취해 우는 사람들이 많다. 지금 서미경은 기분이 매우 다운되어서 어쩔 줄 모르고 있는 것이다.

말싸움 6차전에서는 서미경이 득점하여 3:3 또 다시 동점이 되었지만 그게 문제가 아니었다. 윤 원장은 불안한 마음에 안절부절못했다.

서미경이 신음 같은 소리를 내면서 울고 있었다. 윤 원장은 오늘밤엔 뭔가 잘 풀릴까했는데 예상치 못한 복병을 만난 셈이었다. 그때, 윤 원장은 벌떡 일어나 서미경 옆에 앉더니 손을 잡았다. 미경은 반항하지 않고 주먹 쥔 손을 펴서 둘은 악수하듯이 손을 맞잡았다.

평상시 말수가 많지 않은 윤 원장은 그렇게 손을 잡고 있었다. 마음 같아선 안아주고 달래주고 싶지만 자중해야 했다.

"이래서 가족이 있어야 합니다. 혼탁해 보이는 세상도 알고 보면 건전한 가정이 있기에 돌아가는 겁니다. 밥에 돌이 몇 개 들어가 있다고 전체가 돌밥이 아닌 거죠. 돌 몇 개만 걷어내면 맛있는 밥이잖아요. 길가다가 똥을 밟았다고 칩시다. 그러면 똥 밟은 신발을 벗어내 버리면 그만입니다. 새 신발을 사 신으면 되잖아요. 지금 서 선생은 똥 밟은 신발을 계속 신고 다니니까 심신이 편치 않은 겁니다. 지금까지 버틴 것만 해도 용합니다. 몇 년 더 이런 상태라면 진짜 심각한 우울증이 와서 변변한 치료약도 없어요. 사회생활도 못 합니다. 툭하면 죽는다고 난리칩니다. 우울증 환자가 여자들에게 더 많아요. 혼자서 감당도 못하고 누구에게 자문도 제대로 못 받고 대인기피증에 걸려서 사람만 피하면 되는 줄 압니다. 그러다가 어느 날 갑자기 우울증, 대인기피증이 오고, 치매 환자처럼 기억도 희미해지고 이러면 갈 데는 한 군데밖에 없어요. 정신요양원이지요. 내가 의사라서 잘 압니다. 서 선생도 잘 알 거요. 정신병원에 들어가면 살아서는 나오기 어렵습니다. 처방약들이란 게 죄다 수면제 신경안정제 같은 게 들어가 있어서 종일 맥없이 멍 때리면서 있게 됩니다. 그러니 제발 정신 차리세요. 원효대사가 해골바가지에 있는 물을 마시고 득도했듯이 여기 사케 한 잔 더 마시고 깨우치세요."

평상시 별로 말이 없던 윤 원장은 일사천리 청산유수 격으로 말이 마구 쏟아져 나와서 자기도 은근히 놀랐다. 말 주변 좋았던 돌아가

신 어머니가 도와주시는 모양이라고 생각했다.

"말씀 잘하시네요. 그럼 이 사케가 해골바가지 물 같다는 건가요?"

"비약하면 그렇다는 거지요. 왜, 내가 한 말이 틀렸습니까?"

"그렇게 생각하면 다 맞지요. 그런데 항상 이론과 현실이 다르다는 거 모르시나요? 그래서 논문 쓸 때도 '무슨무슨 이론과 실제'라는 제목이 많잖아요. 아무튼 새겨들을 만한 진언이었네요."

"지금 서 선생이 오길 애들이 눈 빠지게 기다리고 있어요."

"아이참, 내가 보모도 아니고, 이를 어째."

"보모가 아닙니다. 정식 애들 엄마가 되는 거예요. 가족이 되는 겁니다. 저에겐 아내가 되구요."

"이런 늦은 시간에 애들은 어떻게 지내나요?"

"지금 시간은 도우미가 있어요. 오늘밤 자고 가라고 했습니다."

이러면서 윤 원장은 파출부 이야기를 하기 시작했다. 전처가 아이를 낳고 집안 살림을 돌봐줄 파트타임 도우미를 구했는데, 지금의 아줌마다. 이분이 나이를 먹어서 지금 오십 중반인데, 일찍이 남편 잃고 외동아들만 키운다고 했다. 이렇게 지내다 보니 한 식구처럼 정이 들어서 애들도 할머니라고 하면서 잘 따르는데 집이 워낙 궁색해서 그 아들 대학교 진학할 때 학비도 보태주고, 말로는 파트타임제 도우미지만 월급을 주는 식으로 가정부나 마찬가지라고 했다. 서 선생이 집에 오게 되면 그분을 계속 써도 되고 안 써도 되는데 지금도 집안 형편이 그다지 좋지는 않다고 했다. 대학교 졸업한 아들이 변변한 직업이 없어서 그 아들이 자리를 잡을 때까지 만이라도 계속 써야 한다고 했다. 그러면 양쪽이 모두 이득이고 살림을 해보지 못한 서 선생에게도 심신의 여유가 생길 것이다.

"듣고 보니 봉사정신이 많네요. 대자대비한 부처님 같아요."

"하하하. 그 정도는 아니죠. 그것 말고도 매달 유니세프를 통해서 기아와 빈곤에 빠진 아이들을 후원하고 있답니다. 우리 의사들 모임에서 돈을 모으고 있는데 어느 정도 모이면 네팔 오지에 초등학교를 세우려고 계획하고 있습니다."

내친김에 윤 원장은 또 자랑질을 해댔다. 서미경이 듣기에는 아주 좋은 말들인데, 그 이면에는 돈이 많이 들어간다는 것은 감지하지 못했다. 서미경이 문득 잡힌 손을 빼면서 "누가 내 손 잡으라고 했어요?"하니, 윤 원장이 손을 놓고 자리를 옮기려 하면서 말하였다.

"아까 서 선생이 너무 격앙되어서 나도 모르게 잡았습니다. 죄송합니다."

"호호호, 괜찮아요. 내가 뿌리치지 않았으니 승낙한 것입니다. 이리 앉으세요. 옆에서 말하니 작은 목소리로 얘기하게 되어 좋네요."

"그렇지요. 그럼 이대로 옆에 앉겠습니다."

윤 원장은 머쓱한 표정을 지으면서 다시 옆에 앉았다. 손은 잡지 않고 몸만 조금 돌려서 서미경을 바라보았는데 취중이라 그런지 아까보다 훨씬 아니 백배는 더 예뻐 보였다. 양 볼에 작은 보조개도 있어서 한없이 귀여웠다. 여자들이 보조개가 귀엽다고 성형수술까지 한다는데, 서 선생은 자연산 보조개가 있었다. 엄밀히 따진다면, 양

볼에 생기는 보조개는 아니고 입꼬리 끝에 살짝 오목하게 들어가는 모습이었다. 혼이 빠진 윤 원장은 그것도 보조개처럼 보였다. 아무튼 심리적으로 첫사랑에 빠진 윤 원장은 배를 사과라 말해도 믿을 지경이었다. 게다가 시원스레 큰 눈에 자연산 쌍꺼풀을 가지고 있으니 정말로 선녀가 강림한 듯했다.

"서 선생, 벌써 여러 번 말했지만, 지난 과거가 현재와 미래의 발목을 잡을 수는 없습니다. 과거는 잊고 지금부터라도 새 출발합시다. 아직 이 세상에는 나쁜 사람보다 좋은 사람이 훨씬 더 많습니다. 그러니까 세상이 돌아가지요."

"이제 다 알아들었어요. 아니, 다 외울 지경이에요. 그럼 제가 마지막으로 제 신체 결함에 대해서 말하겠어요. 그래도 괜찮은가요?"

"에엥? 무슨 신체결함이요? 이렇게 균형 잡힌 몸에 금강불괴 같은데 어디가 어떤데요?"

"네에? 금강불괴요? 호호호. 그게 무슨 말인가요? 로보트 이름 같기도 하고."

"아, 그거요. 로버트 이름이 아니라 무협소설에 나오는 용어입니다. 금강불괴(金剛不壞)란 몸이 금강석 즉 다이아몬드처럼 단단해서 어떠한 공격에도 다치지 않는 몸을 말합니다."

"옴마나, 그런 용어가 다 있네. 무협소설을 많이 읽으셨나 봐요?"

"어려서 조금 읽었지요. 아무튼 어디가 아프신가요?"

"아픈 건 아니고요. 아이참, 내가 이런 말까지 해야 하나, 말아야 하나."

"하서야지요. 같이 살려면 상대방을 다 알고 있어야지요. 병원에서 고칠 수 있으면 병원으로 가고요."

"아이참, 망측스러운데. 괜히 말을 꺼냈나 봐요."

서미경은 후회를 하듯 말하고, 윤 원장은 그게 무엇인지 궁금하기 짝이 없었다. 둘은 잠시 밀고 당기기 식의 줄다리기 끝에 서미경이 입을 열었다.

"코너에 몰려서 더 이상은 빠져나갈 틈이 없어서 사실대로 말합니다. 제 몸 상태를 알고 나서 실망하지 마세요."

"아니 그게 뭔데요? 어서 말이나 해보세요."

"사실은 제가 오랫동안 금욕생활을 하다 보니 여자의 감각을 잃어버린 것 같아요. 석녀가 된 것 같아요. 석녀 아시죠? 불감증이란 말입니다."

"예에? 그거예요? 난 또 무슨 중한 병인 줄 알았네. 내가 고쳐드립니다. 사람으로 인한 병은 사람으로 고쳐야지 어떤 약물도 필요 없습니다."

"호호호, 진짜 자신만만하시네요."

"그럼요. TV나 유튜브에서 학대받고 유기된 개들 보셨지요?"

"네. 사람 그림자만 보면 도망치잖아요."

"맞아요. 그런 개들이 얼마나 사람이 무서웠으면 사람 그림자만 봐도 도망치겠습니까. 그러다 어찌어찌하여 사람들에게 구조되어 보살핌을 받습니다. 처음에는 마구 짖기만 하고 거부하다가 어느 때부터는 사람을 따르잖아요. 사람을 좋아하고 다시 따르게 되면 누군

가 또 분양해 가잖아요. 이게 바로 치료법입니다. 지금 서 선생은 사
랑이 부족해요. 아니, 없다시피 합니다. 사랑이란 남에게 받기도 하
지만 주기도 하는 것입니다. 내가 생각해볼 때, 서 선생은 그동안 심
신에 실드를 치고 있었기에 몸과 마음에 모두 사랑이 필요합니다."

　서미경이 듣고 보니 맞는 말 같다. 아니 맞는 말이다. 그동안 의식
적으로 외부 남자와 단절을 하고 살았으니 말이다.

　"의학자라 정말 아시는 게 많네요. 듣고 보니 맞는 말 같습니다."

　"그러니, 제발 내 말을 믿으세요. 잊을 것은 잊고, 고칠 것은 고치
면 진짜 현대판 선녀로 거듭납니다. 제가 장담합니다."

　"호호호. 되건 안 되건 자신감 있으신 게 보기 좋아요."

　"아, 그러믄요. 한 달 안에 아니 어쩌면 보름 안에 석녀를 치료해
드리겠습니다."

　"아이구야. 제가 그동안 몇 번이나 성급하게 한 밥 선다고 말씀드
렸는데, 지금은 아예 우물가에서 숭늉 찾는 격입니다."

　"하하하. 그런가요?"

　이렇게 해서 둘의 분위기는 점점 더 좋아지고 있었다.

　"원장님, 어렸을 때 개울에서 맨손으로 물고기 잡아보신 적 있으
시죠?"

　"그럼요. 맨손으로도 잡고, 족대로도 잡아보았지요."

　"족대 말고 맨손으로요. 물고기가 손 안에 들어왔을 때 쉽게 잡히
던가요?"

　"하이구, 걔들이 얼마나 동작이 빠른데요. 손에 들어온 것 같아서

얼른 떠올렸는데도 빈탕일 때가 많죠."

"호호호. 맞아요. 지금 원장님은 제가 손안에 들어온 물고기처럼 생각하고 계신 듯합니다. 하지만 어느 순간에 물속으로 도망칠지 몰라요."

"그런 뜻이에요? 아, 난 지금 정말 최선을 다하고 있는데, 더 이상 무엇으로 설득을 해야 합니까?"

"저에게 생각할 시간을 조금만 더 주세요."

이러니 아무리 애가 타는 윤 원장이라도 그렇게 하라고 동의하는 수밖에 없었다.

"얼마나 기다리면 됩니까? 한 달? 두 달? 아니면 며칠?"

"이제 원장님의 의향은 다 알아들었으니까 내 차례요. 내가 이런 조건에서 과연 새 삶을 살 수 있을까, 재차 삼차 심사숙고해 보겠어요."

"그렇게 하세요. 결정되면 문자로 두 글자, '결혼', 아니면 'ㄱㅎ'그것도 귀찮으면 영어로 한 글자 'W'자, 웨딩의 더블유입니다. 이 글자만 보내시면 됩니다."

"호호호, 재밌어라. 싫으면요?"

"싫어도 할 수 없지요. 한글 ㄴ, 영어로 N으로 보내시면 됩니다."

"알았어요. 오래 시간 끌 일은 아니니 삼일만 시간을 주세요."

"그러시지요."

이렇게 해서 윤 원장은 천신만고 끝에 서미경에게 반승낙 정도는 받아놓은 셈이 되었다. 둘은 늦었다면서 각자 택시를 타고 집으로 향하였다.

♡ 안아 줘요. 삼일 후, 5월 30일 금요일.

'오늘 저녁에 뵙고 싶어요.'

서미경에게서 문자가 왔다.

'엊그제 거기 터틀, 7시.'

윤 원장은 기쁜 마음에 즉답을 보냈다. 터틀 사장의 말대로 거기에서 사랑 고백하면 100% 성사되고 100년 사랑을 하게 된다고 하더니만 일이 순조롭게 되어가기에 그리로 정한 것이다.

터틀에 도착했더니 사장이 인사를 하면서 지난번에 성과가 있었느냐고 물었다.

"진도가 조금 나간 것 같네요."

"오호, 축하합니다. 내가 오늘 특별한 칵테일 한 잔씩을 드릴게요. 내가 개발한 칵테일이라서 이름도 '터틀 러브'라고 정했습니다. 이거 작은 잔으로 한 잔만 마셔도 기분이 엄청 좋아집니다."

"그럼 혹시, 최음제 들어간 거 아닌가요? 저분이 병원에 있어서 그런 거 다 알아요. 자칫하다가 다 된 밥에 재 뿌리면 안 됩니다."

"절대 아닙니다. 중동 부호들이 쓰는 향신료를 약간 첨가하고 보드카와 럼주가 주원료에요. 인체에 무해한 것입니다."

"아하, 그래요? 비싸겠네요."

"이거 원래 작은 양주잔에 3만 원에서 5만 원까지 받습니다. 그런데 사장님에겐 4만 원에 두 잔 올리지요. 원가가 비싸요. 구하기도 어렵고."

"그럼, 칵테일만 마시나요?"

"칵테일 마시고 따끈한 사케 한 잔을 마셔야 쉽게 오릅니다. 걱정 안 해도 돼요. 몸과 얼굴이 조금 일찍 달아오르는데 기분이 상당히 좋아져서 상대방이 무슨 말을 해도 다 들어줄 정노입니다."

"하하하, 알겠습니다. 밑져야 본전이니 이따가 두 잔 보내세요."

"네네. 감사합니다."

윤 원장과 사장은 입구에서 이런 말을 하고 먼저 윤 원장이 룸에서 기다렸는데 오 분도 채 안 되어서 밝은 모습의 서미경이 바지차림으로 나타나서 인사를 했다.

둘은 사사로운 이야기로 시간을 보냈다. 그리고 뜸을 들이던 서미경이 아이들을 보고 싶다고 하였다. 윤 원장은 크게 기뻐하면서 이번 일요일 점심때 애들과 상견(相見)도 할 겸 점심을 먹자고 하였다. 장소는 윤 원장이 정한다고 하였다.

집에 오니 아이들은 하루하루 눈이 빠지게 새엄마를 기다리고 있었다. 윤 원장은 이제까지 과정이 마치 에베레스트 산을 오르는 것만큼이나 힘들었는데, 아이들은 그저 시장에서 장 봐오듯 새엄마를 데려오는 줄 알고 있어서 실소를 금치 못했다. 도우미 아줌마 역시 엄청 기대하고 있었다.

"얘들아, 잠시만 기다려봐. 연속극 보면, 데이트하고 양갓집 허락

받고 그러는데 서로 싸우기도 하면서 일 년도 넘게 가잖아. 너희들이 이해를 해야 한다. 지금 아빠도 무지하게 노력하게 있으니까, 보채지 마라. 응?"

"그런 거예요? 이쁜 새엄마가 빨리 와야 할 텐데. 학교에서 부모님 모시고 오라는 알림장을 오늘도 가져왔어요."

"응, 괜찮아. 내가 담임 선생님에게 전화 드렸어. 당분간 학부형 모임에 아무도 못가니까, 그리 아시라고. 무슨 꼭 필요한 연락사항 있으면 나에게 직접 전하라고 했으니까 걱정 마."

"네."

"이번 일요일 점심때 새엄마 될 분과 같이 점심을 먹기로 했다. 너희들도 함께 가는 거야. 얌전하게 굴어야한다."

윤 원장은 토요일쯤 말을 하려고 했는데, 애들이 보채다 보니 저절로 말이 튀어났다. 애들은 소리를 치면서 좋아하였다.

♡ 6월 1일, 상견 점심.

서미경은 연락받은 ○○○거리에 있다는 BB스테이크를 찾았다. 여직원의 안내로 약속된 자리로 갔는데, 윤 원장이 아이들 두 명을 옆에 앉혀놓고 기다리고 있었다.

"안녕하세요. 일찍 나오셨네요."

"방금 도착했습니다."

초등학교 1학년이라는 딸은 약간 큰 눈에 둥글면서 갸름한 얼굴로 영리해 보이고, 다섯 살 배기인 아들은 귀엽게 보였다.

"안녕하세요."

딸이 먼저 인사를 했다.

"반갑다. 이쁘구나. 이름이 뭐니?"

"윤은미. 여덟 살입니다. 동생은 윤동훈이고 다섯 살입니다."

"뭐어? 호호호. 한꺼번에 다 대답하네."

"네, 어른들이 물어보는 순서가 다 똑같아요."

이 모습을 본 윤 원장도 대견스러워서 미소를 짓고 있었다. 미경은 은미와 학교생활에 대하여 사사로운 대화를 나누기 시작했다. 은미는 긴장을 한 탓인지 또박또박 말대답을 하고 있었다. 마치 면접시험을 보는 듯했다.

그렇게 몇 마디를 나누는데 은미가 불쑥,

"새엄마가 되어 주세요."라고 말을 하지 않는가.

"호호호. 조금만 더 생각해보자."

기습 물음에 미경은 당황하여 말하였다.

곧바로 비프스테이크가 날라져왔다. 아이들은 고기를 칼로 잘라야하는데 이게 쉽게 잘라지지 않아 윤 원장이 대신하고 있었다.

미경이 얼른 아이들 고기 접시를 가져다가 능숙한 솜씨로 깍둑썰기를 해 아이들 앞에 놔줬다. 이런 일은 남자보다 여자가 잘한다. 요리를 하느라 그만큼 칼을 많이 써보았기 때문이다.

"고맙습니다."

아이들이 인사했다.

"고마워요. 서 선생."

윤 원장도 감사의 인사를 했다. 이렇게 넷은 고기를 먹으면서 이런저런 이야기를 했다. 당연히 학교 이야기를 많이 하게 되었는데 말하는 도중에 딸이 또 새엄마가 되어 달라고 부탁했다. 학교에서 엄마를 모시고 오라고 할 때가 많은데 자기만 엄마가 없다면서 그럴 때마다 울기만 했단다. 서미경은 이에 또 확답을 못하고 얼버무렸다.

후식으로 아이들은 과일을 먹고, 윤 원장과 서미경은 커피를 마시는 중이었다. 그때에 동훈이 졸린 지 벌떡 일어나더니 미경의 옆으로 왔다.

"안아줘요."

"어? 그래."

미경은 얼떨결에 동훈을 무릎에 앉히고 안아줬다. 동훈의 돌발적인 행동에 윤 원장과 은미는 당황스럽고 놀라서 입을 다물지 못하였다.

"애가 엄마 품이 그리운 모양이네요."

"예, 아직 어려서. 지금도 자다가 엄마를 부르면서 웁니다."

"애들이 그렇지요."

미경은 동훈을 안고 있는데, 전혀 어색하지 않았다. 마치, 엄마가 된 기분이었다. 정상적으로 결혼하여 아이를 낳았으면 동훈이 나이쯤 되었을 것이다. 자신도 애들 엄마와 동갑이라고 하지 않았나. 동훈은 금방 단잠에 빠졌다.

윤 원장은 서미경에게 안겨있는 동훈을 보자 눈가에 눈물이 맺혔다.

"아빠, 울지 마."

이런 일이 처음이 아닌 듯 은미가 재빨리 티슈를 꺼내 아빠의 눈물을 닦아주는데 저도 따라 운다. 서미경도 눈물 바이러스에 감염되어 눈시울을 적시었다.

'이 아이들에겐 내가 절실히 필요하다.'

서미경은 그런 생각이 들었다. 하지만 결혼하겠다는 말이 입 밖으로 나오지 않았다. 왜 그런지 모르겠다. 자라 보고 놀란 가슴 솥뚜껑 보고 놀란다고 예전의 아픈 상처가 아직 씻기지 않은 모양이다.

그들은 얼마 동안 식당에 더 있다가 나왔는데, 윤 원장이 자는 동훈을 안아서 차로 데려갔다.

"원장님, 제가 시간 날 때 연락드리겠습니다."

"네. 오늘 정말 감사합니다."

서미경은 오만가지 생각을 하며 헤어지려는데, 은미가 옆에 와서 새엄마가 되어 달라고 또 부탁했다.

♡ 결혼 결심.

집에 돌아온 서미경은 마음이 싱숭생숭하면서 안정이 되질 않았다. 윤 원장도 그렇지만 자꾸 아이들이 생각났기 때문이다.

'저승에 있는 전처가 나를 점지했나? 아니면, 부처님이 나를 점지했나? 이상하게 엮인 인연이다. 아이들에겐 지금 내가 절실하게 필요하다. 얼마나 엄마 품이 그리웠으면 처음 보는 내게 와서 안아달라고 하면서 잠이 들었을까.'

서미경은 생각하면 할수록 가슴이 먹먹하기만 했다. 하루를 그렇게 보내고, 다음날 새벽 4시경에 서미경은 스마트폰을 꺼냈다.

'제 실정 다 말씀드렸고, 신체 결함도 말씀드렸습니다. 이에 수긍하신다면 결혼하겠습니다.'

'고맙습니다. 감사합니다.'

이 시간에 윤 원장도 깨어 있었는지 즉답이 왔다.

'결혼식은 7월 말 하계 휴가 때 올리고 신혼여행을 가는 것으로 하겠습니다.'

'네, 감사합니다. 모든 일정을 원장님에게 일임합니다.'

"거듭 감사드립니다."

이렇게 카톡을 보냈는데, 그제서야 마음이 후련해지기 시작했다. 마치 고3 학생이 수능시험을 본듯이 마음이 놓인 것이다. 이제 서미경은 주변 정리를 하고 두 달 후에 식을 올리면 윤 원장의 집으로 들어가는 것이다.

새벽에 문자를 주고받은 윤 원장은 점심 무렵이 되어서야 뭔가 걸리는 게 있었다. 결혼 날짜를 하계 휴가 때로 정했는데, 이는 신혼여행을 고려해서 그렇게 한 것이다. 잘못 생각했다는 것을 깨달았다.

아이가 없는 신혼부부라면 몰라도 윤 원장의 아이들은 하루라도 빨리 새엄마가 집에 오기를 기다는 중이었다.

오늘이 6월 3일이니까, 7월 말이면 두 달을 더 기다려야 하는 것이다. 윤 원장은 생각을 거듭하다가 서미경에게 카톡을 보냈다.

'할 말을 빼놓은 것이 있으니, 오늘 저녁에 잠깐만 봐요.'

'무엇인데요?'

'만나서 말씀드립니다. 잠깐이면 됩니다.'

'으음. 그러세요.'

그날 저녁 7시에 둘은 미르 경양식집에서 만났다.

"아무래도 결혼 날짜를 잘못 잡은 거 같아요."

"아니 날짜가 하계 휴가라면서요?"

"그랬지요. 그런데 생각해보니 날짜가 넘 멀어요."

"그게 뭐가 멀어요. 예식장 계약하고, 준비하고 그러다보면 다들 6개월 이상 걸린다던데요."

"그런 사람들이 대다수지요. 그런데 우린 단출하게 식을 올리자면 규모가 작지만 알차고 좋은 예식장을 충분히 계약할 수 있습니다. 당장 내일부터 알아보겠어요. 요즘 하객들이 적어서 미니 결혼식장이 유행이라잖아요. 그건 문제가 되질 않아요."

"그렇다고 치고 저에게도 시간을 주셔야 마무리를 하지요. 병원에 사표도 내야하고 개인적으로 정리할 일도 있잖아요."

"하참, 요즘 병원 간호사들 그만두어도 컴퓨터에 다 자료가 있으니 별달리 인수인계 할것도 없습니다. 그리고 내가 선배님에게 전화를 먼저 할까요? 수간호사 그만두면 대개가 그 아래 후배가 수간호사로 올라서던데요. 안 그런가요?"

"맞아요. 전화를 하는게 도리가 아니지요. 내가 올라가서 뵙고 말씀드려야지요."

"그러니 간호사 일도 별 할일 없네요."

"집도 정리해야지요."

"집요? 원룸에서 혼자 산다면서요. 거기서 가져올 거 없습니다. 개인 물품만 가져오면 됩니다. 숟가락 하나 들고 올 거 없어요. 집에 다 있습니다. 전에 쓰던 침대와 이부자리만 새것으로 바꾸려고 합니다. 살림살이는 다 있으니 그냥 몸만 온다고 생각하세요."

"결국은 먼저 들어와서 살라는 것이군요. 내 원 참. 유도심문에 그대로 걸려들었네."

"아이구, 죄송합니다. 이왕 이렇게 된 거 사전에 먼저 동거를 하는 것도 좋을 것 같습니다. 예식장만 예약되면 당장 토요일이라도 식을 올리고 싶은데 그렇게까지는 안 되고 여러 사정을 참작해서 예식은 7월 말로 하고 먼저 집으로 오면 애들도 무지하게 좋아할 것입니다. 철부지 애들이라 오늘도 조르더군요. 새엄마 언제 오시냐구. 엊그제 만난 이후로 서 선생이 당연히 새엄마인 줄 알고 있어요. 새엄마가 학교에 가면 우리학교에서 제일 이쁜 엄마가 될 거랍니다. 큰애는 지금 기대에 부풀어 있어요."

"호호호. 애들다운 생각이네요."

"그리고 집에 엄마뿐 아니라 아내가 있어야 합니다. 서 선생을 알고부터 집에 가면 쓸쓸해서 죽겠어요. 옆에 누군가 있어 줘야 하는 데. 여자가 있어야 해요."

여자가 있어야 한다는 말에 서미경은 피식, 웃음이 터져 나왔다.

"저, 여자 아니에요. 지금 여자구실을 할지, 못할지도 모르는데."

"그건 괜찮아요. 제가 장담하고 고칩니다. 이비인후과 전공이지만 다른 과도 알만큼 다 알아요. 그것보단 온기 있는 여자 사람이 침대에 같이 있어야 합니다."

"호호호. 저번부터 말주변이 많이 느셨어요. 임기응변 말 돌리기 선수네요."

"하하하. 저절로 머리가 그쪽으로 돌아가는 모양입니다. 이왕 결정하신 거 다시 한 번 용단을 내려주세요. 지금 병원 그만둔다면 그 많은 시간을 어떻게 보냅니까, 심심해서? 바쁘게 산 사람들은 바쁘게 살아야 됩니다. 낮에는 애들 없으니 얼마든지 하고 싶은 일 다 할 수 있어요. 오후엔 도우미 아줌마 오니까, 시간도 충분합니다."

"아이참, 아직 마음의 준비가 다 안 되었는데, 이를 어쩌나."

서미경은 혼잣말을 하는데 옆에서도 다 들렸다.

이때부터 서미경은 장고에 들어갔고, 윤 원장도 덩달아서 묵묵히 앉아 있다가 애꿎은 맥주만 벌컥벌컥 들이켰다. 시간이 정지한 것만 같은 느낌이 들 정도로 한참을 생각하던 미경이 드디어 입을 열었다.

"좋아요. 내가 일찍 들어가는 대신에 혼인신고 먼저 해주세요."

"아~, 그거요? 그냥 둘이 가면 됩니다. 신분증 가지고 동사무소에 가면 됩니다."

"혼인신고를 해주면 동거부터 하고 식을 올리겠어요."

"당장 하죠. 오늘이 화요일이니까, 내일 점심때 잠깐 나오세요. 아이니동 동사무소로 나오세요."

"몇 시까지요?"

"공무원들은 점심시간에 교대로 근무하니까, 오후 1시까지 나오실 수 있겠어요? 우리 병원 점심시간이 12시 30분부터 2시까지인데 오후 진료를 30분 정도 늦추면 2시간 확보됩니다. 가능하신가요?"

"점심시간이 우리와 같네요. 저도 점심 외출로 해서 1시간 정도 늦게 들어갈 수 있어요."

"그럼 되었어요. 일사천리로 다 처리합시다."

"뭘요?"

"혼인신고랑 집에 들어오는 날짜까지 다 정합시다. 서 선생이 정리할 시간도 며칠이면 충분할 테니까, 이번 주 일요일에 오는 것으로 합시다."

"호호호. 정말 급하시네요."

"쇠뿔도 단김에 빼라는 옛말이 있잖아요. 지금 정한 마음이 변하기 전에 다 해치워야지요. 변덕 많은 여자 마음이라는데 변하기 전해 처리해야 합니다."

"호호호. 코뿔소가 돌격하면 앞만 보고 뛴다더니, 지금 꼭 그런 형국이에요."

"난 지금 코뿔소가 되어도 좋고, 성난 황소가 되어도 좋습니다. 하하하."

윤 원장은 너무 기뻐서 춤이라도 덩실덩실 출 지경이었다.

다음 날 점심때,

서미경은 약속시간에 맞춰 아이니동 동사무소에 나타났다. 윤 원장과 함께 혼인신고를 마치고 점심은 근처의 분식집에 가서 김밥과 라면으로 요기했다. 둘은 처음으로 이런 분식집에 왔는데, 미경이 매우 즐거워했다. 꼭 대학시절 때 친구들과 오던 기분이라고 했고, 윤 원장도 그런 기분이라고 동조했다.

그날 오후, 윤 원장은 호텔을 예약했다. 일요일에 집에 오기로 했으니 토요일 밤을 그들의 첫날밤으로 잡은 것이다. 우리나라 사람들은 잘 모르지만, 외국인 신혼커플이 이용하는 고급 룸이다. 쇼핑센터, 음식점 등 원스톱으로 모든 것을 다 해결할 수 있는 고급 호텔이었다.

♡ 6월 7일, 호텔에서의 첫날밤.

토요일 오후 4시경, 둘은 엘 호텔의 쇼핑센터에서 만났다. 서미경은 처음 와보는 고급 쇼핑몰에 어리둥절해하면서도 아이쇼핑에 여념이 없었다. 윤 원장은 그런 미경을 데리고 다니면서 속옷부터 겉옷, 핸드백 및 반지, 목걸이 등의 일체를 다 사주고 입던 옷은 택배로 부쳐달라고 했다.

의상실 사장들은 한결같이 미경을 미인이라고 추켜세우면서 "하늘에서 선녀가 내려왔어요.", "동양 미인도에서 미인이 튀어나왔어요."라며 칭찬을 아끼지 않았다. 미경은 물론이고 윤 원장도 좋아서 싱글벙글하였다. 이들이 왜 천사라는 표현을 하지 않고 선녀라고 표현을 했냐면 서미경의 이미지가 동양적이기 때문이다.

서미경은 놀라서 벌린 입을 다물 줄 몰라 하다가 기쁨의 눈물까지 흘리고야 말았다. 돈 많은 남자는 위험하다고 생각했던 게 돈의 위력이 이렇게 큰 것이다.

둘은 저녁식사도 호텔 내에 있는 이탈리아 음식점에서 이색요리를 맛보고 와인도 몇 잔 마셨다. 너무 기분이 좋아서 날아갈 듯했다. 그렇게 싱글벙글 거리면서 들뜬 기분으로 룸으로 올라갔다. 외국의 돈 많은 신혼부부들이 간혹 이용한다는 스위트룸이다. 침대, 거실, 월풀 욕조가 구비된 욕실까지 모든 것이 화려하고 고급이었다. 국내의 신혼부부가 비행기 시간이 맞질 않아서 첫날밤을 이런데서 보내고 다음날 출발하기도 한다고 했다.

신혼부부를 위한 각종 이벤트로 꽃과 풍선 장식 등 갖가지 아기자기한 장식들을 해놓아서 마치 만화영화 속으로 들어온 듯하였다. 고급 와인과 과일 바구니도 무료로 제공되었다. 따지고 보면 무료는 아니다. 이런 이벤트 룸의 하룻밤 숙박료가 매우 비싸기 때문이다.

서미경이 먼저 샤워를 하고 나와서 가운을 걸치고 소파에 앉아서

TV를 보는 체 했고, 이어서 윤 원장이 샤워하고 나와서 가운을 걸친 채로 미경의 옆에 앉았다. 둘은 거기서 잠시 포옹을 하면서 뽀뽀를 하고는 침대로 옮겨갔다.

서미경은 조심스럽고 매우 긴장되었다. 그동안 남성혐오증이 생겨서 금욕 생활을 오래했더니 불감증이 된 듯해서였다.

한편, 윤 원장은 작년 9월에 상처하고 근 9개월 간 금욕이 아니라 욕정을 억제하고 있었기에 옆에 여자만 보아도 들이댈 지경이었다. 그런데도 불구하고 오래간만에 여자와 침대놀이를 하게 되었는데 혹시나 싶어 비아그라 한 알을 저녁 먹을 때 살짝 먹었다. 비아그라의 약효는 정말 대단해서 거북이가 머리를 쳐들고 바지 밖으로 탈출하려고 힘을 쓰는 듯했다. 이를 참느라 또 다른 고통이 생겨나고 있었다.

어찌 되었던 거사를 시작하는데, 윤 원장은 처음부터 진입이 용이치 않아서 안간힘을 쓰게 되었다.

'이 여자가 출산을 하지 않아서 그런가? 옥문이 매우 좁네.'

윤 원장은 막연히 이렇게만 생각하고 거친 비포장 길을 오가기 시작했다. 그런데 서미경은 이때쯤 통증이 너무 심해서 참을 수가 없었다.

'내가 진짜 석녀가 되었나. 샘이 아주 말라붙었어.'

통증이 점점 심해지고 마침내는 출혈이 생기는 것 같기에 미경은 윤 원장을 밀쳐내었다.

"아이고, 그만 일어나요. 아파 죽겠어요."

"예에? 아파요?"

"내가 벌써부터 말했잖아요. 난 지금 석녀 같은 몸이라구요. 그런 여자를 마구 함부로 다루니 생채기가 난 것 같아요. 너무 쓰리고, 아프다구요."

서미경은 쏘아붙이듯 말을 하고는 벌떡 일어나서 샤워실로 가버렸다. 윤 원장은 닭 쫓던 개 모양으로 이 꼴을 보다가 문득 침대시트를 보니 붉은 꽃잎이 여러 장 떨어져 있었다.

"아니, 이 여자가 첫사랑에 실패했다더니 몸은 처녀였네. 무슨 정신적인 충격을 받은 모양이야. 맞아. 정신적인 충격으로 남자혐오증이 생겼다고 했지."

윤 원장은 이렇게 말하면서 자신이 너무 성급했음을 후회해야 했다.

잠시 후, 샤워실에서 나온 미경은 뾰로통한 표정을 짓고는 거실 소파에 털썩 앉더니 와인 한 잔을 따라 마셨다. 어색해진 윤 원장은 엉거주춤 그 앞으로 갔다.

"아이참, 미안해요. 내가 너무 성급해서……, 기분 풀어요."

"원장님 정말 너무 하십니다. 내 상황 그만큼 얘기했고 몸 상태도 충분히 말씀드렸어요. 불감증인 것 같다고. 그런데 원장님이 다 치료한다구 하구선 이게 뭐예요. 아파 죽겠어요. 그냥 코뿔소, 멧돼지처럼 앞만 보고 들이대는 꼴이잖아요."

"하, 참. 죄송해요."

"여자는 물과 같다고 했습니다. 그런데 원장님은 찬물에 계란을 익히려고 해요. 물을 뜨겁게 끓인 후에 계란을 넣어야 익지. 그리고 샘이 말라서 계곡에 물이 없으면 더욱더 조심하거나 그만두어야지 땅바닥이 다 드러나 있는 계곡에 배를 끌고 왔다 갔다 하면 어떻게 되겠어요. 내가 지금 그 짝이에요."

"그동안 나도 금욕 생활처럼 보내다 보니, 나도 모르게 욕정이 솟구쳐서 그리되었네요. 미안해요. 이해하고 넘어갑시다."

"이건 순전히 이기적인 생각 때문이에요. 남을 배려하지 못하고 자기 자신만을 위한다는 생각 말입니다. 집안에 대소사가 많을 때 원장님은 어떻게 처신합니까? 그저 본인 생각만 할 것입니다. 그러다 보면 집안이 편안할 날이 없을 거예요. 집안일은 중요한 일도 많지만 사사로운 일이 더 많아요. 이런 일들은 그저 여자에게 맡기면 순탄하게 넘어갑니다."

서미경은 한술 더 떠서 방금의 상황을 마구 비약해서 제멋대로 해석하고 있었다.

"여자 불감증이 얼마나 무서운 줄 아세요? 불감증에 걸린 여자들, 우울증까지 와서 사네 죽네 하기도 하고, 그 집안 풍비박산 난다고 합니다. 부부간에 이혼도 하고. 그렇게 무섭기에 내가 몇 번이나 말씀드렸잖아요. 나도 그렇게 내 인생을 살고 싶지 않아서 지금 부단히 노력하고 있어요. 원장님이 조금만 도와주면 잠재된 신경이 깨어날 것 같아요. 그런데 원장님은 나를 배려해주지 않기 때문에 난 지금 쾌감은 없고 통감만 있으니 이를 어쩐단 말인가요?"

"내가 멋모르고 실수했네요. 이제 우린 부부인데 나 혼자만 좋다고 살진 않아요. 불감증도 내가 반드시 고쳐서 같이 부부 생활을 할 수 있게 할 겁니다."

하지만 서미경은 아직 분이 풀리지 않았는지 훈계조의 말을 계속 이어나갔다. 윤 원장은 유구무언으로 듣고만 있다가 문득 이상한 면을 발견했다.

저 모습은 마치 예전에 살아계신 어머니가 자기에게 훈계하던 모습과 거의 흡사했다. 잔주(자질구레한 말, 잔소리)가 좀 있으시던 어머니께서는 무슨 잘못이라도 할라치면 어린 자신을 이런 식으로 훈계를 하시었는데 듣거나 말거나 이삼십 분은 말씀을 하시고는 "앞으로 또 그럴래? 안 그럴래?"하고 마무리를 짓곤 하시었는데 지금 서미경의 모습이 영락없었다. 지난번 법당에서 절을 할 때도 자기 따라 이렇게 세 번 절하라고 하던 모습도 마치 어머니가 환생한 듯하여 적이 놀랐는데 지금 또 그렇다.

"뭘 그렇게 골똘히 생각해요? 내 얘기는 안 듣고."

"어어, 아니요. 지금 반성하고 있어요."

"하이구, 내 원 참, 반성은커녕 딴생각하고 있구만. 기가 막혀서."

"아닙니다. 마음속으로 지금 손들고 벌서고 있어요."

"어머나, 점점 할 말이 없네."

서미경은 조금 기분이 풀어진 듯한 목소리를 내었다.

"아무튼 오늘은 각자 자요. 난 잠이 깨서 와인이나 한두 잔 더 마시고 잘 테니까요."

"어, 그럼 나도 한 잔 마시고 자렵니다."

이렇게 해서 둘은 영화를 보는 척 있는데, 미경이 먼저 일어나서 싱글 침대가 있는 방으로 가버렸다. 윤 원장도 머쓱해진 채 침대로 돌아와서 오지 않는 잠을 청해야 했다.

둘은 그렇게 비몽사몽 잠에 들었다가 깼나를 반복하는데, 미성이 살펴보니 저쪽 방에 있는 윤 원장이 신음소리인지 앓는 소리인지를 간간히 내고 있었다. 윤 원장이 이렇게 된 것은 그놈의 비아그라 때문이다. 그것을 먹지 않았다면 이 정도는 아닐 텐데, 약효가 퍼져서 터질 것만 같은 남성 때문에 주체하지 못해 앓고 있는 것이다. 욕정을 풀 수 있다면 속이 다 시원하고 잠이 올 터인데 그러지 못하니 엄청난 에너지가 윤 원장의 몸 안을 돌아다니면서 괴롭히고 있는 것이다.

그러거나 말거나 서미경은 어찌어찌하여 새벽녘에 잠이 들었는데, 인기척이 나기에 눈을 떠보니 윤 원장이 앞에 서있었다. 남자들은 새벽에 발기하는 생리현상이 있어서 윤 원장은 고통을 참다못해 미경을 찾아온 것이다.

"옴마나, 깜짝이야. 잘 잤어요?"

"아뇨. 밤새 한잠도 못 잤어요."

"왜요? 나도 자다 깨다 했는데."

"더 이상은 못 참겠어요. 날 어떻게 좀 해줘요."

미경은 알면서도 모르는 척 윤 원장을 올려다보았다. 어제 값비싼 옷을 사줄 때는 기세등등한 개선장군 같더니만 지금은 역전되어 패잔병 포로 같다. 서미경은 문득 고개를 돌려 윤 원장의 아래쪽을 보았다. 벌거벗은 몸에 급히 가운만 걸쳤는데 엉성하게 허리끈을 묶었는지 어쨌는지 가운 가운데가 한 뼘이나 벌어져 있었다. 그러니 배꼽아래도 다 보이는데, 미경은 속으로 깜짝 놀랐다.

기죽어 있는 윤 원장과 달리 남성만큼은 기세등등, 위풍당당하게 고개를 끄덕이는데 몸통이 굵고 투구를 쓴 머리가 커서 왕밤이 앞에 하나 달려있는 듯했다.

'어머머~, 이 사람 진짜 대물이네. 저런 게 어젯밤 내 몸에 그냥 밀고 들어오니 생채기가 난거야.'

서미경은 가슴이 콩닥콩닥 뛰기 시작했다. 오래전에 자기를 농락한 그 씨발놈, 개새끼, 사기협잡꾼 놈은 바나나처럼 약간 위로 휘어지고, 그리 굵지도 않았다. 몸통이나 대가리나 같은 형태였다. 그러니 그 개새끼는 자신의 콤플렉스를 알고는 엉뚱한 곳만 물고 빨고 지랄 발광을 한 것이다. 그 개새끼는 준비운동에만 열중했지, 실제로 본 운동은 껄떡대기만 하다가 말았던 것이다. 서미경은 그런 생각이 들어서 얼른 마음을 바꿔야 했다.

서미경은 침대에 걸터앉았다.

"그럼, 어떻게 할까요?"

"저기 러브젤이 있어요. 그걸 이용하면 될 것 같아요."

"그래요?"

서미경은 이 말과 함께 일어서서 윤 원장을 바라보았는데, 갑자기 측은한 생각이 들었다. 명색이 신혼 첫날밤인데, 색시와 운우지정을 나누지도 못하고 이렇게 사랑을 구걸하고 있다니 말이다.

　사실 따지고 보면, 이 모든 것은 서미경 자신의 문제인 것이다.

　"좋아요. 그걸 한번 써 봐요. 그래도 조심해야 해요. 아주 살살, 알았죠?"

　"어~, 그렇게 할게요."

　이렇게 해서 윤 원장과 서미경은 큰 침대로 가서 다시 거사를 치르게 되었다. 러브젤을 양쪽에 충분히 바르고 윤 원장이 진입을 시도했다. 어제보다는 훨씬 좋았으나 여전히 좁은 틈을 비집고 들어가려니 식은땀을 흘려야 했다. 운동으로 다져진 탄력 있는 근육과 외부의 침입을 막고 있었던 좁은 문은 그리 쉽게 열리지 않았다. 어찌 되었든 궁 안에 진입하여 부부 놀이를 시작하는데 얼마 못가서 윤 원장은 경직된 몸으로 백수를 분출하고야 말았다. 너무 참았다가 강한 자극이 오니 순식간에 일이 터지고야 말았던 것이다. 하지만 윤 원장은 그것도 크게 만족했다.

　"아~ 좋아, 정말 좋아. 황홀해요."

　"그렇게 좋아요? 원장님이 좋아하니까 나도 기분이 좋네요."

　"미안해요. 나만 만족해서."

　"괜찮아요. 저도 좋았어요. 아랫배가 꽉 찬 느낌이 드는 게."

　"그랬어요? 사실 내가 어려서부터 대물 소리를 들었지요. 흐흐흐."

　"어쩐지. 언제부터요?"

"고등학교 때부터. 그때에 다 크거든요. 내 것이 평상시는 보통 모양인데 풀발기하면 둘레, 길이가 마구 커지더군요. 특히 투구 쓴 머리는 내가 단연 왕입니다. 애들도 그걸 굉장히 부러워했지요."

"호호호. 남자들 세계라 그런 게 다 있네요. 아무튼 행운아십니다. 그런데 앞으로 더 훈련해야 합니다."

"무슨 훈련을 하나요?"

"방금처럼은 안 되지요. 방금 토끼뜀을 뛰었잖아요."

"뭐요? 토끼뜀? 벌 받을 때 하는 그 토끼뜀 말인가요?"

"호호호. 그런 토끼뜀 말고요. 토끼들이 짝짓기 할 때 몇 초면 다 끝나요. 그래서 이렇게 빨리 끝내는 사람을 토끼뜀이라고 한다더군요."

"하하하. 내가 잘못했네, 잘못했어. 그동안 워낙 굶었기에 그런 모양이네요. 앞으로는 안 그럴 겁니다. 지속 시간을 길게 해서 같이 만족해야지요."

"맞아요. 부부지간에 그렇게 해야 합니다. 한쪽만 일방적으로 사랑하면 안 돼요."

둘은 도란도란 사랑을 속삭이었다. 아침을 먹을 때가 되어서 이층의 식당으로 내려가려다가 관뒀다. 둘은 설렁탕 두 그릇을 룸서비스로 시켜 먹고 홀가분하게 둘만의 시간을 보냈다.

윤 원장은 12시에 체크아웃하고 1시 전에는 집에 가야한다고 했다. 애들과 아줌마에게 오늘 점심때 새엄마를 데려온다고 하였다는 것이다. 서미경은 알았다며 잠시 영화를 보면서 쉬고 있는데, 윤 원

장이 은근히 다가왔다. 러브젤도 있으니 한 번만 더 사랑하고 집에
가자는 것이다.

"그렇게 하고 싶어요?"

"하고 싶어서 참을 수가 없어요."

"아까처럼 금세 끝날 텐데요?"

"아이구야, 좀 참아봐야지."

"호호호. 원장님은 참을 수가 없어요. 심신의 상태가 지금 끓고 있
어요."

"그렇긴 한데 어떻게 안 될까요? 한 번만 더 하고 집에 가요."

"좋아요. 그럼 내 말대로 하면 좀 지속할 수 있을 거예요. 내 말 안
들으면 다 꽝입니다."

"그게 뭔데요?"

"호호호. 배를 항구에 정박만 시키고 운행을 안 하면 될 겁니다.
운행을 안 하면 자극은 없으나 기분은 좋을 거예요."

"뭐요? 하하하. 그런 방법이 있네. 서 선생은 어떻게 그렇게 비유
를 잘하나요?"

"호호호. 제가 옛날이야기 책을 좀 읽었지요. 정혁종 작가가 쓴 '야
한 옛날이야기'를 읽다보면 정말 배꼽을 뺍니다. 어른용 얘기도 무지
많아요."

"아하, 그렇군요. 그럼 그중에 하나만 들려주시죠. 어른용으로."

"호호호. 여러 가지인데, 좋아요. 배 이야기 나왔으니 항구 이야기
하나만 하겠어요."

이렇게 하여 서미경은 야한 옛날이야기 한토막을 하기 시작했다.

§ ♥ ₴

* 태풍이면 일흔 냥

한양 사는 김모라는 장사꾼이 통영에 내려와 있었는데, 객수(客愁:객지에서 느끼는 쓸쓸함이나 시름)의 외로움을 달래기 위하여 하루는 기생집을 찾아갔더라.

"그래, 해웃값(기생, 창기 따위와 관계를 맺고 그 대가로 주는 돈, 花代)은 얼만가?"

"무풍(無風)이면 스무 닷냥, 폭풍(暴風)이면 쉰 냥, 태풍(颱風)이면 일흔 냥이에요."

"허허. 그거 따지는 법 또 과연 항구다워서 재미있구먼."

이리하여 두 남녀는 우선 무풍에서부터 일을 시작하였다. 그런데 여자가 마치 나무 등걸처럼 움직이질 않는지라.

"아, 이게 송장이 아닌 다음에야 좀 움직여줘야 할 게 아니야."

하고 장사꾼은 투정을 부렸다.

"무풍은 이런 거예요. 그러니까 무풍이라 하죠."

"그럼 폭풍으로 해주게나."

그러자 계집이 심히 굽이치기 시작하여 사내는 크게 흥이 나는지라 "이번엔 태풍을!"하고 외쳤다. 그 순간, 굉장한 진동이 일어나며 베개도 이불도 모두 천장으로 날아가 버렸다.

그때 갑자기 여자가 외쳤다.

"어멋! 손님 겨냥이 틀렸어요. 거기가 아니에요."

"에이 시끄럽도다. 태풍인데 아무 항구면 어떠리."

하고 장사꾼은 거사를 치르고야 말았다.

§ ♥ ⸮

"크하하하. 진짜 재밌다. 내가 진짜 이야기꾼 아내를 얻었네. 밤마다 심심하지 않겠네요."

"그러시면 좋지요."

"한 가지만 더해. 너무 재밌다. 재밌어."

"호호호, 그럼 진짜 딱 한 가지만 더 합니다."

§ ♥ ⸮

* 보자기로 싸야

어느 젊은 부부가 사소한 일로 아침부터 싸움을 하였다. 색시는 서방에게 맞서서 조금도 지지 않고 말대꾸를 하자, 참다못한 남편이 따귀를 올려치고 색시는 "아이구머니나, 나 죽네."하고 엎드려서 울기 시작했다.

조반도 못 얻어먹은 남편은 밭일을 나갔다가 점심때쯤 들어와 보니 아내가 커다란 보자기를 방바닥에 펴놓고 고개를 돌린 채 한편에 쭈그리고 앉아 있었다. 그런 모습을 보니 측은하기도 하였다. 오늘 아침에만 해도 그렇다. 별 것도 아닌 일로 사소한 말다툼을 했는데 남편이 한마디 하면 계집은 열 마디를 하고 열 마디를 하면 백 마디쯤 하니 도무지 말로는 당해 날 재간이 없어서 홧김에 그만 나불거리는 주둥이를 올려치고 만 것이다.

"아니, 여보, 이게 웬 보자기요?"

"더 이상 이 집에서 살 수가 없어서 보따리 싸서 나가려고 그래요."

색시는 아직도 분이 풀리지 않는지 앙칼지게 말대꾸를 했다.

"그럼 어서 보따리를 싸게나."

이에 젊은 신랑은 짐짓 마음을 떠보려고 물었다.

"이런 구차한 집에 뭐 싸갈 거나 있답니까?"

"그래도 집 나가는데 필요한 옷가지나 세간이 있지."

"싸갈 게 없대도 그러네요. 언제 옷가지나 사주었나요? 이 집에서 싸갈 것이라곤 당신밖에 없으니 어서 보자기로 들어가세요."

이 말을 들으니 젊은 신랑은 어이없기도 하고 기가 차기도 했다. 아침에만 해도 살쾡이 같은 얼굴로 뱀처럼 혀를 나불거리던 주둥이를 주먹으로 치고 말았는데 말이다. 지금 다시 보니, 선녀 같은 얼굴에 앵두같이 빨간 입술로 쫑알거리며 말대꾸하는 색시가 더할 나위 없이 귀엽고 사랑스럽게만 보였다.

그런 생각이 드는 순간, 신랑은 배꼽 아래에 기운이 뻗치더니 남근이 방망이만 하게 치솟기 시작했다. 그래서 짐짓 못 이기는 척하고 보자기에 들어가 색시를 끌어안았다. 색시가 기다렸다는 듯이 남편 품에 안기더라나.

§ ♥ ⸜

"크하하하. 부부 싸움은 칼로 물 베기라더니, 영악한 색시네그려."

"호호호. 그러니까 부부지요."

이러면서 둘은 결합 준비를 하여 미경의 말대로 윤 원장은 배를 끌고 항구 안쪽으로 들어가 정박시켰다.

"가만있어야 해요. 움직이면 배가 전복됩니다."

"아, 예. 지금도 좋아요. 가만히 있으렵니다."

"좋아요. 그럼 지금부터 앞으로 우리가 살아갈 이야기를 합시다. 이런 자세로 이야기하면 서로 싸울 일 없겠어요."

"하하, 맞아요. 기분 너무 좋아. 아이고야."

"안 돼요. 움직이지 말아요. 그대로 멈춰라!"

이렇게 해서 둘의 대화가 시작되었다. 먼저 호칭부터 바꾸어야 한다고 합의했다. 집에 가서도 원장님, 서 선생으로 부를 순 없었다. 그냥 남들처럼 여보, 당신, 자기로 부르고 미경은 경칭조를 쓰고 원장은 비 경칭, 경칭을 혼용해서 쓰기로 했다.

윤 원장은 미경이 이제 의사 사모가 되었으니 타던 차를 중고차로 팔고 중형차로 새로 사주기로 약속했다. 미경이 색깔은 진주색이 좋다고 했다. 새 차 사면 중고차도 알아서 처분해주니까, 신경 쓸 일은 없었다. 도우미는 당분간 그대로 두기로 했다. 그게 그분을 도와주기도 하고 미경도 편할 것이라고 했다.

"이런 이야기 들어봤어요?"

"무슨 이야기?"

"세상을 지배하는 것은 남자다. 그 남자를 지배하는 것은 여자다."

"들어봤지. 고딩 때 국어 샘이 말씀하셨던가."

"호호호. 나도 고딩 때인데."

"지금 자기는 나에게 포로로 잡힌 신세니까, 내 말 잘 들어야 해요."

"무엇을?"

윤 원장은 지금 장난치려는 서미경의 의중을 파악하지 못하고 있었는데, 미경은 괄약근을 움찔거리면서 Y존 항구에 정박해 있는 배를 흔들기 시작하였다.

"아악, 아이구, 잠시만 터질 것 같아."

"호호호, 그러니까 참는 훈련을 하라고 했잖아요."

서미경은 장난삼아서 힘을 주었다 뺐다 하고 허리를 살짝 들어 올리면서 희롱을 하고 있었다. 아직 쾌감은 느끼질 못하지만 자기 몸에 갇혀서 옴짝달싹 못 하는 윤 원장을 노리개처럼 갖고 놀고 싶어졌기 때문이다. 피트니스 클럽에서 대퇴근 운동을 한 서미경은 괄약근의 힘이 대단하였다. 헬스클럽이나 피트니스 클럽에 가면 이너타이라는 운동기구가 있는데 허벅지 안쪽의 근육을 발달시키는 기구다. 허벅지 안쪽과 괄약근 운동에 최고다. 그래서 여자들끼리도 하는 말이 "바나나도 자르겠네.", "가지도 자르겠네."라면서 농담을 하곤 했다.

"아이구, 그만. 아으~ 잠시만."

"정 못 참겠으면 허벅지를 꼬집어요. 그렇게 해서라도 단련시켜야 합니다."

서미경은 아이들이 주먹손으로 잼잼 하듯이 괄약근을 움찔거리니 윤 원장은 참느라고 혼비백산하여 식은땀을 흘렸다.

"호호호. 진짜 재미있다. 그만할까요?"

"어어, 일단 멈춰. 진짜 터진다."

"그럼, 누나라고 해봐요. 내가 풀어줄 테니."

"뭐어? 내가 세 살이나 더 많은데 무슨 소리야."

"그건 나이고, 생일은 내가 3월이고 당신이 6월이니까, 내가 세 달이나 빠르네요. 그러니까 누나지요. 어서 누나라고 불러 봐요."

해괴한 요구에 윤 원장은 어의가 없었지만 그렇다고 이렇게 좋은 부부 놀이를 그만둘 수도 없었기에 서미경을 더욱 바짝 끌어안으면서 "누나, 한 번만 봐줘."라고 말을 하니 서미경은 깔깔대면서 좋아하였다.

미경은 잠시 후, 너무 오래 누워있으니 머리가 띵하다면서 일어나 앉았다.

"자세를 바꾸어 봐요."

"어떻게?"

"저쪽 소파로 가서 앉아요."

서미경은 야동에서 본 내용들을 하나씩 실습해볼 모양이었다. 윤 원장이 소파에 앉자, 미경은 부끄럼도 없이 그 위에 걸터앉아 교합을 하였다.

"으윽!"

윤 원장의 교성이 저절로 터져 나왔다. 이런 자세면 남성의 뿌리까지 여성의 바기나에 들어가 또 다른 쾌감을 느낄 수 있었다. 여자도 마찬가지로 체내 깊숙이 들어와 있는 남성으로 인하여 쾌감을 느꼈다. 둘은 그렇게 앉아서 희롱도 하고 대화도 하는데 서로가 사랑스러워서 죽을 지경이었다. 윤 원징이 아기처럼 꼭지를 빨아대니 미경은 온몸이 비틀리지 않을 수 없었다.

이 세상에 사랑놀이만큼 더 재미있는 놀이가 어디 있겠는가.

사랑 사랑 내 사랑이요
이리 봐도 내 사랑 저리 봐도 내 사랑
안아보고 얼러보고 업어보고 품어보고
내 사랑 내 님이요
하늘 같은 내 사랑 땅 같은 내 사랑
천지간에 내 사랑 내 님이요

그들은 도킹된 자세로 서로 희롱하면서 여러 이야기를 나누는데, 희롱을 당하던 윤 원장이 다시 한 번 화산 분출을 하고야 말았다.

12시 30분경 집에 도착했더니, 애들과 아줌마가 박수를 치면서 환호했다. 거실 탁자에는 커다란 케이크를 사다놓고 '축 결혼'이라고 써놓았다, 둘은 깜짝 이벤트에 감격했다.

애들이 곧바로 촛불을 켜고 언제 연습했는지 웨딩마치를 노래했다. 미경은 감격스러워서 어쩔 줄을 몰라 하면서 '이게 바로 가족이구나' 싶어 가슴이 뭉클했다.

아줌마는 점심상을 다 차려 놓았다. 서울여자 같지 않고 시골 아줌마 같은 푸근한 분위기의 여자였다. 아줌마가 대뜸 '사모님'이라고 불러서 처음 들어보는 소리에 미경은 어색하기만 했다.

이렇게 해서 서미경은 정식 결혼식을 올리기 전에 윤 원장과 동거를 시작했고, 두 아이의 엄마가 되었다. 아이들은 붙임성이 좋아서 '엄마'라고 부르면서 옆에 와서 이것저것 물어보기도 했다. 막내 동훈은 가위로 종이를 잘라 달라고도 하고 장난감의 조립을 도와 달라는 등 금세 친해졌다.

다음날, 서미경은 가족관계부를 한 통 떼어서 오후에 큰딸 은미가 다니는 초등학교에 찾아가서 담임을 만나 자초지종을 설명했다. 윤 원장과 재혼하여 학부모가 되었다 하니, 여자 담임은 반기면서 은미가 매우 영리하다고 하였다.

은미 담임은 미경과 비슷한 또래로 다섯 살배기 아들이 있다고 하여 둘은 금세 공감대가 생기면서 친해졌다. 미경은 혹시 감기에 걸리면 윤 비인후과에서 진료를 받으라고 권했고, 담임샘은 웃어가면서 동의했다.

유치원에 다니는 동훈은 집에 오자마자 서미경에게 안기었다. 아마 친모가 그렇게 해주었던 모양이어서 미경도 그대로 했다. 한창

재롱을 부릴 때라 유치원에서 배운 노래나 율동을 꼭 엄마 아빠 앞에서 해보였다.

엄마가 된 서미경은 하루 일과 중에 두 가지로 시간을 할애해야 했다. 하나는 은미가 학교에서 있었던 일을 종알종알 얘기하는 것을 들어주는 일이고, 또 하나는 동훈이가 유치원에서 배워온 동요나 율동을 보고 칭찬해주는 일이다. 그뿐만 아니라 그날그날 배운 것들을 복습도 하고 예습도 시켜줬더니 은미는 매우 좋아하였다. 제 아빠를 닮아 학구파 같은 기질이 돋보였다.

가정은 화기애애하게 해졌으나, 윤 원장의 욕정은 끝이 없을 지경이었다. 저수지 둑이 터져서 물이 흘러넘치는 듯했다. 아이들이 잠들면 둘은 거사를 치렀고, 그 다음날은 새벽, 또 그날 밤 이렇게 하루에 두 번씩 일일 행사를 치렀다.

서미경은 감흥을 느끼지 못했지만 그동안 참아왔던 윤 원장의 입장을 고려해서 그런대로 응대해주었다.

그렇게 며칠이 지나고, 서미경이 마지못해 입을 열었다.

"여보, 그렇게 일방통행만 하면 나는 어떻게 돼요? 내 몸을 깨워야지. 분명히 그때 말했잖아요. 불감증인 나를 반드시 고쳐준다고. 사람으로 인한 병은 사람으로 고쳐야지 약도 소용없다고 하고선. 이제까지 무슨 시도를 했나요? 정말 참는 것도 한계가 있어요."

미경이 항의를 하니, 윤 원장은 그제야 화들짝 놀라는 시늉을 한다.

"아이구 참, 그랬지. 미안해. 내가 오늘부터 연구해볼게."

"뭐로 연구해요?"

"뭐 그냥, 인터넷 검색해봐야지."

"그래요. 야동도 보면서 남들은 여자들을 어떻게 다루나 연구해봐요."

서미경이 이렇게 주의를 주었더니 윤 원장은 알아들었는지 어떻게 야동을 구해 USB에 담아왔다. 한밤에 TV에 연결시켜 연구를 하는데 연구가 아니라 감상만 하다가 몸이 달아올라 미경의 몸만 탐하고 말았다. 미경은 화가 나 더 이상의 말도 없이 베개를 가지고 다른 방으로 가버렸다.

새벽이 되어 나타난 윤 원장은 변명을 하면서 새벽 씨름판을 벌이려고 하였으나 미경은 더 이상 판을 펴지 않았다. 조용히 아침 준비에만 열중했다.

윤 원장은 머쓱한 표정으로 있다가 아침 몇 숟가락을 뜨고는 병원으로 출근했다. 원래 남자들의 속성이 이렇다. 여자들이 이렇거나 저렇거나 별 관심 없이 자기 욕정만을 채우고 마는 것이다.

낮에는 미경이 혼자 있는 시간이다. 큰애는 초등학교, 둘째는 유치원에 가고 나면, 오후 서너 시까지는 혼자 있게 되는 것이다. 오후엔 도우미 아줌마가 오고, 그 후에 애들이 왔다. 집은 다시 시끌벅적해지기 시작하는 것이다.

간호사로 있을 때는 일분일초가 여유가 없을 정도로 눈코 뜰 새 없이 바쁘게 하루 생활이 타이트하게 돌아갔는데 지금은 시간이 너무 남고 처졌다. 먼저 다니던 체육관이 이제 조금 멀기에 이쪽 근처로 옮기려고 했으나 관장님이 펄쩍 뛰면서 제발 여기로 나와 달라고 신신부탁을 하였다. 서미경 같이 몸매 좋은 회원이 있어야 유인 효과가 있는 것이다. 그래서 미경은 할 수 없이 일단 당분간 여기로 나오겠다고 대답하고 말았다.

그동안 살아오면서 서미경은 생활에 찌들어 못한 것들이 많았는데 그 중의 하나가 해외여행이었다. 부모님을 대신하여 한푼이라도 더 벌어서 동생들 학비를 보태주어야 했고, 맏이 노릇을 하느라 늘 지갑은 비어있기 일쑤였다. 이젠 세월이 흘러서 부모님도 모두 돌아가시고 남동생 둘도 졸업하고 직장을 얻었다. 결혼하여 조카들까지 생기지 않았던가.

서미경은 새삼 돌아보니 자신을 위해서 살아온 흔적이 없었다. 이 궁리, 저 궁리를 하다가 먼저 여행 회화를 배워서 해외여행을 가기로 작정했다.

"아참, 의사 모임에서 네팔 어린이들을 후원한다고 했지. 기금이 모이면 거기에다 초등학교를 세운다고 했어. 잘됐다. 이참에 나도 동참해서 초등학교를 세우면 내가 교장으로 가 있어야겠다. 호호호. 아이구, 재미있어라. 너무 주제넘은 생각인가? 그게 아니면 네팔 에베레스트 등반은 못하더라도 에베레스트 구경이라도 해야지. 트래

킹 코스가 있던데, 더 늙어서 힘 빠지기 전에 설산 구경이라도 해야
겠다."

미경은 앞으로 전개될 장밋빛 인생에 벌써부터 설레기 시작하
였다.

뜻밖의 행복

6월 14일이다. 서미경이 결혼 대신 동거를 시작한지 2주가 되는 토요일 오후였다. 아이샤는 상경하여 친구 결혼식에 참석했다가 서미경을 만났다. 둘은 전통 찻집에서 그동안 밀렸던 수다를 떨기 시작했다.

"옴마나, 언니는 정말 행운아네요."

"지금 생각해보니 그런 셈이 되었네. 고통 받을 당시에는 죽지 못해 하루하루를 살았는데. 그거 왜 무슨 시 있잖아. 봄부터 소쩍새는 그렇게 울었나 보다. 이런 문장 들어간 시."

"아, 그거. 서정주 시인의 '국화 옆에서'잖아요."

"호호호. 맞아, 맞아. 그 시구가 마치 내 삶과 같다는 생각이 문득 들었거든. 한 송이의 국화꽃을 피우기 위해 봄부터 소쩍새는 그렇게 울었나 보다. 한 송이의 국화꽃을 피우기 위해 천둥은 먹구름 속에서 또 그렇게 울었나 보다."

"호호호, 그러네요. 마치 선배님의 인생을 그린 듯해요. 이제 고생 끝, 행복 시작이잖아요."

"그렇게 살아야지. 아무튼 난 지금 너무 행복해. 얼음 같았던 감각 세포도 신랑 덕분에 거의 다 깨어났어."

"진짜 재밌네요. 어떻게 치료하고 있는데요?"

"뭐? 특별한 방법이 있나. 없지. 얼음 녹이듯이 서서히 몸을 녹이는 거야. 그런데 우리 신랑도 알고 보니 순진남이더라구. 그래서 내가 야동이라도 보면서 연구해보라고 했더니 진짜로 어디서 야동을 구해 와서 연구도 하고 둘이서 실습도 하고 그랬지."

"호호호. 정말 야한 스토리네요. 야동은 어떻게 봤는데요?"

"아이참, 뭘 자꾸 물어. 다 알면서. 요즘 TV에는 USB 단자가 다 있잖아. 여기에 연결하면 곧바로 화면으로 나와. 예전에 비디오테이프 보는 거랑 똑같아."

"그건 저도 알지요. 그럼 둘이서 야동 보면서 실습을 했단 말인가요?"

"그럴 때도 있다는 거지. 집에서 말고 밖에 모텔에 있을 때. 호호호. 아이구, 내가 옹녀가 된 모양이다."

"그렇게라도 해서 잃었던 감각을 살렸다니 다행이네요."

"맞아. 아직 백 프로는 아니지만 느껴져. 쾌감이 느껴져. 단수되었던 애액도 나오니 신랑도 무지 좋아해."

"아이구, 듣는 내가 다 간질거리네요. 이왕 말이 나왔으니 어떻게 감각을 살리게 되었나. 한마디만 더 해줘요."

"아이참, 부부지간의 일인데 창피하게."

"호호호. 저도 팔자가 기구하니 혹시 모르잖아요. 저도 지금 수도사 생활하고 있으니 간단히 몇 마디만 해줘요."

"호호호. 그럴까?"

이렇게 해서 서미경은 석녀의 치료법을 요약해서 말하기 시작했다.

"내가 워낙 오랫동안 남자에 대한 혐오감과 금욕 생활을 해서 신경이 죄다 마비된 모양이라고 했잖아."

"네."

"이 신경을 다시 살려야 하는데, 신랑이 순진남이라 뭘 어떻게 해야 할지 잘 모르는 거야. 야동을 보고 연구를 해보라고 해도 보는 것에 그쳐서 여자에게 어떻게 적용하는지 모르더라고. 야동에 나오는 명품 여체에만 정신이 팔려 있더라구. 그래서 내가 그렇게 쳐다만 보면 해결이 되냐고 물었지. 자전거를 타려면 자전거 안장에 올라앉아서 페달을 밟고 핸들을 조종해야 하는데, 남들 자전거 타는 거 보기만 하면 되냐고 반문을 한 거야."

"호호호. 선배님, 진짜 말문이 열렸네요."

"나도 몰라. 아무튼, 입에서 나오는 대로 쏘아 붙이다시피 한 거야."

"그러신 것 같아요. 불만이 표출된 거겠죠."

"그런 셈이야."

이렇게 둘은 야릇하고 간질간질한 이야기를 한참 더 주고받다가

아이샤는 시골로 내려갔다. 그 후로는 간간히 전화로 수다를 떨곤
했다.

　♡ 얼음공주를 깨워라.

　서미경이 윤 원장 집에 와서 꿈같은 날들을 보낸 열이틀 째인 수
요일이었다. 그동안 윤 원장은 나름대로 여체에 대하여 연구를 하긴
했으나 지지부진하여 서미경은 감질 맛만 나고 짜증이 났다. 그 와
중에도 서서히 몸이 풀리기 시작하고 있었다. 몇 번은 짬을 내서 모
텔에도 갔으나 그게 그 타령이었기에 미경은 모종의 결심을 하고
계획을 세웠다.

　어느 불금 저녁이다. 둘은 밖에서 만나 간단한 요기 겸 경양식집
에 가서 작은 비프스테이크를 먹고, 와인 대신 칵테일을 한 잔씩 마
셨다. 와인 한 잔 보다는 칵테일이 취기가 더 올랐다. 그리고 바로
근처에 있는 '님과 함께'라는 고급 모텔로 갔다. 4시간 대실료를 지불
하고 가장 전망이 좋다는 7층의 707룸으로 잡았다. 이곳 스위트룸은
넓고 아기자기한 시설이 잘되어 있는 최고급 룸이었다. 전에도 와본
적이 있기에 내 집에 온 것처럼 포근했다.
　윤 원장이 먼저 샤워를 하고는 가운을 입은 채 침대에 걸터앉았
다. 이어서 서미경이 샤워를 마치고 가운을 입고 나왔다. 윤 원장은
어서 빨리 서미경을 끌어안고 싶었다. 배꼽 아래 남성도 아까부터

머리를 쳐들고 있었다.

"오늘은 조금 강도가 높은 실습을 해봐요."

"어엉? 그게 뭔데?"

"호호호. 기대되죠? 아직까지는 둘 다 서먹서먹해서 조심스럽게 실습을 해서 크게 진도를 나가지 않았어요. 오늘은 야동 배우들이 하는 것처럼 실습을 해보자구요."

"어떻게? 시키면 시키는 대로 할게."

"좋아요. 다른 때처럼 불을 모두 끄지 말고 중앙 등만 끄고 나머지 전등만 켜요. 그러면 서로 간에 얼굴과 몸이 다 보이잖아요."

"오호, 동영상처럼 밝게 하자는 거네."

"네. 대낮처럼 밝아서 안 돼요. 걔들은 촬영 때문에 어쩔 수 없지만 우린 조금만 어둡게 해도 잠시 후엔 자세히 다 보입니다."

"그렇게 적당히 밝게 해서 서로를 쳐다보면서 연습하자는 건가?"

"네. 그런 셈이죠. 그런데 오늘은 그냥 대충하는 것이 아니라 오랄 섹스를 시도해보자구요."

이 말에 윤 원장은 숨이 턱 막힐 듯했다.

"어어, 그래. 진짜 굉장할 거야. 기대되네. 기대돼."

"호호호. 너무 기대는 하지 마세요. 당신이 내 몸을 일깨워야 하니까. 조금 힘들더라도 봉사를 한다고 생각하세요. 그러면 나도 당신에게 답례를 하겠어요."

"흐흐흐, 그거 좋지. 좋아."

이런 말이 오간 후에 서미경은 중앙등을 제외한 나머지 전등을 켜놓았다. 그 등도 대낮처럼 밝았다. 그리곤 화장대용 낮은 의자를 침대 옆에 가져다 놓고 침대에 올라가더니 대범하게 가운을 모두 벗고 누웠다.

"허헉~, 헉!"

윤 원장은 숨이 막힐 지경이었다. 벌써 여러 번 잠자리를 같이하고 일방적이나마 부부관계를 해왔지만 이불을 덮은 상태에서 거사를 치렀다. 그런데 이번에는 두 눈으로 서미경의 온몸을 보고 있었기에 정신이 혼미했다. 조롱박을 엎어놓은 듯한 두 개의 쌍봉. 그 아래로 잘록한 허리. 가지런히 정리된 다복솔과 그 아래에 천하장사 같은 근육질의 허벅지가 한눈에 그대로 들어왔다. 164cm의 키에 피트니스 운동으로 단련되어 탱탱한 근육으로 중무장한, 그야말로 여자 보디빌더 같은 서미경의 나신이다.

"호호호. 뭘 그리 뚫어지게 쳐다보세요? 어서 가운을 벗고 이리로 와요. 오늘 진도를 잘 나가야 합니다."

"어엉, 그런가."

윤 원장은 떨리는 손으로 옷을 벗고는 엉거주춤 서미경의 옆에 나란히 누우려고 하였으나 미경은 눕지 말고 옆에 화장대 의자에 앉으라고 했다.

"지금부터는 관계를 하려는 것이 아니라 제 성감대를 찾아야 해요. 손으로 찾는 것이 아니라 입술과 혀로 찾으세요. 남자 손길은 아무래도 거칠어서 자극이 오질 않고 통증이 생기기 쉽답니다."

"어엉, 알았어."

"잠자는 백설 공주가 아니라 얼음 공주를 왕자님께서 깨워야 합니다."

"그래, 내가 꼭 깨워줄게."

가운을 벗은 윤 원장은 의자에 걸터앉아 여체를 다시 한 번 감상하고는 침을 꿀꺽 삼켰다. 상황 판단을 할 줄 모르는 거북이 머리는 벌써부터 제 갈 길을 찾기 위해 이리저리 끄덕대고 있었으니 참으로 참기 어려운 고통이었다.

아무튼 서미경은 대담하게 이러저러한 지시를 내렸다. 맨 처음에는 목 부위부터 립서비스를 해보라고 시켰고, 윤 원장은 기쁜 마음에 즉흥적으로 서비스를 시작했다.

서미경은 손으로 하는 터치보다 부드러운 입술과 혀끝의 터치가 더 좋았다. 몸 전체를 탐닉하게 했는데, 결국 남들도 다 알고 있는 배꼽 아래 복부와 양사타구니, 허벅지 안쪽을 살며시 빨기도 하고 혀로 마사지를 하는 것에 자극이 왔다. 그중의 최고는 옥문과 클리토리스의 자극이었다. 여기야말로 남자의 거북이 머리에 해당하는 곳으로 성감을 느끼는 신경다발이 있는 곳이다. 그곳도 손으로 터치하면 어딘지 모르게 거친 느낌과 통증 같은 게 느껴졌는데 립(Lips)과 텅(Tounge)으로 마사지하듯 터치하면서 살짝살짝 빨아주니 이제까지 잘 느끼지 못했던 쾌감이 느껴졌다. 서미경은 크게 만족하고는 '잠자던 쾌감 신경이 깨어나는구나'하고 만족하기 시작했다.

드디어 건천이었던 계곡에 물이 흐르기 시작했다. 윤 원장은 계곡의 위아래를 오르내리면서 고기잡이에 열중하였다.

이 정도면 돌부처도 간지러워서 벌떡 일어날 것이다. 마침내 서미경은 얕은 신음소리를 내면서 "아, 거기에서 느낌이 와요. 기분 좋아요."라고 말했다. 이에 윤 원장도 크게 만족을 하면서 흥이 올라서 더욱더 조심스럽고 부드럽게 터치를 하였고, 그다음에도 서미경이 시키는 대로 여러 곳을 탐방하면서 명당자리를 찾았으나 그곳보다 더 좋은 명당자리는 없었다.

이렇게 일방적으로 립서비스를 받던 서미경은 미안한 생각이 들었다.

"이제 그만해요. 차츰차츰 진도를 나가야지요."

"하하하, 그런가?"

"나랑 자리를 바꿔요. 이제부턴 내가 립서비스를 할 테니까요."

"뭐어? 난 괜찮아. 지금도 터질 지경인데."

"아이참, 참는 훈련을 하랬더니, 지금 터지면 안 되지요."

서미경은 이렇게 말하면서 윤 원장을 자리에 반듯이 눕히고 자기는 옆에 앉아서 립서비스를 시작했다. 예상했던 대로 남자는 여자와 성감대가 다른 모양인지 몸 여기저기에서 큰 감흥을 느끼지 못하는 듯했다. 그저 이상하고 좋다고만 할뿐이지 그 이상의 쾌감은 느끼지 못하는 모양이다. 하지만 처음부터 부풀어 오른 윤 원장의 페니스는 건드리기만 하면 터질 듯한 모양새를 하고 있었다. 막 자라기 시작하여 흙을 뚫고 나온 커다란 송이버섯이 흔들거리면서 끄떡거리고 있었다. 윤 원장의 송이버섯은 유달리 두툼한 갓을 쓰고 있어서 보기만 해도 가슴이 두근거렸다. 서미경은 곁눈질을 하면서 아직은 거기까지 터치하질 않았다.

윤 원장은 참고 또 참아야 했기에 신음소리를 냈다. 아니, 앓는 소리가 절로 났다.

서미경의 립서비스는 서서히 아래쪽으로 가서 배꼽 아래로 갔다. 양쪽 다리 사이로 옮기면서 자극을 주었다. 윤 원장은 몸을 비틀면서 쾌감을 느끼는 듯했다.

'어머나, 남자도 여기에선 쾌감을 느끼는 모양이네.'

서미경은 이렇게 생각하면서 성의껏 립서비스를 계속했다. 윤 원장의 남성은 기세등등하게 솟구쳐있었고, 거북이 머리는 마치 자두처럼 크게 부풀어서 건들기만 해도 봉숭아 씨앗처럼 터질 듯했다.

서미경은 곧바로 몸통을 손으로 잡고 자두를 입에 넣어 음미하기 시작했다. 큰 자두는 입안 가득히 찼고, 부드러운 혀로 자두를 마사지하고 때로는 살짝 빨아보기도 하고 물어보기도 하면서 마치 입에 알사탕이 들어있는 것처럼 자두를 굴리고 마음껏 희롱을 했다. 어디서 그런 용기가 났는지 모른다. 아니, 그저 본능대로 하고 싶은 대로 할 뿐이어서 그렇게 하고 싶었던 것이다.

윤 원장이 몸을 비틀면서 쾌감을 느끼고 있어서 야릇한 감흥이 고조되었다. 서미경은 입안에 있던 자두를 꺼내어 혀로 터치하면서 마사지를 하기 시작했다. 바로 눈앞에서 이러니 더욱더 이상야릇한 쾌감이 생겼다. 예상치도 않게 이 삼 분도 채 안되어 윤 원장은 "으으윽!" 신음소리와 함께 화산 폭발하듯 백수를 분수처럼 위로 분출했다.

"어멋! 어머머!"

생전처음 보는 광경에 미경은 두 눈이 토끼눈처럼 커지면서 깜짝 놀라고 가슴이 방망이질하듯 두근거렸다. 미경은 크게 놀라면서 연이어 솟구치고 울컥울컥 솟아오르는 분수를 쳐다보다가 그곳에 입을 가져갔다.

"아악~ 안 돼. 그건 안 돼. 청결하지 않아."

윤 원장이 이렇게 말했으나 서미경은 듣지 않고는 아직도 솟구쳐 오르는 백수와 분출된 백수를 모두 혀와 입으로 가져갔다. 윤 원장은 식은땀이 날 정도로 이상한 죄책감과 미안한 감정이 생겼으나 더이상 뭐라고 하지 못하고 거친 숨만 몰아쉬어야 했다.

"자기는 이게 어째서 청결하지 않다고 생각하나요? 나를 사랑하지 않나요?"

"어엉? 그게 아냐. 내가 자기를 얼마나 사랑하는데. 하지만 그건 닦아내야 하는 거지."

윤 원장은 임기응변으로 변명했다.

"그렇게 생각하는 건 여자들이 남자를 진정으로 사랑하지 않기 때문입니다. 윤락녀나 업소녀, 창녀 같은 여자들이나 그렇게 생각하는 겁니다. 그 여자들은 불결한 배설물처럼 생각할 테니까요. 하지만 저처럼 진정으로 한 남편을 사랑하는 여자는 그렇지 않아요. 쾌감의 절정에서 분출되는 스펌이야말로 얼마나 신성한가요? 스펌으로 인하여 자손이 생기고, 스펌으로 인하여 인류가 번영하는 것이 아닌가요? 세상에 오염된 사람들이 불결하다고 생각하는 것입니다. 일어 탁수인 셈이죠. 아마 부부지간에도 진심어린 사랑이 없다면 불결하다고 생각할 것입니다. 자기의 이것은 정말로 소중하고 신성한 것이에요. 그러니 내가 어찌 휴지조각으로 마구 닦아내버릴 수 있겠어요? 당신은 내 앞에 나타난 부처 같은 사람이죠. 스님이 말씀하신 대로 전생의 업보를 현생에서 갚고 이렇게 평생 해로할 남편을 점지해 주셨으니, 이 얼마나 큰 행운입니까?"

이 여자야말로 천지신명이 내려 보낸 선녀다. 윤 원장은 서미경의 일목요연한 설명에 크게 감동하였다.

"내가 아직 굳어진 몸이 다 풀리진 않았지만, 당신이 원하는 대로 다 받아드렸습니다. 그리곤 자기가 내 옥문 안에 스펌을 분출하게 되면 나는 그것을 소중히 생각하고 뱃속에 간직하려고 했습니다. 그래서 곧바로 일어나서 샤워도 하지 않고 다만 몇 분이라도 누워 기다리면서 당신의 분신이 내 몸속에 흡수되길 바랐습니다. 새벽에 그렇게 하고 나면 온종일 아랫배가 든든하고, 그 기운이 온몸에 퍼지면서 생기가 도는 것 같았습니다. 실제로 그렇게 되었어요. 내 몸이 좀 차가운 편인데 몸도 따뜻해졌고 양쪽 볼에도 홍조가 생겼으니 누가 보아도 젊은 새댁인줄 알고 있을 겁니다."

서미경이 이렇게 말을 하니 윤 원장은 경천동지가 아니라 혼비백산할 지경이었다. 아는 여자라고는 전처와 이 여자뿐인데 가치관이 달라도 너무 달랐다. 자신은 단 한 번도 생각해보지 않았던 것들이다. 윤 원장은 모든 게 감격스러워 저절로 눈물이 맺히었다. 윤 원장은 몸을 일으켜 세우면서 서미경을 끌어안았다.

"자긴 정말로 생불이야. 요즘 세상에 누가 그런 생각을 하고 살겠어. 전처는 일을 마치자마자 곧장 샤워하러 갔거든. 비교가 되어도 너무 비교가 돼."

윤 원장은 울먹거리는 목소리로 몇 마디를 했고, 서미경은 이렇게 순진한 윤 원장이 더욱더 사랑스러웠다.

"우리가 만난 지 아직 한 달도 되지 않았지만, 난 진심으로 당신을 사랑합니다. 천지신명과 부처님이 우리 둘을 맺어준 것입니다."

"응, 나도 그런 생각 여러 번 했어. 앞으로 모든 일이 잘 될 거야."

"그래요, 여보."

두 사람의 사랑은 끝이 없었다. 기력을 재충전한 그들은 아까까지 터득한 테크닉을 구사하여 성적 쾌감을 찾았고, 이번에는 합체를 하여 극치감까지는 가지 않았지만 즐거움을 만끽하였다.

다음날은 목요일이다.

오늘도 새벽에 윤 원장을 받아들이고 서미경은 아침 준비를 하고, 식사를 하는데 동훈과 은미가 합세하여 오늘 저녁은 돈까스나 짜장면을 먹으러 나가자고 했다. 그러고 보니 저녁 시간마다 사랑에 눈이 멀어서 애들을 등한시한 것 같아서 윤 원장과 서미경은 미안한 마음에 오늘 저녁 7시경에 아빠가 퇴근해 오면 함께 나가자고 했다.

"아, 뭐 꼭 그럴 필요 있나. 자기가 애들 데리고 병원 근처로 와. 거기가 음식점이 많지. 여긴 별로 없잖아."

"그게 좋겠네요."

"그럼, 너희들 꼭 먹고 싶은 게 뭐야? 돈까스야? 짜장면이야? 둘 중에 하나를 선택해. 음식점이 다르잖아."

"아이참, 그러네요. 둘 다 먹고 싶은데, 난 돈까스."

"그럼 나도 돈까스. 다음엔 짜장면 먹을래요."

윤 원장은 점심 무렵, 카톡으로 어느 경양식집으로 애들을 데리고 나오라는 문자를 보냈다. 그렇게 그날 저녁, 온 가족이 외식을 하고 다음 코스인 노래방에 가서 노래도 불렀다. 서미경은 이보다 더 행복할 수 없다면서 매우 흡족해하였다.

그날 밤에도 윤 원장은 지지치도 않는지 미경에게 또 은근슬쩍 접근했다.

"정말 회춘한 모양이네요. 지금 우리가 만나서 하루도 빠지지 않고 관계를 했는데도 욕정이 생기나요? 과욕하면 피로하고 병난다는데. 자중을 해야지요."

서미경은 정중하게 거절을 했다.

"하이참, 나도 모르겠네. 몸이 저절로 욕정이 생겨. 그리고 하고 나면 피로한 것이 아니라 오히려 몸이 개운해. 머리도 맑아져. 진짜 이상하네. 종일 병원에 있다 보면 온몸이 마비된 듯 찌뿌둥하고 머리도 띵하게 아플 적이 많았는데, 저녁에 자길 만나서 한 게임 뛰고 나면 몸이 날아갈 것 같다니까."

"호호호, 다행이네요. 일종의 운동 효과인가 봅니다. 피곤할 때 억지로 운동해서 땀을 내고 나면 몸이 거뜬해져요. 내가 잘 알아요. 정말로 좋은 현상이에요."

"하하하, 새색시가 여러 모로 나를 구원해주네."

"아무튼 오늘은 자중하고 그냥 자요. 내가 좀 지쳐서 오늘은 나 혼자 푹 자고 싶어요."

"아~, 그 정도야? 할 수 없지. 그럼 내일 저녁엔 꼭이야."

"그렇게 하세요. 그리고 어젠 당신 덕분에 내 몸이 많이 깨어난 것 같아요. 쾌감이 느껴지면서 젖기 시작했어요. 아마 잘하면 젤을 쓰지 않아도 될 것 같아요."

윤 원장은 뛸 듯이 기뻐했다.

"진짜 축하해. 어제 오럴이 효과가 있었던 모양이야."

"그런 거 같아요. 그렇게 해주니까 감각이 살아나고 있어요."

"알았어. 내일도 내가 충분히 립서비스를 해서 자기를 달아오르게 하겠어. 그럼, 우리 모두 만족할 거야."

"호호호, 내일이 기대되네요. 저도 당신처럼 오르가슴을 맛보고 싶거든요."

"아하, 당근이지. 그 느낌과 쾌감이 정말 최고야. 이 세상에 어떤 마약도 그런 느낌을 줄 수 없을 거야. 그런데 어제 있잖아. 자기가 오럴로 스펌이 분출될 때 또 다른 극치감이 느껴지더라구. 굉장한 느낌이었어."

"그래요? 다 똑같지 않고 느낌이 달라요?"

"같은 느낌이긴 한데 더 강한 쾌감을 느꼈다니까."

"어머나, 그럴 수도 있겠네요. 그런 경험이 처음이라니까. 아마 심리적으로 매우 기분이 고조되었을 거예요."

"맞아, 맞아. 그런 모양이야."

"아무튼, 일단 자고 내일 아침에 한 게임 해요."

"오옹, 그거 좋지, 좋아."

부부는 이렇게 노골적인 대화를 하고 다음날 새벽에 사랑의 게임을 시작했다. 서미경은 애액이 나오면서 더 이상 젤을 쓰지 않아도 되었다. 새벽마다 형식적인 부부관계를 했었는데, 이젠 감흥이 생기고 쾌감도 느껴졌다. 아직 오르가즘까지는 도달하지 못했지만 이제 곧 경험하게 될 것이라 생각되었다.

다음날 불금이라는 금요일.

아침 식사시간에 오늘밤은 엄마와 아빠가 시내 볼일 있어서 조금 늦는다고 말하니, 딸이 한다는 소리가

"엄마, 아빠는 데이트 한 번도 못하고 결혼했으니 마음껏 데이트로 하고 외식도 하고 영화도 보고 오세요."

이렇게 말을 하니 너무 깜찍하고 귀엽기만 하다. 이 딸이 바로 아빠에게 재혼하라고 졸랐던 아이다. 요즘 아이들이 이렇게 조숙한 것이다.

"그래, 이해해 주어서 고맙다. 동훈이랑 저녁때 조끔만 집을 보고 있어. 아줌마가 저녁은 챙겨줄 테니까. 걱정 말고."

"네. 걱정 마세요. 들어올 때 공룡 장난감 한 개만 사다 주세요."

동훈이 말했다.

"호호호, 그래. 공룡 종류가 많은데 뭘 살까?"

"날개 달린 익룡이요. 너무 작은 거 사 오면 안 돼요."

미경은 밥을 다 먹고 아이들을 차례로 안아주고 볼을 비비었다. 아이들과 스킨십을 자주 해야 정이 든다고 하여 가끔 이렇게 안아주고 있었던 것이다. 물론, 윤 원장도 매우 흡족해 했다. 의외로 아이들과 잘 어울리고 있으니, 이 얼마나 다행인가. 이제 가정생활은 모든 것이 만족스러웠다.

그날 오후, 미경은 윤 원장에게 카톡을 보냈다.

'오늘 저녁에 탑 모텔로 나오세요. 탑 모텔 아래에 포장마차 있잖아요. 거기서 요기를 하고 올라가는 게 좋겠어요. 시간이 절약되잖아요. 차 가져오지 말고 택시 타고 오세요.'

이렇게 하면 식당에서 소비하는 시간을 40분에서 1시간 정도는 절약할 수 있는 것이다.

윤 원장은 택시를 타고 약속한 포장마차로 갔다. 서미경이 여대생처럼 옷을 입고 나와 있었다. 몸매가 좋으니 아무 옷이나 입어도 잘 어울렸다. 청바지에 반팔 티셔츠 같은 것을 입었으며 단발머리는 아주 단정하였다. 이제까지 만나면서 포장마차에서 만난 적은 없었다. 돈 있고, 여유 있는 윤 원장은 늘 무슨 경양식집이나 일식집으로 미경을 데려갔던 것이다.

이런 포장마차엔 장점도 많다. 값도 저렴하고, 금방 조리해서 바로 눈앞에서 먹을 수 있는 것이다. 둘은 소주 1병을 나누어 마시고, 간식 겸 요기로 잔치국수 한 그릇을 시켜서 나눠 먹었다. 그리고 잠시 후에 있을 격전에 대비하여 몇 가지 음식을 포장 주문했다.

주인 부부는 이런 포장을 익히 해왔는지, 냄새가 덜 나는 오징어 데침과 시장할 때 먹는 녹두 빈대떡, 그리고 콩나물국을 주고 소주도 두 병이나 주었다.

"하이구, 이거 너무 많네요. 이걸 어떻게 다 먹나요?"

"그래도 할 수 없어요. 다 기본으로 파는 거니까요. 소주 한 병 뺄까요?"

"요새 소주는 싱거워서 두 병도 사실 별거 아닌데. 그냥 두세요."

이렇게 해봐야 큰돈도 아니었다. 둘은 기분이 들떠서 모텔 제일 꼭대기 층에 있는 스위트룸으로 올라갔다. 술을 한두 잔씩 마셔서인지 알딸딸하니 기분이 매우 흥겨워졌고 가슴이 설레었다.

"오늘은 나도 즐거운 시간을 갖고 싶어요. 기분이 상당히 업 되네요."

"나도 그래. 오늘따라 가슴이 설레네."

"호호호, 신혼 때 같나요?"

"아니. 그땐 이 정도는 아니었어. 지금이 더 마음이 설레고 흥이 올라."

둘은 포옹을 하고 키스를 나눈 후, 샤워를 하고 나왔다.

"지난번처럼 하면 될까?"

"네. 그렇게 해주니까 감각이 살아나고 있어요."

윤 원장은 서미경의 몸을 립서비스로 탐닉하면서 마침내 Y계곡에 이르러서 계곡 주변과 작은 볼을 혀끝으로 마사지하기 시작했다. 서미경은 이제 감각이 살아나서 저절로 교태어린 소리가 터져 나왔다.

"드디어 샘물이 솟기 시작했어."

"아~, 그런 거 같아요. 거기가 젖어 들어요. 아~, 너무 좋아. 고마워요. 석녀였던 나를 여자로 만들어주어서."

한번 솟기 시작한 샘물은 막혔던 물꼬가 터진 듯이 마구 흐르기 시작했다. 이러니 윤 원장은 더욱 기분이 이상해지기 시작하고 거북이 머리가 팽창하여 대두가 되어서 위아래로 끄덕대기 시작했다.

"나도 이상해. 자기가 이렇게 좋아하니까, 나도 이상해졌어. 아~, 터질 것 같아."

"아이참. 좀 참아 봐요. 오늘은 같이 즐거움을 맛봐야지요."

"아이구, 못 참아."

"그럼 어떻게 해요?"

"지난번처럼 내가 먼저 절정감을 맛보고 다음에 같이 하면 될 것 같아."

"그러면 낫겠네요. 적어도 토끼뜀은 아닐 것 같아요."

"그럼, 그럼. 지금 너무 이상해. 어떻게 할까? 지금 합체를 할까?"

"아니요. 내가 당신 먼저 기쁘게 해줄 테니 다음에 같이해요. 같이 느껴야지요."

이어서 서미경과 윤 원장은 자리를 바꾸었는데, 이번에는 야동에서 본대로 윤 원장의 다리 사이에 서미경이 엎드린 자세로 펠라치오

(fellatio)를 시작했다. 이런 자세라면 남성에게 더 강한 자극을 주기 마련이다.

과연, 윤 원장은 곧바로 달아올라서 신음소리를 내기 시작하고 입 안에 있던 자두가 터질 듯이 팽창하며 불끈불끈했다. 이를 눈치를 챈 서미경이 입을 떼자마자 지난번처럼 백수가 분수처럼 위로 치솟았다. 그걸 본 순간 서미경이 엄청난 희열을 느끼면서 감흥이 고조되었다. 너무나도 신비롭고 흥분되는 모습이 아닌가. 윤 원장은 정신이 혼미할 정도였다.

"아, 너무 좋아. 이런 기분이 있다니. 이런 쾌감 때문에 섹스가 있는 거야."

윤 원장은 긴장이 다소 풀리면서 감탄을 했다.

"당신이 좋아하면 나도 덩달아 좋아요. 나도 막 흥분돼요."

이제 서미경이 감흥이 고조되어서 어떻게 이를 달래야 할 차례가 되었다. 윤 원장은 갈증이 너무 난다면서 물을 한 모금 먹더니 출출하다고 했다.

"아이구, 몇 백 미터 달리기 한 것 같아. 뭘 좀 먹자구. 먹어야 다음 게임을 하지."

"호호호, 그러네요. 이거야말로 최고 좋은 운동이지요. 부부만이 할 수 있는 최상의 운동이에요. 이런 운동을 하고 나면 몸도 개운하고 머리도 맑아진다면서요?"

"맞아. 진짜 그렇더라구. 혈색도 좋아졌나 봐. 간호사들이 날더러 무슨 좋은 일 있냐구 물어."

"아직 우리 얘기 안했어요?"

"응. 아직 못했지. 결혼 날짜 잡히면 해야지. 한 2주 전에 살짝 얘기해야지. 별 상관없어. 하계 휴가철이니까."

"그게 좋겠네요."

둘은 도란도란 이야기를 하면서 안주와 함께 소주도 마셨다. 미경은 두 잔을 마셨고 윤 원장은 두 배인 네 잔을 마셨다. 요즘 술은 도수가 약해서 쓴맛은 없고 달았다. 그래도 술은 술이다. 네 잔이면 순식간에 취기가 오를 정도다. 그런데 사실 윤 원장은 의도적으로 마셨다. 어떻게 하든 이번에는 책잡히지 말고 미경을 만족시켜야 한다는 의무감이 있었기 때문이다. 지속 시간을 늘려야하기에 술에 의존한 것이다.

그렇게 한 이십여 분이나 흘렀을까. 이제까지 쉬고 있던 윤 원장의 거북이가 잠에서 깨어나고 있었다. 둘은 자연스럽게 다시 침대로 갔고, 이번에는 윤 원장이 미경의 다리 사이에 들어가 엎드린 자세를 취했다. 역시 이런 자세는 여자에게도 자극이 강한 것이다.

얼마 후, 깊은 옹달샘에서 샘물이 솟아오르면서 계곡에 물이 흐르기 시작했고 미경의 몸이 워밍업 되기 시작했다.

"아~, 좋아요. 거기가 너무 이상해졌어요."

"나도 좋아."

약간의 취기가 오른 윤 원장은 몸뿐만 아니라 정신까지도 황홀해지기 시작했다.

"이제, 그만하고 내게로 들어와요."

"어 그래, 이번엔 진짜 준비된 거지."

"그런 거 같아요. 쾌감이 느껴져요. 어서 들어와요."

"알았어."

윤 원장은 대물 자두 같은 머리를 미경의 옥문에 진입시켰다. 그런데 샘물이 솟았기에 매끄럽게 진입할 줄 알았는데 그리 쉽게 진입하지 못하고 앞에 무엇인가 가로막힌 것만 같은 느낌이었다.

그러지 않아도 옥문이 좁은 미경은 지금 매우 흥분되어 질 안쪽의 빨래판 같은 흡판이 부풀어 올라서 통로가 더욱 좁아진 형태였다. 이러니 처음부터 진입이 쉽지 않은 것이다.

윤 원장은 조금씩 진퇴를 거듭하면서 마침내 전체가 들어가는 데 성공했다.

"아~, 이런 느낌이 있다니."

서미경 역시 고조된 상태에서 대두가 들어오니 아래쪽이 꽉 찬 느낌이 들면서 쾌감이 전해 왔다. 정상체위로 결합한 윤 원장은 어떻게든 미경을 만족시키기 위해 목덜미와 가슴 등에 입과 혀로 물고 빨고 핥기 시작했다. 174cm와 164cm의 키는 이런 자세에 잘 어울렸다.

미경은 이제 그렇게 해주는 것이 아픈 느낌이 아니라 간질간질하고 짜릿한 쾌감으로 바뀌어서 신음소리와 함께 몸이 저절로 비틀리고 꼬아졌다. 이상한 기분이 마구 들면서 옥문에선 점점 더 큰 쾌감이 전해져왔기에 미경은 자기도 모르게 허벅지 근육과 괄약근에 움찔움찔 힘이 들어갔다.

윤 원장은 혼비백산할 지경이다. 그러지 않아도 좁은 문을 들락거리는데 옥문이 조여지는 게 아니라 아예 꽉 물고 있는 형국이다. 술기운이 아니었다면 벌써 발사하고 끝냈을 것이나 가까스로 참아가면서 공략을 계속했다.

아무렇게나 틀어놓은 TV에선 외국 가수들이 나와서 팝송을 노래하고 있었고, 침대에선 두 남녀의 거친 숨소리와 신음소리, 침대가 흔들리는 소리가 쉬지 않고 리듬을 탔다.

"아~, 더 이상 못 참아. 터질 것 같아."

윤 원장은 절정이 되면 터진다는 표현을 했다. 야동에서 서양 사람들은 "Coming!, Coming!"이라고 말하던데 아무튼 어떤 단어를 써도 알아듣는다.

"나도 느껴져요. 조금만 더. 아~ 아~ 아아악~."

"으으으 윽~."

둘은 동시에 눈앞에 번쩍거리는 번갯불을 본 듯했다. 온몸이 전기에 감전된 듯 찌르르, 하더니만 미경의 몸이 활처럼 절로 휘어지고, 윤 원장은 그런 미경을 끌어안으면서 엄청난 쾌감 속에 미경의 몸에 백수를 쏘아대었다. 불끈불끈할 때마다 백수가 뿜어져 나오고 있었다. 그렇게 둘은 잠시잠깐 경직된 채로 있었다. 생전 처음으로 진짜 오르가즘을 느낀 것이다. 그들은 한동안 그런 자세로 있어야 했다.

잠시 후, 땀에 흠뻑 젖은 둘은 너무 좋아서 아직도 정신이 몽롱했다. 이 세상의 어떤 말로도 표현할 수 없는 쾌감을 느끼었기에 어떻게 표현할 수가 없었다.

　"아~, 너무 좋아요. 고마워요. 오늘부터 내가 진정한 여자가 되었어요."

　"아냐, 내가 고맙지. 나도 처음 느꼈어."

　"뭐라구요? 벌써 여러 번 느꼈잖아요."

　"그때하곤 달라. 터져 나올 때 느낌이 지금이 최고야. 하마터면 정신을 잃을 뻔했어."

　"호호호. 그랬어요? 그럼, 우린 지금부터 성인 남녀가 되었네요."

　"하하하, 그런가 보네. 운동했다더니 괄약근으로 조일 때면 금세 터질 듯하더라구. 아까 소주 몇 잔 마셔서 겨우 버틴 거야."

　"그렇게 좋았어요? 나도 모르게 저절로 힘이 들어갔는데, 나도 더 강한 쾌감을 느꼈어요. 그래서 동시에 절정을 맞은 것 같아요."

　"맞아, 맞아. 앞으로도 타임을 잘 맞추어야할 텐데."

　"그게 그냥 안 돼요. 참을 수 있는 훈련을 좀 해야지요."

　"그래야지."

　잠시 후,

　그들은 애들이 걱정된다면서 일어섰다. 윤 원장은 애들이 좋아한다는 롤 케이크 빵은 샀으나 장난감 가게가 없어서 익룡 장난감은 사질 못했다.

택시를 타고 집에 왔더니, 두 아이가 기다렸다는 듯이 묻기 시작했다.

"데이트는 잘하셨어요?"

"응. 덕분에 데이트 잘했어. 즐거운 시간이었어."

"뭐 먹었어요?"

"포장마차에서 오징어랑 잔치국수 먹었다."

"거기도 좋아요. TV에서 보면 그런 데서 데이트 하는 거 많이 나와요."

"응, 맞아. 값도 싸고 맛도 괜찮아."

"그럼, 이제 우리 차례요. 내일은 우리를 데려가요."

"어딜?"

"내일 토요일인데 만화영화 보러가요. 영화도 보고 점심도 먹고요."

은미가 최근 개봉한 만화영화가 보고 싶은 모양이다. 이에 미경은 선뜻 내일 같이 가자고 했다. 아빠는 토요일도 병원 문을 열어야 하니까 못 가고, 우리 셋이서 가자고 했더니 둘 다 좋다고 했다.

그런데 집에 오니 또 뱃속에서 뭘 달라고 하고 있었기에 미경이가 손쉬운 라면을 끓이고 있는데 애들이 냄새 맡고 쪼르르 오더니 저희들도 라면을 먹겠다는 것이다. 이렇게 해서 미경은 라면 세 개를 끓여서 넷이서 나눠 먹게 되었다.

그리고 나서 윤 원장과 미경은 TV에서 방영하는 외국영화를 나란히 앉아 시청했다. 윤 원장은 아이들이 자러 들어가자, 옆에 있던 미경을 끌어안고는 키스를 했다.

"고마워. 나에게 와줘서."

"저를 받아주었으니 제가 더 고맙지요."

"흐흐흐. 셈셈이네. 아무튼 좋아. 지금도 여흥이 느껴져서 황홀해."

"호호호. 아까는 진짜 굉장했어요. 나도 이젠 관계 때마다 느낄 것 같아요."

"으응. 아무리 생각해보아도 난 이제야 신혼생활을 시작한 것 같아."

"그게 무슨 말이에요. 십 년 전에 결혼했다면서? 그때가 신혼이지. 지금이 무슨 신혼이에요?"

"이론상으로야 그렇지. 하지만 지금 상황과 비교해보니 신혼생활이 아니었어."

"아이참, 어렵게 말을 하네요. 전처와 무슨 일이 있었나요?"

"그런 셈이야."

"무슨 일인데요?"

"하, 이거참. 재혼하면 절대로 전처 얘길 하지 말라던데, 난감하네."

"벌써 여러 번 했어요. 지금도 그럴 셈인가요?"

"말을 해야 하나, 말아야하나. 아무튼 난 자기한테 최고로 만족하니까, 그리 알라구."

"왜 감질나게 그래요. 전처와 무슨 일이 있었는지 조금만 말해 봐요. 각론은 말고 개요만 말해 봐요."

"하하하. 내가 넘어간다. 넘어가. 유도심문에 넘어간다."

"호호호."

윤 원장은 결심을 했는지 어쨌는지 냉장고 문을 열고 그 안쪽에 있던 반병쯤 남아 있는 보드카를 꺼내왔다. 안주로는 슬라이스 치즈 몇 조각을 가져왔다.

"안주 만들까요? 이거, 도수가 무지하게 센 건데, 괜찮겠어요?"

"괜찮아. 말할 용기가 좀 부족해서 조금만 마시려구. 치즈가 안주로도 좋아. 속 쓰리지 않고 편안해."

"무슨 거창한 얘기를 하려고 그래요? 말하기 힘들면 아무 말 안 해도 돼요."

"아냐. 할게."

윤 원장은 보드카의 힘을 빌려서 지난 과거 얘기를 꺼냈다.

의과 대학생이나 의사들이 의외로 정력이 약한 사람이 많다. 물론 타고 난 정력가도 있지만 대체로 그런 모양이란다. 모임에 나가보면 오십 대 초반의 의사들이 성에 대하여 자탄하는 사람이 더러 있고, 육십 대는 절반은 되는 것 같다. 이런 원인 중의 하나는 의과대에 들어가기 위해서 성적으로 한창 성장할 나이에 모든 것을 억제하고 공부에만 매진하고, 의과대에 들어가서도 오직 공부에만 집중해 한눈을 팔 시간이 없어 그렇다는 것이다. 인턴과 레지던트 과정에 있을 때는 잠잘 시간도 없이 바쁘고 힘들어서 아무 생각도 안 난다. 시간이 나면 그저 쓰러져 잠자기 바쁘다는 것이다. 상황이 이렇다보니 성욕이 억제되면서 나중에는 욕구도 생기지 않는다. 자기는 학창 시절에 사귀던 여자가 몇 명 있었는데 깊은 관계없이 모두 헤어지고 군 제대 후에 아는 사람의 소개로 전처를 소개받아서 교제를 했다.

전처는 졸업 후, 중소기업의 회사에 취업하여 근무하다가 결혼할 때 그만두고 특별히 하는 일 없이 육아와 가사에만 전념했다. 전처도 성에 관해 욕구가 많지 않아서 둘은 그럭저럭 부부생활을 했다. 당시에는 그것도 굉장한 만족이었는데 첫애를 낳고부터는 점차 소원해지기 시작하더니 2년 후 동훈을 낳고나서는 별 흥미를 느끼지 못하게 되었다. 어쩌다 관계를 해도 전처는 좋아하는 기색이 없었다. 그래도 몇 번 시도를 했는데, 전처가 각방을 쓰겠다고 으름장을 놓는 바람에 그냥 기죽어서 지내다 보니 자신도 저절로 금욕적인 생활을 하게 되어 관심이 멀어지더라는 것이다.

전처는 10점 만점에 7~8점이라 여겼는데, 지금 와서 생각해보니 5점 정도다. 서미경은 10점 만점에 10점을 넘어섰다고 했다. 그만큼 두 사람의 성생활에 윤 원장은 크게 만족하고 있었다.

"용불용설(用不用說)이란 말이 있잖아."

"라마르크가 주장한 거잖아요. 쓰는 기관은 발달되고 안 쓰는 기관은 퇴화된다는."

"맞아. 다윈의 진화론과 함께 유명한 학설이지. 이 이론이 세대를 넘어가서가 아니라 당대에서도 나타나는 거야. 우리가 지금 잘 쓰고 있는 신체 기관은 그 역할을 계속하지만 안 쓰는 기관은 퇴화되어제 구실을 못하는 거야."

"맞아요. 운동할 때도 그런 말을 해요. 안 쓰던 근육을 발달시키려면 무진장 노력을 해야 해요."

"맞아. 인도나 네팔의 힌두교에 사두라고 있잖아. 괴상한 차림을 하고 도를 닦는 사람들."

"TV에서 여러 번 나왔지요."

"그 사람들이 보통 열두세 살 때 출가하여 사두생활을 시작한다는데, 그때부터 금욕이야. 먹는 것도 부실한데, 하루에 두 끼 정도를 먹잖아. 그러니 몸 발육상태가 온전치 않아. 비쩍 마르고 고추가 크질 못해. 손가락만 해서 그냥 배설기관 용도가 된데. 성욕도 점차 사라져서 스물 대여섯만 되면 완전히 고자가 된다고 하더라구. 한마디로 옆에 발가벗은 여자가 있어도 욕정이 생기지 않는 거야."

"어머나, 그래요? 그럴 수도 있겠네요."

"그러니까, 용불용설이라는 말을 했잖아. 세대를 뛰어넘지 않아도 당대에도 나타난다고 말이야. 자기도 실연당하고 그 충격으로 남성혐오증이 생기고 금욕하다 보니 성욕도 없고 쾌감이 없다구 했잖아. 이제 다 풀려서 여자가 되었지만 말이야. 만약 자기도 앞으로 몇 년 그대로 있었다가는 영원히 석녀가 될 뻔했어. 여자들 사십 대가 되면 호르몬 변화로 급격히 성욕이 사라지거든. 자긴 운동이라도 꾸준히 했으니까, 그나마 퇴화되질 않은 거야."

"맞아요. 그런 거 같아요. 그래서 자기랑 살기로 결정했을 때 속으로 걱정을 많이 했는데, 아무래도 혼자서는 잠자는 신경세포를 깨울

수가 없었어요. 그래서 창피함을 무릅쓰고 당신에게 부탁했잖아요. 진짜 당신 아니었다면 난 아직도 석녀였을 거예요."

"내가 은인이네. 조물주처럼 여자를 만들었네."

"호호호. 그래요. 누이 좋고 매부 좋고, 꿩 먹고 알 먹고 지요. 난 지금 너무 행복해요."

"아무튼 전처와의 부부관계는 점차 소원해져서 일일 행사에서 주중 행사, 월중 행사로 가더만."

"호호호. 표현이 재밌네요."

"그러다가 이 사람이 느닷없이 가버린 거야. 예고도 없이. 그때 당시는 죽을 것만 같았는데 안 죽고 어떻게 살아남았어. 죽어도 안 되지. 애들이 둘이나 있는데. 그럭저럭 버티다가 큰애가 초등학교에 들어가면서부터 마음이 변한 거야. 집에 엄마가 있어야 한다는 것을 알게 된 거야. 툭하면 학교에서 학부형 오라는데 그게 다 엄마 몫이거든. 그러다가 이 녀석이 연속극을 보았나, 누구에게 말을 들었나 날더러 재혼하라고 하더라고. 하아, 참."

"호호호. 정말 영특한 아이예요. 때맞추어 말을 얼마나 잘하는지 놀란다니까요."

"그 녀석이 좀 그런 면이 있지. 그리고 자기가 병원장과 함께 나왔잖아. 난 그때 심장이 터지는 줄 알았어. 미모도 출중하지 키도 크지. 이런 여자가 어떻게 혼자 살겠다고 하는지 의문이더라구. 어찌 되었던 그다음부터 우리 진도가 잘 나가서 얼마나 다행인지 몰라."

"사실은 다 스님 덕분이에요. 내가 힘들어서 절에 가서 울기만 할 때, 그 스님이 전생의 업보 때문이니 현생에서 공덕을 많이 쌓으면 업장이 소멸되어 좋은 인연을 만날 것이라고 했거든요. 아픈 사람 돌보는 것이 공덕을 쌓는 것이라고 했어요. 죽을 수는 없고 간호사 생활을 성실히 했더니 젊은 나이에 수간호사를 시켜주더라고요. 그렇게 십여 년을 보냈는데 병원장님이 날 좋게 봐준 거지요. 그래도 미심쩍어서 다음날 스님에게 갔더니 이제 업장 소멸되어 좋은 인연이 나타났다면서 남의 자식 키우는 거야말로 아주 큰 공덕을 쌓는 것이라면서 혼인을 승낙하신 거예요."

"아하, 그때 그런 일이 있었군."

의학지식이 많은 윤 원장은 용불용설에 대하여 여러 사례를 얘기했다.

"그것뿐이 아니라 말 한마디에 발기불능이 되는 수도 있어."

"예에? 어떻게 말 한마디에 그렇게 될 수가 있나요?"

"학계에 보고된 사례인데, 한마디로 심리적인 충격 때문이지."

윤 원장은 이러면서 그 사례를 말하기 시작했다.

어떤 젊은 여자가 시집가기 전에 서양 야동에 중독이 되다시피 하여 매일 야동을 보았다고 한다. 서양 야동에 나오는 포르노 배우들의 남근은 보통 보다 커서 칠팔 인치나 되어야 배우가 된다고 한다. 엄청난 대물이어야 남자 배우가 되는 것이다. 그런데 한국 남자들의 평균 사이즈는 보통 5인치 안팎이고 커봐야 6인치 정도라는 것이다. 아무튼 서양 대물만 보던 그 여자가 결혼하여 첫날밤을 보내게 되는데 신랑의 고추가 5인치 정도밖에 안 되어서 하도 어이가 없어서 비웃었다고 한다.

"얘개개, 그걸 고추라고 달고 있으니 다 틀렸다."

이런 식으로 마구 비웃은 모양이다. 이에 신랑은 기겁을 하고는 남성이 시들어서 이번에는 손가락만 해졌으니 여자는 더욱더 놀렸다. 이러니 어떤 남자가 가만있을 리 만무다.

"네년이 얼마나 많은 남자를 경험한 똥치냐?"

하면서 따귀를 올려치고 둘은 대판 싸우고 그날 밤으로 헤어졌다. 이때부터 남자는 주눅이 들어서 임포가 되었다는 것이다. 물론 후에 심리적인 치료와 특별히 부탁한 여자를 데려다가 치료를 해서 몸이 회복되고 다른 여자와 결혼해서 잘 살았다고 한다.

정말로 듣고 보니 그럴 수도 있는 사례이다. 그러면서 아무리 부부라도 할 말 안 할 말이 있고 매사에 조심해야 한다는 것이다. 말 한마디에 천 냥 빚을 갚기도 하고 말 한마디에 천 냥 빚을 지기도 한다는 것이다.

둘은 이런 대화를 하다 보니 밤 12시가 넘어서서 12시 30분쯤 되었다.

이래서 내가 지금 신혼생활을 한다고 한 거야. 언더스탠드?"

"호호호. 알아요. 그러고 보니 우린 천생연분이네요."

둘은 남아있던 보드카를 홀짝홀짝 다 마시었다. 밤도 이슥하고 취기에 정신이 몽롱하여 둘은 깊은 잠에 빠지고야 말았다.

다음날 새벽에 윤 원장은 또 미경에게 들이대려고 하였다.

"아이참, 자중을 하세요. 아무리 신혼이라지만 이러다간 없던 병
도 생겨요. 조선시대 왕들이 무리하게 방사를 하는 바람에 대부분
일찍 죽었잖아요. 지금 기운이 충만하다고 해도 언젠가는 소진되는
겁니다. 적절히 기력을 보충해가면서 살아야지요."

이 말에 윤 원장은 머쓱해져서는 자리에서 일어났다.

"너무 서운하게 생각지 마세요. 내가 지금 응대하지 않는 것은 대
략 세 가지 이유입니다. 첫째는 무리하게 방사를 했다가는 정력이
너무 빨리 소진되어 없던 병이 생길 수 있고요. 둘째는 나도 이제 느
낌이 오니까 같이 만족을 해야지, 혼자만 만족하면 안 됩니다. 셋째
는 어제 우리가 절정에 이를 때 소리가 너무 커요. 숨소리도 거칠고.
게다가 침대 흔들리는 소리도 요란해서 잠자던 애들이 다 깨요. 다
른 좋은 방책이 있으면 말해 보세요."

듣고 보니 구구절절 옳은 말이기에 윤 원장은 떨떠름한 표정을 지
었다.

"듣고 보니 그러네. 이제 자중을 해야지. 신혼처럼 부부생활을 할
수가 없네. 애들 때문에."

"그렇다니까요. 하지만 자기가 말한 대로 일일 행사, 주중 행사,
월중 행사 중 당분간 일일행사는 하기로 해요."

"뭐어? 아이구, 살았다. 살았어."

"호호호. 애들 같아요. 좋아하는 모습이."

"그런데 어떻게 일일 행사를 하나. 애들 때문에 어렵다고 했잖아."

"당장은 그런데 무슨 좋은 대책이 생기겠지요."

"하이구 참. 바람난 사람들처럼 모텔을 전전할 수도 없고, 이거 정말 난감하네."

"아무튼 지금은 안 되고 일어나서 출근 준비하세요. 난 오늘 애들데리고 극장도 가고 점심 사 먹고 오후에 들어올 테니까요."

"그러기로 했지, 참. 그럼 저녁때는 시간 될까?"

"애들 집에 데려다놓고 또 저희들끼리 있으려고 하나요? 토요일 오후에 아빠가 아이들과 있어야 하는데. 아무튼 그것은 차후 문제이고 어서 일어나요."

이렇게 서미경과 윤 원장은 중년의 신혼생활이 시작되었고, 그해 7월 말에 가까운 친지만 모시고 결혼식을 올렸다. 당연히 샤니 병원장과 간호사들, 그리고 아이샤도 왔다.

신혼여행은 하와이로 가려고 했으나 여행사 직원의 말로는 며칠 안 되는 일정이라 그렇게 멀리 가면 시차적응이 되질 않아서 곤경을 치른다고 했다. 하와이로 가려면 열흘 이상의 날을 잡아야한다고 했다. 그러면서 미국 드라마 '하와이 파이브'를 보면 매일같이 강력 사건이 일어나는 곳이라 위험하니 가지 말아야 한다고 해서 윤 원장과 미경은 폭소를 터트렸다.

결국은 시차가 크지 않는 동남아 중에서 결정했는데, 태국의 푸켓으로 정했다. 여름이라 덥지만 값이 싸면서도 시설 좋은 고급 호텔이 있고, 무엇보다 푸켓에는 나이트 문화가 잘 발달되어 밤에도 대형 쇼 같은 게 있어서 볼만하다고 했다.

"푸켓에 가면 꼭 하고 싶은 일이 있어요."

미경이 푸켓행 비행기 안에서 말했다.

"뭐어? 하고 싶은 거 있으면 다 해. 세계적인 관광지니까, 웬만한 건 다 있을 거야."

"해안 경치가 끝내주는 데가 많더라구요."

"으응. 영화 촬영지도 많잖아. 다이아몬드 섬도 007 영화 촬영지이고. 다른 절경 해변도 검색해보니까 많더라구."

"맞아요. 그래서 난 그런 절경을 배경으로 내 사진을 찍어놓으려고 해요."

"좋지, 좋아. 내가 막 찍어줄게."

"호호호. 성급하긴 핸드폰 카메라로 찍어봐야 손바닥만 한 사진밖에 더 되나요?"

"그럼, 큰 카메라로 찍어야 하나? 도착해서 알아보면 거기 사진기사도 많을 거야. 비디오 찍어주는 기사도 많다고 하더만. 따라다니면서 다 찍어준대."

"아이참, 그런 사람들 따라다니면 감시받는 거 같아서 분위기 다 깨져요. 우리끼리 찍어야지. 내가 DSRL을 가지고 가니까 자기가 셔터만 누르면 돼요."

"뭐어? DSRL이 있어? 사진 취미가 있는 모양이네. 허허 참. 자긴 알면 알수록 양파 껍질 벗기는 기분이야."

"호호호. 대단한 정도는 아니고 혼자서 가끔 산에 가니까 멋진 경치나 야생화, 새, 다람쥐 등을 찍어보려는데 폰카로는 되질 않아서 샀어요. 인터넷 보면서 연구하고 실습을 했더니, 뭐 그리 어려운 게 아니더라구요."

"아항, 그래도 대단하네. 그럼 내가 어떻게 할까?"

"내가 비키니 같은 헬스복 입고 포즈를 취하고요. 삼각대에 카메라 실치해서 구도도 대상 삽을 거예요. 그런 다음에 자기가 포즈에 따라서 셔터만 누르면 돼요. 지금은 필름 세상이 아니니까 마구 눌러요. 그러다 보면 백장 중에 한두 장은 건질 거예요."

"하기는 그런 식으로 마구 찍더라구. 정말 기대된다. 기대돼."

"호호호. 지금 몸매가 얼마나 오래 가겠어요. 사진으로 남겨두어야지요. 대형 포스터 사진으로 남겨놓아야 늙어서도 감상을 하지요."

"나도 옆에서 나오게 찍어줘."

"호호호. 그래요. 대신 까만 매직펜 하나 사 오셔야 합니다."

"매직펜을 왜?"

"아이참, 밋밋한 개구리 배에다가 임금 '왕(王)'자를 그려야 하잖아요."

"뭐라구? 크하하하."

윤 원장은 미경이 귀여워서 죽을 것 같은데, 그런 감정이 이상하게 배꼽 아래로 쏠려서 잠자던 용이 깨어나 머리를 흔들어대기 시작했다.

운명적 재회

3월에 부임했는데 벌써 6월 말이 되었다. 아이샤는 간간히 연락을 주고받던 고등학교 친구 이상희의 전화를 받았다. 상희는 대학교 졸업 후, 중소업체의 사무직원으로 근무하고 있었다.

'아이샤, 요즘도 잘 지내지?'

"응. 좋아. 도시에서 있다가 시골에 내려오니 너무 심심한 게 흠이다. 영화관도 없고 큰 쇼핑센터도 없어."

"호호호, 그렇지. 그런 것은 감수해야지. 전원생활이 그냥 공짜로 얻어지나. 얻는 게 있으면 잃는 것도 있는 거다."

"맞아. 그런 거 없어도 진짜 좋아. 여기 생활에 대 만족이야."

'진짜 잘되었다. 거기에 끝내주게 좋은 데가 있어서 전화했어.'

"뭔데?"

'거기 말야. 네가 다니는 중학교에서 아마 7~8km 정도 떨어진 곳에 연꽃이 많이 피는 연지라고 있더라고.'

"그으래? 난 처음 듣는다."

'그럴 거야. 이제 막 내려갔으니 뭐가 있는지 잘 모를 테지. 나도 우연히 인터넷 검색하다가 알게 되었으니까. 그 연지 옆에 연지 펜션이 하나 있는데 우리 거기서 만나서 수다나 떨자.'

"오우, 좋지. 언제?"

'7월 10일경에 연꽃이 만개한다기에 7월 12일 토요일로 예약해놓았어. 너까지 다섯 명이야.'

"옴마나, 진짜 잘되었다. 꼭 가야겠다."

'우리가 펜션비 다 낼 테니, 삼겹살하고 야채하고 술이나 조금 사 와. 아니다. 술은 우리가 사 간다. 고기하고 야채만 사 와.'

"으응. 성수기 때는 펜션이 무지 비쌀 텐데."

'다섯 명이라 조금 큰방을 얻었는데, 주말엔 24만 원이나 하더라구. 아무튼 사진 보니까 연꽃이 굉장해. 돈이 아깝지 않을 거야.'

"오우, 그래. 진짜 기대된다. 누구누구 다섯 명이야?"

'너랑 나하고 미선이, 다영, 경희 이렇게 다섯 명.'

"다 보고 싶다."

'그럴 줄 알았어. 우리들도 너 보고 싶어서 그리로 정한 거야.'

"오우. 땡큐, 땡큐."

아이샤는 친구들 만나는 날을 손꼽아 기다렸다. 여기 내려와서 처음으로 만나는 친구들이다.

그리고 7월 12일 토요일이 되었다.

아이샤는 고기와 야채를 사서 커다란 아이스박스에 넣고 오후 5시 경에 출발했다. 내비게이션을 보니 거리가 얼마 되질 않아서 천천히 가도 이십 분이면 도착할 것이다.

과연 연지는 대단했다. 작은 운동장만 한데 연꽃이 만개해서 근처 에만 가도 연꽃 향기가 났다. 입구에선 벌써 온 친구들이 반갑게 맞 이하면서 아이샤를 안내하여, 차를 주차하고 아이스박스를 내려놓 고는 다섯 명이 모두 연지를 돌아보면서 웃고 떠들고 인증샷도 여러 장 찍었다.

해가 뉘엿뉘엿 넘어갈 무렵, 여기저기서 바비큐 그릴에 숯불을 피웠다. 여기저기에서 고기를 굽기 시작하여 고기 냄새가 진동하였 다. 아이샤와 친구들도 그릴 옆에 둘러앉아 먼저 맥주 한잔을 따라 마시면서 삼겹살을 구워서 소주도 몇 잔 마시면서 담소를 나누고 있었다.

그때였다.

아이샤 눈에 어떤 남자가 숯불을 들고 왔다 갔다 하는 모습이 눈 에 들어왔는데, 옆모습이 어디선가 본 듯했다. 날이 어두워지고 있 어서 전등 불빛으로 보니 확실치 않았다.

"저 사람이 어디서 본 것 같다. 누군가? 옆모습이나 키나 체구가 눈에 익어."

아이샤는 갑자기 궁금증이 생겨서 그 사람이 누군가 확인해야 했기에 잠시 후에 아이샤는 방에 들어가 화장실에 다녀온다고 핑계를 대고는 그 사람 쪽으로 갔다. 그 남자는 지금도 숯불을 들고 와서 손님들의 바베큐 그릴에 숯불을 담아주고 있었다.

아이샤는 저절로 가슴이 방망이질하듯 뛰기 시작했다.
"저기요? 혹시 쟈니 씨 아닌가요?"
"예에?"
남자는 고개를 돌리면서 올려다보았는데 바로 앞에 아이샤가 있는 게 아닌가. 둘은 너무도 놀라서 기절할 정도였다.
"아앗~ 쟈니 씨."
"어어~ 너 아이샤잖아."
둘은 부둥켜안지는 못하고 서로 양손을 잡았다.
"여기 웬일이야?"
"친구랑 놀러 왔는데, 여기서 보네. 반가워."
"어~, 진짜 우연의 일치치곤 기막힌 타이밍이다."
"여기서 뭐해? 시간강사 안 하나? 지금 알바 하는 중인가?"
"어, 아니. 여기 우리 집이야. 아버지가 운영하는 펜션인데 내가 사장이나 다름없지."
"옴마나, 그런 거야. 강사는 어떡하고?"
"강사는 그만두었어. 사연이 좀 있지. 근데 나 지금 무지 바쁘거든. 토요일이라 방마다 숯불 살려줘야 해서."

"으응, 그런 거 같아. 아무튼 만나서 반가워."

"낼 일요일 저녁때 시간 있어? 오래간만에 만났으니 얘기 좀 하자."

"응, 시간 많아. 나 여기 안들중학교 보건교사로 있어."

"뭐어? 야아~, 그럼 간호사 그만둔 거야?"

"으응, 나도 사연이 좀 있었지. 호호호."

"그런 거 같아. 아무튼 내일 저녁 7시까지 요기 올라올 때 삼거리 있잖아. 거기에 삼거리 카페라고 있어. 2층이야. 저녁때 음식도 파는 퓨전 음식점이야. 거기로 나와."

"으응, 내일 나갈게."

아이샤는 떨리는 마음을 간신히 진정하고 돌아와서는 친구들과 같이 웃고 떠들고 하였다.

그들은 밤새도록 수다를 떨면서 먹고 마셨다. 친구들이 곯아떨어져 잠이 든 동안에도 아이샤는 싱숭생숭하여 잠이 오지 않았다. 시간강사라고 일방적으로 무시하고 구박했던 쟈니를 여기서 볼 줄이야.

다음날.

아이샤는 여섯 시경에 일어나서 밖으로 나왔는데 마침 상희도 뒤따라 나왔다. 상희는 사진에 취미가 있는지 아침결에 연꽃을 찍어야 잘 나온다면서 DSRL을 가지고 나왔다. 잠시 후에 알고 보니 사진 취미가 있는 상희가 연꽃을 찍으려고 여기저기 검색하다가 이곳 연지 펜션을 알게 되었다고 하였다.

연꽃은 오전 중에 찍어야지, 오후에는 연꽃잎이 늘어져서 볼품이 없다고 하였다. 아무튼, 아이샤는 상희 덕분에 모델 노릇도 하고 둘이 같이 찍기도 하면서 시간을 보냈다. 상희는 커다란 DSRL에 삼각대까지 가지고 다니면서 제법 신중하게 연꽃을 사진에 담았다. 아이샤는 그런 상희와 같이 어울리면서 돌아다녔으나 마음은 연꽃에 있질 않고 쟈니에게 가 있었다. 투룸에 같이 있을 때에는 이런 마음이 단 한 번도 없었는데, 지금은 마치 사춘기 여고생이 유명 연예인을 보듯이 마구 설레었다. 어찌되었던 둘은 연꽃 사진을 찍고 들어와서 라면으로 간단히 요기를 하고 이런저런 이야기를 하면서 시간을 보냈다. 다른 친구들은 열 시경에 일어나서 역시 라면을 먹고 11시 30분쯤 펜션에서 떠났다.

집에 돌아온 아이샤는 마음이 싱숭생숭하고 이상야릇하고 답답하기도 하고 뭔가 비틀린 것 같기도 한 요상한 마음에 휩싸였다.

투룸에 잠시 함께 있을 때 구박했던 사내를 여기에서 만나다니, 게다가 펜션 오너라고 말하지 않았던가. 쟈니라는 저 남자의 정체가 궁금하기 짝이 없었다.

그날 저녁 7시, 아이샤는 자석에 이끌리듯 삼거리에 있다는 카페 겸 퓨전 레스토랑으로 갔다. 간판도 삼거리 카페였다. 2층에 올라가니 이런 시골분위기가 전혀 아닌 서울이나 대도시의 고급 카페나 같은 분위기였다. 실내 장식도 멋지고 의자 탁자도 고급스러웠다.

알바생으로 보이는 젊은 여자애의 안내에 따라 들어갔는데 쟈니가 벌써 와서 기다리고 있다가 일어서면서 반갑게 인사를 하면서 악수를 청했다. 옷도 말끔하게 차려입고 얼굴과 머리도 만져서 아주 단정한 사무원 모습이었다.

멋들어진 와인병과 잔이 준비되어 있었고, 과일 안주가 푸짐하게 놓여있었다.

"아하, 반가워. 여기에서 만날 줄은 꿈에도 몰랐네."

"호호호, 나도. 쟈니 씨가 시골이 고향이라는 것은 알았어도 여기에서 살고 있는 줄은 생각치도 않았어."

아이샤도 인사를 하면서 악수를 했다.

둘은 이렇게 만난 게 로또 당첨될 확률보다 낮다면서 먼저 건배를 했다.

이들은 지난번에 티격태격하면서 싸우다가 보니 그때부터 하대를 하게 되었는데 오히려 친한 친구처럼 대화가 부드럽게 진행되고 있었다.

"누가 우릴 만나게 해준 모양이여. 천지신명이신가? 부처님인가?"

"호호호, 아니야. 내 친구 때문이야."

"에엥? 그럼 그 친구가 내가 여기 있다는 것을 알고 있었나?"

"그건 아니구. 여기 연지에 연꽃이 많이 피었을 때 그 옆에 있는 연지 펜션에서 하룻밤 자면서 수다를 떨자고 해서 그렇게 하자고 우리 다섯이 모였는데, 그날 저녁에 우연히 내가 쟈니 씨를 본 거야. 어제네. 어젯밤."

"아항, 그러네. 그래도 뭔가 너무 이상해. 마치 누가 시나리오를 써놓고 우린 그대로 따라서 연기하는 듯하네. 일이 분만 비켜나도 못 볼 참인데 말야. 거참 이상하다."

"나도 그런 생각 했어."

벌써 2년 몇 개월을 넘어섰다. 지난 과거에 티격태격 싸웠건 말았건 지금 당장은 반가운 것이 사실이었다. 당시에는 아이샤가 일방적으로 쟈니를 무시하면서 갑질, 대장질을 해서 많이 다퉜는데 말이다. 당시 아이샤는 의사와 교제하고 있었다. 의사와 보따리 장사인 시간강사는 신분으로 보나 돈으로 보나 사회적인 명성으로 보나 천지 차이여서 마치 귀족과 노예쯤으로 여겨졌다. 그러니 쟈니를 툭하면 미워하고 구박하기 일쑤였던 것이다.

결국 이중계약이 된 룸에서 10개월 살아야 할 것을 한 달 하고 며칠 더 살고는 아이샤가 먼저 나와서 다른 원룸으로 이사 갔었는데 그 이후로는 피차간에 연락을 끊었었다.

"그때 의사와 교제한다더니 잘 되었나?"

"아니, 몇 번 만나다가 헤어졌어."

"내가 그럴 줄 알았다. 걔들이 끼리끼리 놀지, 간호사랑 어울리려고 하나. 그냥 장난감처럼 가지고 놀다가 싫증나면 버리는 거지."

이 말을 들은 아이샤는 깜짝 놀랐으나 차마 내색은 하지 못하고 있었다. 그러니까 쟈니도 다 눈치 채고 있었다. 선배 서미경도 눈치 채고 조심하라고 하지 않았던가. 자기는 절대로 그럴 일이 없다고. 이 사람은 나하고 결혼할 사람이라고 믿질 않았던가. 눈에 콩깍지가 낀다더니 앞을 보지 못하고 장님이 절벽을 걷듯이 했다. 아니, 모닥불을 보고 저 죽는 줄도 모르고 달려드는 날벌레 같은 행동을 했던 것이다. 지난날을 생각해보면 후회막급이다. 쟈니는 아이샤가 교통사고가 나서 죽다 살아났다는 것도 모르고 있었다. 방송 뉴스에도 잠깐 나왔었다는데. 하기야 매일같이 일어나는 교통사고 소식을 다 알 수도 없고 알 필요도 없었다.

"맞아, 공교롭게 그렇게 진행된 것 같아. 그래서 이후로 병원 일도 질려서 그만두고 보건교사 임용시험 준비를 했어."

"어쩐지. 그 시험도 어렵다던데."

"요즘 교사 임용시험 진짜 하늘에 별따기라고 하더라구. 나도 2년 만에 겨우 합격했어. 이번에 전국적으로 오백여 명이나 뽑아서 내가 운이 좋았어."

"야아~, 진짜 행운아다. 그렇게 해서 여기 안들중학교로 초임 발령을 받은 거네."

"으응. 여기서 살았다면 안들중학교 다녔나?"

"아니. 거긴 너무 멀고 이쪽에 동산중학교 졸업했는데 몇 년 전에 폐교됐어. 학생이 급감해서"

"오, 그렇구나. 안들중학교도 학생 수가 해마다 감소한다더라고. 그럼 고등학교는?"

"내가 공부를 쫌 해서 서울로 유학 갔지. 그때부터 서울 생활이 시작된 거야. 고등학교, 대학교를 모두 서울에서 다녔거든."

"어쩐지. 시골사람 같기도 하고 서울사람 같기도 하더라니."

"하하하. 그런 면이 좀 있지. 그건 그렇고 지금은 성질 죽이고 조용히 사나? 흐흐흐. 수탉같이 대장질하더니만."

쟈니가 화제를 바꿨다.

"호호호. 내가 그때 그랬지. 정말 미안해. 지금은 암탉도 아냐. 병아리처럼 조용히 지내고 있어."

"거, 잘 생각했다. 아까 얘기하다 말았다만 네가 의사랑 사귀니까, 네가 스스로 의사 신분으로 올라앉은 거야. 한마디로 빈대 붙은 거지. 그러니까 다른 사람들 업신여기고 나같이 선량한 사람도 발꼬락에 때만큼 여기면서 깔보고 있었던 거지. 실체를 따지고 보면 나만도 못했는데. 난 그때 대학원 졸업하고 석사 받고, 박사과정이었는데 말이야."

약간 취기가 오른 쟈니의 대갈(大喝)을 아이샤는 그저 듣고만 있었다.

"아 진짜, 그때는 미안해. 내가 세상 물정 모르는 철부지였어. 그게 그렇게 마음에 걸린 모양이네. 내가 어떻게 하면 분이 풀릴까. 속죄하고 싶어."

"카하하하. 얘가 진짜 개과천선한 모양이네. 그런데 무슨 벌을 줄까? 아냐, 오다가다 만난 인연인데 무슨 벌이야. 그냥 넘어가는 거지. 언제 또 본다구."

"우연히 이렇게 또 만났는데, 또 우연히 만났을 때도 지난 얘기만 앵무새처럼 할 거 아냐? 그러니까 매듭지을 것은 매듭지어야지. 다시는 못하게 오금을 박아야지."

"너 정말 취한 모양이다. 좋다. 나도 맨 정신엔 못하니까, 한 잔 더 마시면서 생각해보자."

"마음대로."

쟈니는 흥에 겨워서 무슨 '허니'자가 들어간 칵테일 두 잔을 주문했다. 곧바로 벌꿀 냄새가 나는 칵테일이 들어왔다.

"이거 오리지널 벌꿀이 들어간 칵테일이다. 향기도 좋아. 빼갈처럼 확 오르는 데 뒤끝도 좋아. 속도 편해. 꿀이 들어가서. 이거 한 잔씩 마시자. 기분이 엄청 좋아진다."

"으응."

과연 달달한 맛이 입에 당기고 목에 술술 넘어갔는데, 곧바로 뱃속이 짜르르하면서 취기가 올랐다.

"내가 용기가 없어서 술의 힘을 빌려서 말하는데, 생각하면 진짜 무슨 큰 봉변을 주어야 마땅한데, 그렇게 할 수도 없으니 흉내라도 내야겠다."

"반성문 쓰는 거라면 질색인데."

"크하하하. 무슨 반성문이야. 너 진짜 내 말 들을 거야?"

"듣는다니까 그러네. 지금 나 암탉도 못되고 병아리라고 했잖아."

"좋아, 말한다. 내 말을 듣건 안 듣건 그건 네 자유니까, 부담은 갖지 마. 우리가 그때 한 달 조금 넘게 아마 36일 정도 투룸에서 살았던 거 같다. 아니지, 네가 그만큼 살고 제멋대로 아무 얘기도 없이 나가버렸지. 36계 줄행랑을 친 거지. 흔해 터진 포스트잇 쪽지 한 장도 없이 말이야."

"정말 미안해. 입이 열 개, 백 개라도 할 말이 없네. 내가 생각이 짧았어."

아이샤가 사과의 말을 했으나 쟈니에겐 들리지 않고 하고 싶은 말을 연속 쏟아내었다.

"미운 정, 고운 정이란 말이 있잖아. 티격태격 싸우면서도 정이 든다고 그때 내가 배탈 났을 때 네가 나를 치료했잖아. 배도 밀어주고 손가락도 침으로 따주고 약도 주고 주사도 놔주고. 그때 나는 너를 천사로 알았다. 그랬는데 어느 날 갑자기 돌변하여 나를 무시하고 막 구박하더라구. 내 원 참. 난 아무 잘못도 없는데 말이야. 진짜 잊지 못할 것은 너랑 첫 키스를 했다는 거야. 지금도 잊지 못해."

아이샤는 더 이상 대꾸할 말을 잃고 고개를 숙였다.

'이렇게 순박한 사람이었는데 당시에는 왜 그렇게 미워 보이고 바보, 천치, 촌뜨기처럼 보였을까. 모든 게 제임스 그 자식 때문이다. 아니, 그놈에게 홀린 내가 잘못이다. 눈깔이 삐었었다. 눈깔이 아니라 대가리가 삐어서 귀신에 홀린 것이다. 쟈니는 진심으로 나를 좋

아하고 있었어. 아니 사랑하고 있었던 것 같다. 소심해서 말을 못해서 그렇지.'

"아 진짜, 네가 그렇게 일언반구 없이 나가버리니 집안이 텅 빈 게 적적하더라. 집이 아니라 내 가슴이 텅 비어서 허전하기 짝이 없었어. 텅 빈 가슴을 무엇으로든 채워야 했어."

"아이참, 그 정도였어. 내가 죽일 년이야."

"그래서 텅 빈 가슴을 뭘로 채웠냐면 거기 식당 있잖아. 시골밥상이라고. 저녁마다 거기 가서 김치찌개나 된장찌개 시켜놓고 소주를 한 병씩 마셨다. 소주로 빈 가슴을 채운 거야. 지나고 보니 추억이지, 당시엔 고통이더라구. 가슴이 찢어지는 고통이었어."

'쟈니가 이렇게 날 생각하고 있었어. 날 사랑하고 있었어. 내가 잘못했지.'

아이샤는 고개를 숙인 채 속으로 그런 생각을 해야 했다.

"아무튼, 그 날짜만큼 내가 수모를 당했다고 치고 날짜 수에 맞게 큰절을 해라. 흐흐흐. 그게 그냥 큰절이 아냐. 옷을 홀딱 벗고 알몸으로 큰절을 36번 하면 속죄로 받아주마. 하하하."

"뭐라구? 홀딱 벗고 알몸으로 절을 하라구? 하이참, 기가 막혀서. 말이 되는 소리를 해야지."

"그것 봐. 알아서 하라니까 그러네. 내가 강요하는 것도 아니잖아. 언제 또 만날지도 모르고."

"내 원 참. 할 만한 것을 시켜야지. 왜, 하늘의 별을 따오라고 시키지. 정말 어처구니가 없네."

"너 말 잘했다. 별 따오는 것은 인간으로 불가하지만 벗고서 절하는 것은 인간이 할 수 있는 거다."

"그래도 처음엔 사이좋게 지낸 적도 있었잖아. 36일 내내 내가 갑질 했나?"

"그래, 또 말 잘했다. 단 사탕을 먹고 쓴 약을 먹으면 입에 쓴맛이나냐, 단맛이 나냐?"

"그야 나중에 먹은 쓴맛이지."

"맞아. 우리가 처음 며칠은 달게 살았다 쳐도 나중에 쓰디쓰게 살았으니 앞에 날도 모두 쓴 날이 되고 만 거야."

"하이고야. 오늘따라 청산유수네. 나를 보니까 말문이 터져서 폭포수가 되었나 보네. 이건 내가 반갑다는 뜻이야. 안 그래?"

"너야말로 둘러대기 선수다 선수. 하하하."

이렇게 둘이 옥신각신하니 결론도 없이 말다툼만 하는 격이 되고 말았다.

"쟈니 씨도 그때 사귀던 여친 있었잖아. 후배라고."

"있었지. 걔도 너 때문에 헤어졌어."

"뭐어? 또 나 때문이야. 난 이름도 모르고 얼굴도 모르는데, 내가왜? 뭘 어떻게 했는데. 정말 갈수록 나한테 덤터기를 씌우네. 또 무슨 이상한 말 나오기 전에 가야겠어."

"어어~, 괜찮아. 너 때문에가 아니라 우리 때문인데, 그냥 대강의 줄거리만 말할게."

"또 이상한 소리 하면 그냥 가버릴 테니 그리 알아. 내가 뭐 하러 듣기 싫은 소리를 듣고 앉아있나 모르겠네. 안 듣고 안 보면 그만인 것을."

"알아, 알아. 내가 줄거리를 또 요약할게. 하두 기가 막혀서 그래."

"어서 해보셔. 엉뚱한 소리 말고."

쟈니는 튕겨나가는 아이샤를 겨우 달래고는 이야기를 시작하였다.

조교로 있을 때 한참 후배인 한숙경이라는 여학생이 쟈니를 잘 따라서 둘은 가깝게 지내게 되었다. 그래서 커피도 마시고 저녁도 먹고 했는데, 당시에 둘 다 돈이 부족한 가난한 연인이었다. 그러다가 숙경이 쟈니의 원룸에 와서 점심으로 라면도 끓여 먹고 기타도 치고 노래도 부르고 그러면서 지내게 되어 데이트 비용을 절약할 수 있었다.

숙경은 조선시대 여자처럼 순진하고 차분한 성격이었다. 집에 남아있던 밥이나 반찬으로 금세 음식을 잘 만들었는데 김치볶음밥을 아주 잘 만들었다. 어느 때는 노트북을 가지고 와서 둘이 공부도 하고 논문 준비도 하였다.

그러다가 원룸 현관문 비번을 '678912'라고 알려주게 되어서 초인종을 누르지 않아도 혼자서 들락거릴 수 있게 되었다. 그러다 투룸으로 이사할 때 어느 동네의 어느 곳 301호로 이사를 간다고 미리 말했다. 이사를 가서는 일주일 열흘이 지나도 집들이 오라는 말도 안 하고 차일피일 미루기만 하는 것이 수상해서 하루는 숙경이 작정하고 찾아왔다.

이때 아이샤는 출근하고, 쟈니는 자기방 침대에서 낮잠을 자고 있었다. 숙경이 와서 전에 쓰던 현관문 비번을 누르니 문이 그냥 열려 들어섰는데 곧바로 여자가 있다는 것을 직감하게 되었다. 여자 내음, 화장품 내음. 그래서 안방에 들어가 보니 여자 화장품에 옷가지 등이 즐비했다. 작은방에선 숙경이 온 줄도 모르고 쟈니가 낮잠을 자고 있었다. 숙경이 비명을 지르고 온갖 욕설을 해대는데, 쟈니는 단 한마디 변명도 못 하고 있었다. 숙경은 십여 분도 채 안 되어서 그대로 집을 나갔다. 하도 어이가 없어서 멍하고 있다가 조금 가라 앉으면 정식으로 해명을 해야겠다고 마음먹고 카톡으로 변명을 늘어놓았으나 읽어보지도 않고 번호도 차단했다. 이틀 후에는 아예 번호도 바꾸어서 그 뒤로는 종무소식이다. 어떻게든 만나기만 하면 해명을 할 터인데 만날 수도 없고 그렇다고 물어물어 쫓아가지도 않았더니 그 뒤로 헤어지게 되었다고 했다.

"아이고 머니나. 진짜 그 사건도 내가 연루되었네. 정말 미안해. 그럼 아직까지 여친이 없나?"

"없지, 없어. 그다음부터는 생각지도 않게 엉뚱하게 일이 돌아가더라구."

"뭔데?"

"그때 봄부터 아버지가 여기에다 펜션을 지을 테니 내려오라고 했는데, 난 그때 이미 조교를 마치고 시간강사가 되어서 수업을 나가고 있으니 갈 수가 있나. 일단 한 학기 계약기간 동안 출강을 해야지. 그냥 룸 몇 개의 작은 펜션을 짓나보다 했는데, 한번 내려와 보니 이게 대공사야. 두 동에다가 큰방, 작은방 합해서 룸이 스무 개나 되지 뭐야. 아버지는 난리가 났어. 서울 가서 헛손질, 헛발질 하지 말고 당장 내려오라는 거야. 그래도 내가 미적거리니까, 그럼 모든 재산은 네 남동생에게 상속할 테니 그리 알아라, 이러시는 거야. 할 수 없이 칠월 중순경 1학기 끝나고 2학기부터 시간강사 못하게 되었다고 하고선 여기로 내려왔지."

"어머나. 그러면 거기 투룸은 어떻게 했어?"

"거기? 할 수 있나, 우리가 찾아갔던 복덕방 할아버지에게 사정 얘기 다 하고 현관 비밀번호 알려줬지. 혹시 방이 나가면 좋고 안 나가도 할 수 없으니 나중에 건물주 만나게 되면 다시 계약을 하든 지 말든지 하라고 했지. 할아버지는 그러마 하고 난 그대로 내려와 서 이제껏 전화 한 번도 안 오고 나도 안 해봤어. 아마 잔여 계약 기 간이 5개월 정도라 누가 들어오진 않고 건물주가 와서 어떻게 했을 거야."

"진짜 사연 많은 집이다. 그렇게 해서 아버님이랑 펜션을 짓게 된 거구먼."

"응, 그해 십일 월 중순경 완공해서 십이 월 초부터 영업을 했지. 겨울이라 만실은 아니어도 연인이나 가족끼리 꾸준히 오더라구. 수 입도 쏠쏠해."

쟈니는 여기에 펜션을 짓게 된 경위를 대략 말했다. 아버지가 이 쪽에 전답이 있었는데 펜션 자리는 척박해서 밭으로 이용했다. 그 런데 몇 해 전에 저 쪽에 큰 길이 생기면서 정부로부터 보상을 십 몇

억을 받았다. 그 돈으로 여기다 펜션을 지은 것이다.

"그럼 연지도 아버지 건가?"

"그건 아냐. 거긴 국유지인데 할아버지 때부터 연못을 관리하고 할아버지가 연꽃을 심었어. 그 후로 아버지도 연꽃을 잔뜩 심어 가지고 연꽃 밭을 조성해서 면에서부터 인정을 받아서 연지(蓮池 연꽃 연, 못지)를 관리해주는 조건으로다가 펜션 허가를 내준 거야. 농경지라 허가가 안 나는 곳인데, 여기 연못을 관리해달라고. 그 조건으로 펜션을 지었는데 두 동 다 합해서 객실이 스무 개나 돼."

"암튼 다 조상 덕이네. 조상님들이 어떻게 부를 축적했어? 궁금하다."

"나도 그건 잘 모르고, 할아버지 때부터 운이 좀 트인 모양이야."

"얼마 안 되었네."

"응, 그런 셈인데 할아버지 세대 때가 경제면에서 격변기였잖아. 60년대 말이야. 수업시간에 배웠을 걸?"

"배우긴 배웠는데, 나나 우리 집안과는 거리가 멀어서 별 관심 없었지."

"다들 그래. 아무튼 할아버지 때 중농소리 들으면서 머슴도 두고 농사일을 했다는데 경제가 이상한 방향으로 돌아가기 시작한 거야. 한마디로 농사꾼은 먹고 살기 힘들어 도시로 가서 공돌이 공순이 노릇을 해야 먹고 살았지. 그러다 보니 전답이 얼마 안 되는 농민은 우리 할아버지에게 와서 땅을 싸게 사라고 조른 모양이야. 당시에 할아버지는 도시로 갈 생각은 털끝만큼도 없었지. 여윳돈이 좀 있고 또 전답이 있었으니 농협 대출을 받아서 헐값에 나온 전답이나 척박한 임야를 사셨대. 따지고 보면 그네들에게 적선한 거지. 애걸복걸 땅을 사달라고 졸랐으니. 그 땅을 팔아야 서울에 가서 단칸방이라도 얻을 테니까."

"나도 사회 샘한테 비슷한 말을 들었지. 이촌향도(離村向都) 현상이라고 무조건 서울로 올라갔다고 하셨어."

"농촌을 떠나서 다들 도시로 가는 거지. 도시로 가서 공장에 나가기만 하면 꽤 벌었거든."

"그렇게 해서 그때 사놓은 땅이 대박이 난 거네."

"그렇게 됐지. 할아버지가 당시에 평당 몇 십 원 정도 사놓은 땅이 나중에 최소 몇 십만 원에서 몇 백만 원까지 되었으니까."

"와우. 그렇게 해서 땅 부자가 되었구나."

"그렇지. 여기 상가건물도 돌투성이인 아주 척박한 땅이라 밭으로도 못쓰고 거의 야산처럼 방치 되었다는데 느닷없이 여기에 도로가 생기면서 양쪽으로 상가 용지로 지정되어서 단방에 로또 맞았지. 여긴 평당 오륙백만 원 할 거야, 지금 시세로. 삼거리 이 근처가 다 우리 땅이라니까."

"와우! 진짜 하늘에서 복을 따따블로 내렸네. 부럽다, 부러워."

"내가 한 일은 없고 모두 조상 덕이지. 아버지는 그래서 제사만은 철저하게 지내셔. 조선시대 양반 가문의 법도대로 제사 지내시고 명절 차례도 격식 차려서 꼭 지내셔. 요즘 여자들 이렇게 제사 지낸다면 다들 도망가는 시대잖아. 그래서 아버지도 며느리는 양반 법도를 아는 인성 좋은 여자를 맞아야 한다고 늘 강조하셔. 그런데 내가 보니 그런 여자 찾기가 힘들어. 진짜 힘들어. 아니, 내 눈에는 없는 것 같아."

"호호호. 그럴 수도 있을 거야. 요즘 여자가 대부분 이기주의 개인주의 성향이 많으니깐. 우리 집안도 양반 후손이라고 그런 예법을 어려서부터 배우긴 했어. 아무튼 그렇게 해서 땅 부자가 되었는데, 아버지가 펜션을 하면서 또 거금을 버시는 거네?"

"그런 셈이야."

"수입은 얼마나 되는데? 펜션이 모텔보다 훨씬 비싸던데."

"그렇지. 웬만한 시설 다 있고 방도 훨씬 넓잖아. 연꽃이 피는 요즘 같은 칠월 에는 거의 만실인데 방 이십 개가 다 나간다고 치면, 평균 십오만 원으로 해서 하룻밤에 삼백만 원은 족히 벌지."

"뭐어? 삼백만 원? 와아. 놀라 자빠지겠네. 하룻밤에 삼백이면 이틀에 육백, 한 달이면 구천이니, 거의 일억이네."

아이샤는 놀라 눈이 휘둥그레졌다. 보건교사 초임이라 한 달 월급이 250만 원 정도 밖에 안 되는데, 실로 어마어마한 금액이었다.

"성수기 때 그렇다는 거지. 번거롭고 힘든 일도 많아."

"아무리 그래도 그렇지. 그러면 일 년에 도대체 얼마나 버는 거야?"

"얼마나 벌긴. 꽤 벌지. 사실은 아버지 돈인데 내 거나 마찬가지야. 여기 카페도 우리 거야. 남동생이 운영하고 있지. 카페 건물과 상가도 다 우리 거고, 양 쪽을 합하면 일 년 소득이 한 칠팔억쯤 되겠네. 일 년에."

"와아, 진짜 대기업이네."

아이샤는 속으로 '진짜 백마 탄 왕자가 바로 옆에 있었는데 엉뚱하게 의사 만난다고 개지랄하고 몸만 망쳤네. 이런 사람을 시간강사라고 구박했으니 내가 잘못했어. 그러니까 쟈니가 지금까지 구박받은 게 서러워서 말하잖아. 아이참, 세상사가 꼬이고 또 꼬였다.'라고 후회하고 있었다.

어찌되었던 둘의 분위기는 다소 완화되어서 자질구레한 말을 더하고 술도 한두 잔 더 마시고 자리에서 일어서야 했다. 쟈니는 이런 시골에도 대리운전이 다 있다면서 대리운전을 불러 아이샤를 보내며 자기는 택시타고 들어가면 된다고 하였다.

"방 비었을 때 놀러 와. 무료야."

"정말, 공짜야?"

"하하하. 공짜라니까. 내가 문자 보낼게. 아참, 휴대폰 번호는 그대로지?"

"아니. 병원 그만두면서 바꾸었어. 쟈니 씨는 그대로지?"

"응."

"그럼, 내가 문자 보낼게. 아니, 지금 보낼게."

아이샤는 즉시 쟈니의 번호를 찾아 '방가'라고 문자를 보냈다.

"방만 공짜인가?"

"방만 공짜로 하려고 했는데 저녁도 무료 제공이다."

"정말?"

"미인과 저녁을 먹게 되었는데, 응분의 대가를 치러야지."

"호호호. 고마워. 뭘 먹나?"

"바비큐 아니, 숯불에 등심을 구워 먹자. 등심이 씹히는 맛도 있고 뒷맛이 더 좋아."

"와우. 내가 올여름 휴가를 공짜로 보내게 생겼네."

"공짜라면 양잿물도 먹는다더니. 하하하."

이렇게 해서 둘은 일단 헤어졌다.

이 해의 여름방학은 7월 25일 금요일부터이고, 7월 26일은 수간호사였던 서미경의 결혼식이 있었다. 아이샤는 서울에 가서 결혼 축하를 해주고 전에 같이 근무했던 의사, 간호사, 병원장에게 보건교사가 됐다고 그간의 일을 설명했다. 다들 잘했다고 말은 해주는데, 아이샤는 마음 한구석이 뭔가 응어리지고 슬픔이 가득 차 있는 느낌이었다.

이어서 한 달간 방학이 이어져서 여러 선생님이 해외여행도 가고 연수도 가는 일정이 있었다. 아이샤도 8월 중순경 보건교사 연수가 삼일동안 예정되어 있었다.

생각 같아선 혼자라도 아무데라도 가고 싶었으나 가지 못하고 있었다. 그 이유는 쟈니에게 불쑥 연락이 올 것을 오매불망 기다리고 있었기 때문이다 아이샤는 이 궁리, 저 궁리하다가 집에 다녀오기로 했다. 보건교사로 여기에 온 후로 한 번도 가보질 않았던 것이다.

첫째 언니는 시집을 갔고, 둘째 언니는 대학교 졸업 후 집에 있으면서 부모님이 운영하는 마트에서 계산대를 보면서 공무원 시험 준비를 하고 있다가 작년에 지방공무원 시험에 합격했다. 아이샤는 간호사였다가 보건교사가 됐고, 남동생은 군 제대 후 복학하여 4학년에 재학 중이었다.

선뜻 집에 가고 싶은 마음은 아니었다. 작은 아파트에 여러 명이 살기에 답답하기도 하지만 아이샤는 마트에만 들어가면 정신이 혼란해서 견딜 수가 없었다. 어찌 되었든 불효자식 소리를 듣고 싶지 않아서 아이샤는 본가에 가기로 했다. 본가가 충북이라 동쪽에 있었다. 아이샤는 서쪽에 있었는데 고속도로를 타면 2시간 30여 분이나 늦어도 3시간이면 도착할 수 있는 곳이다.

아이샤는 주섬주섬 몇 가지 선물을 사서 집에 갔더니 생각대로 부모님과 둘째 언니가 크게 반겼다. 간호사보다 교사가 훨씬 높은 지위인 모양인지, 대환영이어서 몸 둘 바를 몰랐다. 마트를 운영하니 식구들이 모두 식사할 수도 없어서 부모님과 아이샤는 근처 고깃집에 가고 언니는 마트를 지켜야했다.

여기서 하룻밤만 자고 다시 학교가 있는 안들면으로 가야했는데, 천만다행으로 이날 쟈니에게 문자가 오지 않았다.

다음 날 점심 무렵, 아이샤는 안들면 아파트로 돌아왔다. 문자가 안 왔다. 다음날, 또 그 다음날인 7월 30일 수요일. 오후 다섯 시경에 문자가 왔다.

'오늘 저녁 6시 30분까지 와. 방 비었다.'

'ㅇㅋ'

아이샤는 성급하게 오케이의 초성만 보냈다. 지금 세상은 이렇게 해도 다 알아본다.

저녁때 아이샤는 차를 가지고 연지 펜션으로 갔더니 쟈니는 여전히 숯불을 들고 돌아다니고 있었다.

"어 왔어? 저기, 저쪽 흔들의자 있지. 그네 의자 거기에 앉아있어. 두 집만 숯불 피워주면 돼. 나머지는 자기들끼리 알아서 하니까, 잠시만 기다려."

"우웅."

아이샤는 그네 의자에 한가롭게 앉아 있으려니 세상이 모두 편해지는 듯했다. 지금 살고 있는 아파트 18평도 들어가 있으면 답답한데, 여긴 앞에 보이는 산과 들판이 다 내 것처럼 느껴졌다. 연지에 가득 찼던 연꽃은 이제 다 지고 연밥만 가득 달려있었다. 아니다. 늦장부리는 연꽃이 더러 피어있었다. 아이샤는 한가로운 마음이 들면서 깜박 눈이 감길 뻔했다.

잠시 후.

쟈니가 숯불을 하나 들고 와서 그네 앞쪽에 있는 바비큐 화덕에 올려놓았다.

"여기서 등심 구워 먹자. 야채도 다 준비했어. 소주랑 맥주도 있고."

"으응, 고마워."

아이샤는 여자의 생활 습관대로 얼른 나서서 야채를 씻어오고 술잔도 놓고, 수저도 가지런히 놓았다. 등심은 너무 익으면 딱딱해져서 맛이 없다면서 어느 정도 익었을 때 집게로 집어서 큰 접시에 올려놓았다. 그리곤 가위로 적당히 잘라놓았다. 고소한 고기 냄새가 진동을 하였고, 둘은 그저 좋았다.

쟈니는 맥주컵에 맥주를 가득 담고, 소주잔에 소주를 가득 담고는 그 잔을 맥주가 들어있는 컵에 풍당, 빠트렸다. 둘은 그렇게 소맥을 만들면서 전 세계에서 우리나라에만 있는 칵테일이라고 시시덕거리면서 웃고 마시고 하였다.

"보건교사 생활은 어때?"

"좋아. 간호사보다도 백배는 더 좋아. 선생님들은 나를 의사로 알아. 내가 간호사 실무 경험이 있다니까, 대단한 실력자인 줄 알아. 호호호. 교장, 교감과 몇몇 원로 선생님은 내가 주치의인줄 안다니까. 그분들만 따로 차트를 만들어서 혈압, 혈당, 맥박 등을 체크하여 기록하면서 의료 상담을 조금 해드렸거든. 너무너무 좋아하셔. 애들도 무지하게 나를 좋아해. 미인 선생님이 왔다고. 호호호. 진짜 내가 제자리를 찾아왔나봐."

"그럴 거야. 시골에선 돈이 있거나 없거나 웬만해선 병원에 안 가려고 하거든. 그런데 아이샤 같은 보건교사가 와서 상담해주니 진짜 좋아하실 거야."

"그런 거 같아."

"그러고 보니 살도 좀 오른 거 같네. 볼살이 통통해졌어."

"호호호. 애교 볼살이 생겼어. 마음 편하고, 잘 먹으니까 대번에 살이 찌네. 더 찌면 안 되는데. 급식이 좋아, 병원보다도 더 좋아. 그냥 아침저녁 대충 먹고 점심 급식만 잘 챙겨 먹어도 살이 찐다니까."

"학교 급식 잘 나온다는 얘긴 들었어. 칼로리 영양 분석 다 해서 조리한다고 말이야."

"으응. 영양사와 조리원들이 그렇게 하고 있어."

이렇게 둘은 오래된 연인처럼 소맥을 마시면서 대화를 이어나갔다. 그런데 여름 날씨라 날파리와 모기 등 별의별 이상한 곤충이 마구 덤벼들어서 성가셨다.

"아이고, 모기향 피워봐야 소용도 없네. 방으로 들어가면 안 될까?"

"왜 안 돼. 오늘 저 방에서 자고 가. 에어컨도 빵빵해."

"오홍, 그래?"

아이샤와 쟈니는 먹던 음식을 챙겨서 바로 뒤편에 있는 룸으로 들어갔다. 자그마치 24평짜리 가족 룸이라는데, 오늘 예약이 안 되어서 비었다. 이런 방은 성수기 때에 하룻밤에 30만 원 정도 받는다고 하여, 아이샤는 또 한 번 놀랐다.

쟈니는 앉은뱅이 커다란 식탁을 거실에 갖다 놓고 블루스타와 불판을 가지고 와서 그 위에 고기를 올려놓았다. 그리고 미리 준비해놓은 수박, 참외, 복숭아, 포도를 냉장고에서 꺼내어 왔다.

아이샤는 황송해서 어찌할 바를 몰랐다.

쟈니의 부모님은 오박육일 일정으로 중국 장가계와 계림으로 여행 중이었다. 성수기라 조금 비싼데 친목회원들의 일정이 잘 맞질 않아서 농한기나 마찬가지인 여름철에 가게 되었다고 했다. 친목회 여행에는 아버지가 빠질 수 없다. 왜냐면 사회자 겸 노래를 아주 잘한다는 것이다. 쟈니도 아버지를 닮아서 음감이 있고 노래와 기타도 잘 친다. 하지만 임기응변식의 말은 잘하지 못한다고 했다.

아이샤가 듣고 보니 맞는 말이었다. 이들은 연정의 씨앗이 막 움트기 시작해서 상대방이 무슨 말을 하건 재미있고, 그 모습이 사랑스러웠다.

"그럼 박사학위 논문은 포기한 거야?"

"그런 셈이야. 보따리 시간강사 일 년 내내 해봐야 이삼천 벌기도 힘들어. 그것도 죄다 길바닥에다 깔아야 하고 먹는 것도 부실해. 소속이 없으니까 급한 대로 편의점이나 분식점에서 김밥이나 라면으로 때우기 일쑤라고. 이러니 몸도 축나잖아."

"그렇지. 그런 고비를 다 넘겨야 하는데."

"아무튼 아버지가 내려오라고 으름장을 놓아서 내려오긴 했는데, 잘 내려왔어. 박사가 되었든 교수가 되었든 결국은 먹고 살아야 하는데 여기선 이삼천 벌이는 일주일이면 되는 거야. 비교도 안 돼. 천양지차(天壤之差)야. 연간 칠팔억 원대의 수입을 올리는데, 교수가 되어도 그 정도는 못 벌지. 그리고 논문 준비도 해야지, 무슨 학회 발표도 해야지. 머리를 쥐어짜는 거야. 진짜 정신적인 스트레스가 무지 심하지. 아 그래서 가끔 보면 대학교수들이 졸지에 비명횡사하는 거야. 너무 스트레스 받아서."

"응, 그렇더라구. 남들은 잘 모르는데 연구직에 있는 사람들 느닷없이 응급실에 실려 오기도 하더라구. 잘하면 살고 까딱 잘못하면 죽거나 반병신 되는 거야. 인생을 뭐 하러 그렇게 살아."

"그렇다니까. 그래서 내가 마음을 고쳐먹고 여기 와서 펜션을 열심히 하니까, 부모님도 무진장 좋아하셔. 역시 맏아들이라 하는 일이 다르다고 말이야."

"호호호. 진짜 그렇겠네. 얼마나 든든하시겠어."

"펜션 홈피 다 만들었지. 블로그 만들어서 홍보하지. 요즘 사람들 전화도 안 해. 홈피에서 방 고르고 신용카드로 결제하고 당일에 오면 열쇠만 주면 되는 거야. 이러니 매일같이 아버지 통장으로 수백만 원씩 입금되지. 무지하게 좋아하셔. 펜션만 지으면 다 되는 줄 알았는데 이렇게 인터넷으로 영업을 해야 한다는 것은 모르셨거든. 그냥 옛날 방식으로 전화하고 계좌 불러줘서 입금하고, 그러는 줄로만 알고 계셨던 거지. 지금은 온라인에 신용카드 세상인데 말야."

"그러셨겠네. 아무튼 부럽다, 부러워. 매일 수백만 원씩 입금된다니까 말이야."

"내년쯤에 연지를 사려고 해."

"연꽃 있는 그 연못을 산다구? 그게 누구 건데?"

"지난번에 말했잖아. 나라 땅이지. 정확히는 군 소유일 거야. 알아보면 돼."

"아니, 나라 땅인 연못도 사고파나?"

"그럼. 지나가다 보면 유료 낚시터 있잖아. 그게 옛날부터 있던 나라 땅 연못을 사서 유료 낚시터로 만든 게 있어. 그냥 개인이 땅 파서 연못을 만들어서 낚시터 만든 곳도 있고."

"아, 그렇구나. 난 처음 듣네. 그럼 그걸 사서 어떻게 하려구?"

"지금은 그냥 관리만 하는데, 그걸 사면 부속 건물을 지을 수 있거든. 시멘트 벽돌이 아니라 나무로 된, 나무다리나 정자 같은 거."

"개인 것이 되니까 그런 것을 만들 수 있다, 이거네."

"응. 나무다리를 놓아서 사람들이 연꽃밭 사이로 건너다니게 하고 중간에 정자를 만들어서 간단한 음료수를 팔면 이게 꽤 돈이 된다구. 인공 분수대도 설치하고, 야간에 조명을 비추면 장관일 거야. 그리고 비단잉어 있잖아. 그게 아주 잘 살아. 그 비단 잉어를 한 삼 백 마리 정도 풀어놓으면 진짜 굉장하지. 이렇게 유인책이 있어야 사람들이 와. 그냥 잠만 자러 오진 않잖아."

쟈니는 정말로 한껏 자랑질을 하였다. 취중이라 그런가 평상시 과장된 말을 잘 하지 않는데, 오늘은 말이 쏟아져 나왔다.

아이샤는 집안 자랑할 내용은 없었지만 대강이라도 소개를 안 할 수가 없었다. 사실 안 해도 되는데 하게 된 것이다.

부모님은 충북 ㅁㅁ시에서 마트를 운영하는데 평생 세 딸과 아들 하나의 양육하며 교육비에 허덕이며 살아오셨다. 큰언니는 대학교 졸업 후, 어떤 남자와 교제하였는데, 그 남자의 아버지가 대형 안경점을 운영하고 있었다. 그래서 큰언니는 그 남자와 결혼하여 지금 둘이서 그 안경점을 운영한다. 둘째 언니는 졸업 후 공시족이 되었는데, 마트에서 부모님을 도와드리다가 작년에 지방직 9급 공무원 시험에 합격하여 집 안팎에서 경사가 났다고 칭찬을 많이 들었다.

아이샤는 셋째 딸인데, 자신은 마트에만 들어가면 잔뜩 진열해놓은 상품들이 어지럽고 머리가 다 아팠다. 그래서 마트에는 잘 가지 않았다. 세 딸 중에 자기가 사내 같은 기질을 조금 타고났다. 막내인 남동생은 오히려 여자처럼 얌전하다. 지금 교대 4학년인데 실력이 좋아서 임용고시에 곧바로 합격할 것 같다.

아이샤는 어려서부터 무슨 음식이 어디에 좋고, 무슨 약초가 어디에 효험이 있다 등의 민간요법에 관심과 흥미가 많았다. 친구들과 여행을 갈 때도 상비약은 자기만 챙기고, 따주기 침(사혈침)도 가지고 다녀서 갑자기 배가 아픈 애들의 응급 치료도 해줬다. 그렇다 보니 어른들이나 선생님이 의사가 되면 좋겠다는 말을 많이 듣고 자랐다. 하지만 의과대학교에 들어갈 정도의 학업실력이 되지 않고, 집안 형편도 의과대를 보낼 수 있지 않아서 간호학과에 진학하게 되었다고 했다.

"따주기 침이라면 지난번 내가 배 아플 때 손가락을 찌르던 침 말인가?"

"원래는 사혈침이라고 하는데, 그전부터 어른들이 따주기 침이라고 하더라고. 그건 사실 어머니에게 배운 거야."

"오호, 그렇구나. 적성을 타고났네. 집안도 다복하고, 그중 아이샤가 제일 효녀네. 효녀여."

"호호호. 그 정도는 아니고. 부모님이 고생하시는데 나라도 빨리 돈을 벌어야지. 그래서 간호학과 졸업하자마자 쪼금 작은 규모의 병원으로 나가게 된 거야. 첫 월급 타서 부모 형제들 속옷 사가지고 갔더니, 엄마는 너무 감격스러워서 눈물을 흘리시더라고. 남동생도 무지하게 좋아했고. 험난한 세월은 이제 다 지난 셈이야. 올해에 남동생 임용고시만 합격하면 내년부터 초등학교 교사가 되니까."

"진짜 성실한 집안이다. 그러면 교사가 둘이나 되는 셈이네. 너까지."

"호호호, 그렇지. 우리 동네 사람들은 우리 집안이 승승장구 다 잘된다고 부러워해."

"그렇겠다."

아이샤도 나름대로 집안 자랑질을 했다. 돈으로 보면 비교할 수도 없었지만 사실 이만큼 살기도 어려운 세상이다.

아이샤가 너무 오래 앉아있었더니 다리가 아프다면서 다리를 탁자 아래로 쭈욱 뻗었다. 키도 큰 데다가 길쭉한 다리와 발이 쟈니의 옆까지 왔다.

"아이구야, 시원하다. 다리가 마비되는 줄 알았네."

"야아~, 너 진짜 다리 길다. 여기까지 네 발이 나왔어."

"호호호. 내가 각선미가 있지. 왜, 여자 발을 보니 이상해?"

"어엉, 그렇기도 하지만······."

"뭘 우물쭈물해. 만져보고 싶다고 말하지."

"흐흐흐. 그래, 만져보고 싶다."

"호호호. 사내가 맞긴 맞구나. 좋아 우리 둘뿐이니까 종아리까지만 만져. 그 이상은 안 돼."

"크흐흐. 좋지, 좋아. 그것만도 행운이다."

쟈니는 재빨리 아이샤의 다리를 만졌다. 여름이라 스타킹을 신지 않은 맨살인데 운동한 사람처럼 종아리 근육이 탱탱했다.

"내 다리가 쫌 힘이 쎄. 발차기가 일품이야."

"무슨 발차기? 너 태권도 했냐?"

"응. 둘째 언니랑 같이 시작했는데, 둘째 언니는 1품(단) 따고 그만두고, 난 중학교 때까지 운동해서 3품까지 땄어. 4품까지는 따야 했는데 고등학교 가서는 운동할 시간이 안 되더라구. 아쉽다."

"야아~, 3품만 해도 대단한데 4품이 그렇게 중요한가?"

"그럼, 4품이면 사범자격증이 나오는 거야. 3품과는 비교도 안 돼. 쟈니는 태권도 안 했나?"

"나도 흉내는 냈지. 우리 어릴 때 모두들 태권도 학원 보냈잖아. 시골에도 봉고차 운행하면서 체육관 다 다녀. 나도 그럭저럭 겨우 일품 따고 졸업했어. 그리고 보니 다니기 싫은 거 간신히 졸업했네. 흐흐흐."

"대개가 그래. 그럼 다른 운동은 안 했어?"

"다른 거? 배드민턴, 테니스, 헬스클럽도 쪼금 다녔지. 그때 운동한 덕에 지금도 대흉근과 이두박근 삼두박근이 좀 살아있어."

"역시, 그냥 맨몸은 아냐. 그런데 삼 년 전보다 몸이 더 좋아졌어. 햇볕 쬐어서 구리빛 피부에다가 팔다리 알통도 더 생긴 것 같아. 그때와는 비교도 안 돼."

"그럴 거야. 거기에 있을 때는 먹는 것도 부실하고. 제대로 운동을 하나, 근육을 쓸 일이 있기나 하나. 여기 내려와서는 삼시 세끼 꼬박꼬박 챙겨 먹잖아. 손님들이 남겨 주고 간 생고기만 해도 냉장고에 그득해. 먹고 싶다면 갈 때 줄게. 그리고 여기 일이 힘을 좀 써야 하거든. 입으로 하는 일이 아냐. 몸으로 때워야 돼. 그러니까 당연히 근육이 생기지."

"호호호, 맞아. 사내 내음이 물씬 나는 게 진짜 보기 좋다."

아이샤의 말에 쟈니는 기분이 사뭇 고조되어서 공중에 떠 있는 듯했다.

"나도 알통 빵빵해."

"알통걸인가? 하하하. 어디서 운동했어?"

"그때, 태권도 그만두고 집에서 줄넘기 하고 그러다가 대학교에 가서는 산을 좀 탔지. 등산이 하체 근육운동으로는 짱이거든. 그러다가 샤니 병원에 취업했는데 여긴 좀 규모가 커서 직원들 체력 단련실이 있더라고. 웬만한 헬스 기구는 다 있어. 거기서 운동을 좀 했지."

"어쩐지. 그냥 저절로 생긴 몸매가 아니야."

"요즘 여자들, 얼굴만 가꾸는 것이 아니라 몸매도 가꿔. 아무튼 전문 트레이너 없이 내 나름대로 운동 시작하고 선배들에게 물어봐가면서 운동한 거야. 그래서 근육도 생기고 몸매도 좋아지고 힘도 세졌어."

"하 참. 그렇게 운동해야 하는데, 세월만 보냈네."

"지금부터라도 하면 되지 뭐. 운동을 하려면 최소한 사십 분은 해야 돼."

"에엥? 사십 분? 한 시간 하면 안 되나?"

"최소 사십 분이고 그 이상으로 한 시간 정도면 딱이지, 딱."

"왜? 사십 분이야?"

"워밍업 하는데 이십 분 정도 걸려. 그냥 대충하면 안 되고 몸에서 땀이 나기 시작할 때까지 해야 되는데 이게 보통 이십여 분 걸린다고. 그다음엔 웨이트 운동을 해야 운동 효과가 있지. 대충하면 피곤하기만 해."

"아항, 그렇구나. 운동을 좀 쎄게 하고 나면 몸이 거뜬해지고 머리도 맑아지던데 그런 이유 때문이구나."

"맞아. 그런데 초보자들은 워밍업도 되지 않은 상태에서 무조건 웨이트 걸고 운동을 하려니까 몸도 다치고, 운동하고 나서도 몸이 더 피곤한 거야."

"오홍, 일가견이 있네."

시계 바늘은 돌고 돌아서 9시 30분을 가리켰다. 쟈니는 소맥에 배가 부르다며 벌써 소주로 바꿔 마시고 있었다. 아이샤도 덩달아 소주를 두세 잔 마시었다. 소맥 다음으로 소주를 마시면 앞에 마신 소맥도 모두 소주로 바뀌게 된다는 설이 있다. 그래서인지 이들은 취해서 눈이 풀렸고, 대화는 더 흥이 올랐다.

오르막길이 있으면 내리막길도 있기 마련이다. 흥이 오른 아이샤가 이참에 자랑질을 하나 더하기 시작했다.

"내가 발차기를 잘하지. 태권도를 할 때도 관장님이 칭찬했어."

"오우, 그랬을 거 같아. 키도 큰 데다 롱다리니까. 발차기를 하면 캉캉춤 추는 것 같았을 거 같아."

"호호호. 앞발을 차면 내 머리 위까지 올라갔으니까."

"그래서 무슨 빅 사건이라도 있었나? 시합 중에 상대방을 발차기로 차버렸나?"

쟈니가 자못 궁금해서 되물었다.

"시합 때가 아니라 내가 고등학교 2학년 때 사건이 저절로 생겼어."

"그으래? 뭔데?"

이리하여 아이샤는 고등학교 2학년 때의 이야기를 시작하였다.

§ ♥ ﹩

아이샤는 고등학교 내내 학급 반장을 했다. 키도 크고, 미모도 출중하고 성적도 상위권에다가 태권도도 3단이나 되었다. 발표력과 통

솔력도 좋아서 학급 친구들과 담임, 다른 교과목 선생들도 나름 아이샤를 인정해줬다.

2학년 때 3월이 되어서 1학년 때 아이들이 여기저기 반으로 흩어지기도 하고 합쳐지기도 했다. 아이샤는 2학년 1반이 되었고 당연히 학급 반장으로 선출되었다.

그런데 여기에 오이지라는 세 명의 여학생이 있었는데 한마디로 문제아 말썽꾸러기였다. 애들이 1학년 때는 반이 흩어져 있다가 2학년에 올라와서 1반으로 합쳐진 것이다.

선생님들 말씀으로는 컴퓨터로 무작위로 섞어놓기 때문에 어느 누가 같은 반이 될지 안 될지 모른다고 하였다. 어찌되었던 '오이지'라는 세 여학생이 2학년 1반이 된 것이다. 애들이 왜 오이지냐면 오씨, 이씨, 김씨 성을 가져서 '오이김'이 되었는데 부르다 보니 '오이지'가 되어서 다들 오이지하면 잘 알고 있었다. 그런데 오이지가 2학년에 올라와서 여러모로 뛰어난 아이샤를 미워하기 시작한 것이다. 특히 반장이랍시고 이런저런 일을 시키고 청소 때도 가만히 있지를 않고 청소를 더 해라, 여기가 더럽다는 등 요즘 말로 갑질, 대장질을 하는 것에 눈에 가시처럼 여기고 있었다.

그러다가 드디어 이것들이 작당하고는 아무리 태권도 3단이라지만 우리 셋이 뭉쳐서 개 패듯 거덜 내자, 한번 크게 혼나면 우리는 건들지 않을 것이라고 제멋대로 생각을 하고는 맞장을 뜨기로 했다.

3월 20일경인가였다.

"야~, 말희야. 이 말 같은 년아!"

"뭐라구?"

"말 같은 년이라고 했다. 왜 꼽냐?"

오이지 세 년이 복도에서 만난 아이샤에게 시비를 걸었다.

"이년들이 눈에 뵈는 게 없나 보네."

"뵈는 게 없다. 네년이 하도 잘난 체해서 이참에 콧대를 꺾어놓아야지. 그냥은 못 살겠다."

"뭐어? 그래서?"

"뭘 그래서야. 오늘 점심시간에 우리 교실에서 맞장 뜨자. 묵사발을 만들어놓을 거다."

"좋다. 네년들 셋 한꺼번에 다 덤벼."

"이년이 진짜 겁대가리 상실했네."

"샘이 뒤를 봐주나 본데, 좋아. 오늘 아작 내자."

이렇게 해서 점심시간에 교실 뒤편에서 3:1로 맞장을 뜨기로 했다. 아이샤는 키도 자기보다 작은 것들이 태권도의 위력을 모르고 까불고 있다고 생각은 했으나 그래도 세 명을 동시에 상대한다는 것은 부담이 되었다.

아무튼, 점심을 안 먹을 수 없으니 점심시간 60분 중, 20분 동안 빨리 밥을 먹고 교실에서 만나자고 했다. 반 아이들은 이 사실을 모두 알게 되었다. 암암리에 옆 반 아이들도 알게 되겠지만 일단 우리 반 문제는 우리끼리만 해결하자고 약속했다. 이렇게 하면 오고가는 시간을 제외하고라도 러닝 타임이 30분은 되는 셈인데 이 시간은 매우 긴 시간이다. 즉, 승패를 가를 시간은 충분한 것이다. 장난기 있는 애들은 "넷 중에 누구 하나가 대머리가 되어야 끝나겠네."라면서 비아냥거리기도 했다.

드디어 점심시간.

책걸상을 모두 앞으로 밀어놓고 오이지 세 명과 아이샤가 맞대결을 하게 되었다. 애들은 숨을 죽여가면서 싸움을 지켜봐야 했다.

저쪽 편에 오이지가 있었고 이쪽 편에 아이샤가 있었다. 오이지는 한꺼번에 달려들어서 아이샤를 꼼짝 못하게 제압하여 마구 때리려는 작전을 세웠다. 아이샤는 세 명이 함께 달려들면 역부족이니 특기인 앞차기로 가운데 하나를 먼저 쓰러뜨린 후에 옆에 있던 년들은 옆차기나 뒤차기로 해치울 생각이었다. 주먹질보다 발차기의 위력이 훨씬 뛰어나다. 다리가 긴 아이샤에겐 유리한 전략이었다.

복싱이나 레슬링이나 시합을 많이 해보면 본능적으로 상대방이 어떻게 공격해 올 것인가를 파악하게 된다. 눈빛만 보아도 알게 된다. 특히 태권도에선 겨루기 때 상대방의 눈을 치밀하게 관찰하라고 지도한다. 그렇게 훈련을 받게 되면, 상대방의 다음 동작이 예측되기도 하면서 운동신경이 예민하게 발달하는 것이다.

아무튼 오이지는 서성이면서 기회를 엿보고, 아이샤는 태권도 겨루기처럼 가볍게 몸을 뛰면서 발을 살랑거렸다.

오이지 세 명이 다가온 순간,

아이샤는 그중 가운데 있는 이상희의 가슴아래 배를 앞차기로 세게 걸어찼다.

그 순간 이상희는 "억~"하고 외마디 비명을 지르면서 앞으로 고꾸라지더니 얼굴이 백짓장처럼 질리고는 죽는 시늉을 하였다. 구경하던 애들도 너무 놀라서 비명을 지르고 난리가 났다. 그런 중에 누군가 담임께 일러서 담임이 오고 이상희는 부축을 받으면서 보건실로 갔다.

이후 사건의 진상을 조사하는데 모든 학생이 아이샤 편을 들었다. 알고 보니 이년들은 일학년 때 흡연으로 걸려서 문제를 또 일으키면 전학을 가겠다는 부모님의 동의 각서까지 제출했던 상황이었다.

이상희는 죽지 않고 살아났다. 선생님은 부모님께 연락해서 타 학교로 전학가게 한다고 으름장을 놓았다. 이러니 오이지는 죽는 시늉으로 다시는 말썽을 피우지 않는다고 하면서 용서를 빌고 반성문을 쓰는 등으로 일단락이 되었다. 이후로 오이지는 더 이상 아이샤에게 대들지 않고 그럭저럭 학교생활을 보내고 있었다.

서른여섯 번의 큰절

아이샤는 학창시절의 일을 자랑삼아 들려줬으나, 둘은 지금 동상이몽에 있었다.

쟈니는 아이샤의 발차기 자랑질에 속으로는 '무서운 여자야. 괄괄한 성격에 진짜 발차기로 한 번 얻어맞으면 골로 가겠네.'라는 생각을 하였다. 그러다가 쟈니는 "흐휴, 다행이다." 혼잣말을 해댔다.

아이샤는 무용담을 늘어놓고는 무슨 칭찬의 말이 나올 줄 알았는데 엉뚱한 소리가 들려왔기에 반문하지 않을 수 없었다.

"왜? 뭐가 다행이야?"

"어엉, 그거. 내가 다행이라고. 그때 너랑 있을 때 네가 대장질하면서 나를 구박할 때 그 발차기로 얻어맞지 않은 게 다행이야. 별다른 이유 없이 나를 걷어찼으면 나는 벌써 골로 갔을 거잖아."

"뭐어? 진심이야. 그때 얘기가 왜 나와? 내가 잘못했다고 했잖아."

"어엉, 그랬지. 근데 아직 사죄는 하지 않았잖아."

"그때 사죄 받아드린 거 아니었어?"

아이샤는 분노가 끓어오르기 시작했다. 정말로 생각하고 싶지도 않고 생각해서는 안 될 사건이 아닌가. 사기꾼 협잡꾼 의사에게 농락당하는 줄도 모르고 이유 없이 시간강사로 있는 쟈니를 미워하고 구박했던 것이 정말로 잘못되고 미안한 일이었다. 그런데 쟈니가 대수롭지 않게 그때 일을 말하니 온몸이 떨리다시피 분노가 끓어오르는 것이다. 사실 대상은 쟈니가 아니라 그 의사 놈이었는데 왜 이렇게 분한지 몰랐다. 피가 역류하는 듯했다.

"내가 잘못했다면 사내가 넓은 아량으로 받아들여야지. 왜 자꾸 아픈 상처를 후벼파. 후벼파냐구."

"알았어. 내가 잘못 말했네."

쟈니가 꼬리를 내렸다.

"너, 그 '개구리와 소년들'인가 하는 동화 알지?"

"제목이 뭔데?"

"제목은 몰라, 내용은 어린이들이 연못 속에 장난으로 돌을 던지니까, 개구리들이 뭐라고 했어. 얘들아 돌을 던지지 말아. 너희들은 장난으로 돌을 던지지만, 우리에겐 생사가 오간다, 라는 내용 말이야."

"아, 그거, 알지. 개구리가 불쌍하잖아."

"네가 지금 그래. 넌 장난으로 농담을 툭툭 한마디씩 던지지만 나에게 생사가 오가는 일이라고. 왜 여자 마음을 몰라줘."

"아이고, 내가 잘못했네. 그때 내가 얼마나 너에게 시달렸으면 그런 말이 나왔겠어. 너야말로 그때 나에게 돌을 던진 거야. 그러니 이제 샘샘으로 치고 그만하자.”

이말에 아이샤는 미안한 감정이 생겼는지 잠시 말을 하지 않고 있다가 벌떡 일어섰다. 쟈니는 앉아 있다가 키가 168cm라는 아이샤를 올려다보게 되었다.

한 여름철이라 짧은 반바지와 나시 티셔츠 차림인 아이샤는 두꺼운 허벅지 근육이 그대로 드러나 있었다. 술이 확 깬 쟈니는 즉시 세 가지 시나리오를 예상했다. 일어섰으니 그 다음 동작을 예측해야 했던 것이다.

첫째는 그냥 마구 쏘아붙이고는 문을 열고 나가버린다.
둘째는 괄괄한 성격에 불판을 집어 던지고 나가버린다.
셋째는 최악의 경우로 발로 상을 걷어차 뒤집고 나가버린다.

어떤 경우든 오늘 밤은 아이샤의 역린을 건드린 것이고, 어느 경우도 아이샤는 그냥 나가버리는 것이다.

쟈니는 숨을 죽이며 눈을 위아래로 떠가면서 아이샤의 다음 행동을 기다려야 했다. 아무것도 들리지 않는 적막감이 방안을 휩쓸고 있었다.

아니다. 쟈니가 아무 채널이나 켜놓은 TV에서 황당무계한 중국 무술영화가 방영되고 있었다. 음소거 상태라 아무소리도 들리지 않았다. 현대인에게 TV는 가족이나 마찬가지이다. 사람이 있으면 보든, 안 보든 TV가 켜져 있어야 했다. 특히 혼자 생활을 많이 한 쟈니에겐 더욱 그러했기에 방에 들어오자마자 습관처럼 TV를 켜놓았던 것이다.

그리고 밝은 불빛에 날아온 매미 한 마리가 방충망에 붙어서 '매앰~ 매앰~' 울어대고 있었다. 에어컨 때문에 창문을 닫아놓아서 그렇지 창문을 열고 있었다면 큰소리로 들렸을 것이다. 그리고 보니 저 매미가 언제부터 날아와서 울고 있었는지 모르는데 지금 아이샤와 쟈니의 귀에 처음으로 들리기 시작하였다.

서 있던 아이샤는 몸을 굽혀 오른손으로 좌식 식탁을 왼쪽으로 밀었다.

블루스타와 불판, 익었다고 옆으로 제쳐놓고 접시에 놓였던 구워진 등심, 맥주와 소주병, 김치, 수박, 참외 등의 과일이 올려져있던 식탁은 힘센 여자 아이샤에 의해 '드르르륵~' 소리를 내면서 왼쪽으로 밀려나서 아이샤와 쟈니 사이엔 아무것도 없이 방바닥이 드러나 있었다.

아이샤는 다시 일어섰고, 쟈니는 습관적으로 책상다리를 하고는 다소곳이 앉아있어야 했다. '아이샤가 나가지 않고 무슨 일을 벌이려고 하나?' 이런 말이 쟈니의 입속에 맴돌았다.

곧바로 아이샤는 입술을 한 번 질끈 물었다가 놓더니, 나시 티셔츠를 벗어버렸다.

그리곤 곧바로 브래지어도 벗었다. 쟈니는 너무 놀라서 "어어~ 왜 그래, 어어~"

하고 나지막이 외마디 비명을 지르다시피 하면서 벌떡 일어나서 아이샤를 제지하려고 하였다.

"그대로 있어. 그렇게 양반다리 하고 있어."

"뭐어? 너 왜 그래? 술 취했어?"

"아니, 안 취했어. 나 지금 정신 말똥말똥하니까 그대로 있으라구."

"어엉, 그렇게."

아이샤의 단호한 기세에 눌린 쟈니는 다시 자세를 고쳐서 앉은 자세로 고개를 숙이는 체 하면서 아이샤를 바라보아야 했다.

브래지어를 벗은 아이샤의 멜론 같은 탐스러운 가슴이 그대로 다 보였다. 한 가운데에 분홍빛 과녁도 그대로 다 보여서 쟈니는 "허어엑!" 신음이 저절로 났다. 영화에서나 볼만한 광경이 눈앞에 적나라하게 펼쳐져 있었기 때문이다. 아니다. 영화에서도 이런 장면은 없었다.

아이샤는 반바지를 벗고 이삼 초의 뜸을 들이더니 팬티까지 벗어버렸다. 이제까지 개봉한 이 세상의 그 어떤 영화의 여주인공도 이처럼 아름다운 몸매는 아니었다. 탱탱한 가슴 아래로 매끈한 들판과 짤록한 허리라인이 이어졌다. 호리병처럼 풍만한 엉덩이가 곡선을 그리고, 그림을 그린 듯 까만 삼각주가 그대로 한눈에 들어왔다. 탄력 있는 허벅지와 늘씬한 다리가 시원하게 다가왔다.

"어어, 어이구야. 왜 그래?"

"그대로 있으라고 했다. 너 지난번에 그랬지. 홀딱 벗고 알몸으로 큰절 서른여섯 번 하면 사죄로 받아준다고 했지?"

"그거 농담이었어. 그냥 장난으로 해본 소리야."

"아까 개구리와 소년 이야기 했잖아. 넌 농담인지 모르겠지만 나에겐 진담이야. 네 말 대로 할 테니까 꼼짝 말고 거기 그대로 있어."

"아이고, 내가 미치겠네. 네 의향 알았으니 어서 옷 입어. 이게 무슨 꼴이야. 어서 옷 입고 얘기하자. 네 말 다 들을게."

쟈니는 거의 울상이 되어서 애원했다. 그동안 공부만 할 줄 알았지, 여자 다루는 일에는 순진하다 못해 바보, 멍청이 같은 면이 있었다.

아이샤는 쟈니가 말리거나 말거나 두 손을 이마에 대고는 큰절을 시작했다. 갑자기 두 눈이 뜨거워지는 것 같더니 눈물이 뚝뚝 떨어졌다. 아이샤의 몸이 휘청거렸다. 이제까지 먹었던 술이 꽤 된 모양이다. 중심을 잃고 비틀거렸다. 아이샤는 간신히 몸을 추스르고 다소곳이 절을 시작했고, 쟈니는 터질 듯한 가슴으로 아이샤를 바라았다.

그 순간에 아이샤는 고등학교 때 가정 과목을 맡았던 최숙희 선생님이 떠올랐다. 당시에 나이가 오십 대 중반이어서 학생들이 별명을 붙였는데 제주도 사투리로 '할망'이었다. 선배들이 붙여서 그냥 전해 내려오는 별명이었다. 처음에는 '할머니'였는데 '할멈'이 되었다가 또 '할망'으로 바뀌었다. 그 할망 선생님이 가사 실습 때 여자의 큰절을 가르쳤던 것이다.

"여자 큰절은 꽤 까다로워. 남자 큰절은 그냥 엎드렸다 일어서면 되어서 손으로 바닥을 짚으면서 일어날 수 있는데 여자는 그게 없어. 그냥 발을 잘 디디면서 무릎을 굽히고 균형을 맞추어 앉았다 서야 해. 아차하면 뒤로 넘어가. 그래서 폐백같이 큰절 올릴 때는 양옆에 도우미가 있단다."

아이샤는 그때 큰절을 정식으로 배운 후, 사회에선 단 한 번도 이런 큰절을 해본 적이 없었다. 부모님께 세배를 올릴 때도 그저 까불거리면서 흐트러진 자세로 큰절을 하곤 했는데, 지금은 아니었다. 양손을 이마 위에 두고, 앉고 서면서 다리와 발로 균형을 잡아야 했다. 게다가 술에 취한 상태에서 이런 동작을 하려니 온몸에 식은땀이 솟기 시작했다.

마침내, 아이샤는 벌거벗은 몸으로 공손하게 큰절을 한 번 하고는 "일 배"하고 나지막이 말했다. 혼비백산한 쟈니는 이 해괴한 행동에 술이 다 깨더니만 심장이 마구 쿵쾅거리고 호흡도 가빠졌다.
아이샤는 곧바로 두 번째 절을 올리고 또 "이 배"라 읊조렸다. 그렇게 아이샤는 조심스럽게 큰절을 올리는데, 눈물이 뺨을 타고 내려와 방바닥에 뚝뚝 떨어지고 있었다. 쟈니는 더 이상 할 말을 잃고 있다가 눈물이 전염되었는지 눈시울이 뜨거워지고 목이 타는 듯 갈증을 느꼈다. 손을 뻗어서 이미 만들어놓은 소맥 한 잔을 맹물 마시듯 벌컥벌컥 마시고는 수박을 한입 베어 먹었다.

안절부절못하던 쟈니는 맞절하는 모양새로 엎드렸다. 아이샤는 쟈니가 이런 자세로 있는 것에 가타부타 아무 말도 없이 차분하게 큰절을 계속 이어나갔다.

'내가 그동안 가도 가도 잡을 수 없는 무지개와 같은 허상을 쫓으며 살아왔구나. 등하불명(燈下不明)이라고 바로 코앞에 귀인이 있는 줄도 모르고 경거망동했어. 쟈니 같이 순박한 사람은 사람이 아니야. 부처야. 부처님, 잘못했어요. 한번만 용서해 주세요. 부처님 진심으로 참회합니다.'

아이샤는 이런 말을 속으로 되뇌면서 정성들여 큰절을 했다.

정지해있는 듯한 시간이었는데 그런 중에도 시계바늘은 쉬지 않고 돌아간 모양이다. 쟈니의 귀에 "삼십육 배"라는 아이샤의 목소리가 들려왔다.

쟈니는 반사적으로 벌떡 일어나 아이샤를 끌어안으려 하는데, 아이샤 역시 절을 마치고는 달려들어 누가 먼저랄 것도 없이 그 둘은 서로를 부둥켜안았다.

"나 그렇게 나쁜 여자 아니야. 내가 잘못했어. 용서해 줘."

아이샤가 눈물 섞인 목소리로 겨우 말을 했다.

"어, 그래, 나……, 너…… 좋아해."

쟈니는 겨우 말대답을 했다. 둘은 그렇게 부둥켜안고는 한동안 눈물을 흘리기 시작했다.

– 끝 –